La esposa inocente

La esposa inocente

Amy Lloyd

Traducción de Ana Guelbenzu

Rocaeditorial

Título original: *The Innocent Wife*

© 2017, Amy Lloyd

Primera publicación como *The Innocent Wife* por Century, un sello
de Cornerstone, que forma parte de Penguin Random House Grupo Editorial.

Primera edición: abril de 2019

© de la traducción: 2019, Ana Guelbenzu
© de esta edición: 2019, Roca Editorial de Libros, S. L.
Av. Marquès de l'Argentera 17, pral.
08003 Barcelona
actualidad@rocaeditorial.com
www.rocalibros.com

Impreso por Egedsa
Sabadell (Barcelona)

ISBN: 978-84-17305-83-3
Depósito legal: B. 6935-2019
Código IBIC: FF; FH

RE05833

Para Rhys,
gracias por ayudarme
a ser mejor escritora y mejor persona

Prólogo

*E*ncontraron a la chica setenta y seis horas después de que denunciaran su desaparición. Le habían cercenado las puntas de los dedos con unos alicates de cortar cables: sin duda, para no dejar rastros de ADN. Si la víctima le había arañado la piel, podrían haber quedado rastros del agresor debajo de las uñas. Poco después de matarla, debían de haber movido el cuerpo. Según se dedujo, la habían asesinado en un espacio privado. Una agresión tan prolongada y tan violenta (además de la mutilación del cadáver) no dejaba otra opción. Y allí apareció Holly Michaels: en las oscuras aguas del pantano, en el extremo norte del condado de Red River, en Florida, a diecisiete kilómetros de su casa.

En las fotografías del escenario del crimen, la víctima estaba boca abajo. Eso ayudó a Sam la primera vez que estudió las imágenes, en el salón de su casa, en Bristol, en Inglaterra. Al principio, las imágenes le parecieron indecentes, no tanto por el grado de violencia (con aquella sangre apelmazada en el fino cabello rubio de la chica), sino porque Holly estaba desnuda de cintura para abajo. Le entraron ganas de taparla con una manta y proteger su intimidad.

Con el tiempo dejó de sentir escalofríos al verla. Cuanto más buscaba en foros y más veía su imagen una y otra vez, menos importaba el cuerpo (la piel pálida y cerosa, las zonas oscuras de sangre). Poco a poco, importaron más los detalles de alrededor. Se fijó en los márgenes de la fotografía. Una zona rodeada por un círculo rojo. Sam forzó la vista: era una huella. Sí. No obstante, tal y como decían los participantes del chat, no se habían tomado huellas. De hecho, en ningún documento relacionado con el caso se hablaba de eso. Y, claro, surgieron las preguntas: ¿omitieron la huella intencionadamente durante la investigación? ¿Se les pasó por alto? ¿O era la prueba de que algún policía patizambo de Red River había contaminado el escenario del crimen? Durante muchas horas de aquella larga noche, le dio vueltas al asunto. En cualquier caso, una cosa estaba clara: gracias a esa omisión, el verdadero asesino estaba libre.

Su obsesión empezó dieciocho años después del primer documental, cuando su novio, Mark, con el rostro iluminado por el brillo de la pantalla, le dijo:

—En serio, sé que no es lo tuyo, pero esto te va a encantar. Es increíble. Te dará mucha rabia.

Sam estaba sentada a su lado, en la cama, en la casa que aún compartía con sus padres. A medida que fue avanzando la historia en la pantalla, todo lo demás se desvaneció. Vio la imagen de ese chico en el juzgado, demasiado joven para llevar aquel traje. Confuso, sus ojos azules parpadearon ante la cámara. Se le veía solo y asustado. Mirarlo hacía daño: tan guapo en una sala tan espantosa, con aquella luz tan impersonal. El rostro del chico era la tristeza misma. Allí estaba Dennis Danson a sus dieciocho añitos: esperando su sentencia en el corredor de la muerte.

Cuando terminó el documental, Sam quiso más.

—Te lo dije —dijo Mark—. Te advertí que te enfurecería.

Pronto, Dennis pasó a ocupar todos sus pensamientos. Al poco, su imagen se colaba en sus sueños, siempre demasiado lejos para hablar con él, siempre escapándose entre sus dedos.

Empezó a entrar en determinados foros de Internet. Allí había gente que estudiaba con detenimiento todas las fotografías, las declaraciones de testigos, las transcripciones del tribunal, los informes forenses y las coartadas. Debatían sobre detalles insignificantes hasta la extenuación. Sam no podía parar: buscaba reparar el error, descubrir la verdad.

Cada cual parecía defender su propia teoría con una pasión desmedida. Sospechaban del padrastro de Holly, o de ciertos agresores sexuales que vivían en caravanas, en las afueras de la ciudad. Comparaban aquel caso con otros asesinatos sin resolver. Con casos y más casos que se extendían por todo el país. Evocaban la imagen de un demonio errante, un camionero impulsado por oscuras fantasías, un hombre que vivía de noche y mataba solo. Por otro lado, cómo no, estaban las teorías de la conspiración: gente que pensaba que la policía de Red River estaba encubriendo a un círculo de pedófilos locales que, de alguna manera, hacía con ellos lo que querían.

Sam creía que era todo más sencillo. Una semana antes del asesinato, se había visto a un hombre de poca estatura en la puerta del instituto. Paraba a los chicos al pasar y les preguntaba la hora. Había perdido el reloj, ¿podían ayudarlo a encontrarlo? Los recompensaría. Una madre que fue a recoger a sus hijos se acercó a él; luego le contó a la policía que le había parecido sospechoso: esa actitud reservada, esos ojos que se movían velozmente cuando hablaba. Era un desconocido en una comunidad relativamente pequeña: huyó antes de que llegara la policía. Los padres de los chicos se sintieron inquietos. Los profesores empezaron a vigilar la entrada de la escuela todas las mañanas y cada tarde, como precaución adicional. La policía archivó el incidente al ver que no tenían por dónde seguir. Lo guardaron en un cajón. No se había cometido ningún delito y el hombre no volvió a la escuela. Al cabo de una semana, Holly desapareció.

En los círculos, se referían a él como «el hombre bajo». La policía interrogó de nuevo a las madres. En el periódico se publicó un retrato robot que se repartió por toda la ciudad. Sin embargo, no llegaron ni las pistas ni los sospechosos. Al final, la policía abandonó aquella línea de investigación. No obstante, la presión era enorme: debían hacer algo, detener a alguien.

Así pues, se centraron en otros rumores.

Los foros insistían en la teoría del hombre bajo y comparaban fotos policiales de agresores sexuales detenidos poco antes con el retrato robot. Sam leía los hilos obsesivamente. Le maravillaba la pericia investigadora del personal. Era increíble cómo sus mentes detectaban pistas que la policía había pasado por alto. Resultaba sensacional cómo creaban historias muy parecidas a esa verdad que se les escapaba.

Había diversos foros sobre diferentes casos. Había documentales, *podcasts* y programas de televisión. Sin embargo, *Contextualizando la verdad: el asesinato de Holly Michaels* fue el que tocó la fibra de tanta gente. Los había atrapado y no los soltaba. Sam leía todo lo que podía en Internet, firmaba peticiones para que se aceptaran nuevas pruebas (la huella, una declaración de un familiar sobre la coartada del padrastro), buscaba y buscaba. Todos querían averiguar qué había sucedido y liberar a aquel chico, que, sin duda, era inocente.

Los admiradores de Dennis se sentían muy unidos a él. Tras su detención, habían visto cómo había cambiado con los años: pasó de ser un atribulado chico de dieciocho años a un hombre encerrado en prisión. Con aquel mono blanco, tenía un aire… sagrado. Parecía tranquilo como un monje.

Atado de pies y manos, se diría que estaba cumpliendo algún tipo de penitencia. Nunca había aceptado la sentencia. Defendía su inocencia. Pero jamás perdía la calma. Al final del documental, decía: «No quiero pensar en ello como en una lucha. La lucha te agota, acaba contigo. Lo controlo. Lo conseguiré». Cuando su imagen se desvaneció en la pantalla, Sam sintió un nudo en el estómago. Impotente, comprendió la injusticia que encierra el mundo dentro de sí y rompió a llorar.

Sentía que la única que la entendía era la gente de los foros. Hacía años, cuando vieron por vez primera *Contextualizando la verdad*, todos habían sido víctimas de esa impotencia. Así pues, la acogieron en su comunidad. Algunos eran sarcásticos: «Eh, ¿dónde estabas? Bienvenida a 1993». Pero, en general, se sentía a gusto y podía expresarse libremente. En el foro de debate general, compartía sus ideas y sus sentimientos no solo sobre Dennis, sino también acerca de su vida personal. A ellos recurrió cuando Mark se fue. Un día, volvió a casa y su novio se había llevado todas sus cosas. No dejó ni una nota. Solo su cepillo de dientes, junto al suyo, entrelazados como los cuellos de cisnes. Allí, en una taza junto al lavabo. Los demás participantes en el foro la consolaron, le enviaron su contacto de Skype por si necesitaba hablar, le aseguraron que no se lo merecía. Aquella gente era lo único que tenía.

La mayoría eran estadounidenses, pero también había ingleses, que a veces organizaban encuentros y eventos. Con todo, eran los estadounidenses los que provocaban el debate y organizaban protestas. Las autoridades habían puesto fecha a la ejecución de Dennis en dos ocasiones. Entonces, los miembros del foro se habían congregado en la entrada del juzgado del condado de Red River y en la cárcel de Altoona para protestar, hablar con los medios y sensibilizar a la población sobre aquel caso. Dormían en

13

tiendas de campaña, repartían folletos informativos y recogían firmas. Pronto se formaba otro grupo al otro lado de la calle, con pancartas que decían «ASESINO» y «¿DÓNDE ESTÁN LOS CUERPOS?». Ambos grupos se gritaban entre sí. La policía colocaba barreras en cada acera para separarlos. Había agentes en medio que miraban al frente con el semblante neutro, impasible.

Cuando la ejecución de Dennis se aplazó, los medios nacionales publicaron fotografías del grupo llorando, fundidos en abrazos. Sam leyó textos de blogs e hilos sobre las protestas. Escribió a los ingleses en su foro privado para decirles que le encantaría poder hacer algo tan increíble, pero era difícil desde tan lejos.

Alguien del foro le dijo: «En realidad, no hicieron nada. Así funciona el sistema. La gente pasa cuarenta años en el corredor de la muerte y nunca se los ejecuta. ¿De verdad hicieron algo para ayudar? Es bastante discutible».

A Sam le parecía que los seguidores británicos se lo tomaban menos en serio que los estadounidenses. Es como si para ellos fuera un mero pasatiempo. En cierta ocasión, visitaron todos juntos el London Dungeon, donde vieron unas sangrientas figuras de cera en posturas de eterna agonía, con oxidados aparatos de tortura medieval atados al cuello. Por los altavoces, se reproducía en bucle un coro de gritos. Mientras el grupo chillaba y reía, ella se sintió a miles de kilómetros de ellos. ¿Acaso les interesaba más el morbo del caso que el componente humano? Para esa gente, Dennis ni siquiera era una persona real. A ella, pensar en ese chico le destrozaba el corazón. Pero ¿a ellos? Ese cinismo tan británico, esa infame falta de implicación emocional hacía que Sam no se sintiera a gusto con aquella gente. Estaba mejor con personas que sufrían, como ella. Quería estar con gente que tuviera la necesidad de dar algo.

Sam sintió que aquella gente que luchaba en Estados

Unidos por una causa tan justa eran los amigos más cercanos que había tenido desde hacía años. Se quedaba despierta en la cama para hablar con ellos, con el portátil sobre las rodillas. Muchos escribían a Dennis y escaneaban las respuestas que este les enviaba. Pero, en cierto modo, a Sam, la familiaridad con la que le hablaban empezó a incomodarla.

Escribirle la primera carta le llevó meses. Y tardó semanas en enviarla.

29 de enero

Querido Dennis:

Me llamo Samantha. Soy una profesora de primaria de treinta y un años de Inglaterra y sé que eres inocente. Es raro escribirte. Nunca lo había hecho: escribir una carta a un desconocido. Sé que la gente debe de escribirte sin parar para decirte lo mismo, como «tu historia me ha conmovido» y «no puedo parar de pensar en ello». Pero es que, en mi caso, tu historia me conmovió de verdad. Y de verdad no puedo parar de pensar en ella. Hay mucha gente ahí fuera, Dennis, que se esfuerza mucho por demostrar que eres inocente. Me gustaría poder ayudar, pero no sé qué puedo hacer. Si necesitas algo, por favor, dímelo, aunque sea algo pequeño: haré lo que pueda.

Resulta raro saber tanto de ti y que tú no sepas nada de mí, así que te contaré algo para equilibrar la situación un poco. Vivo sola, mi abuela murió hace tres años y me dejó su casa, así que mi madre me odia aún más de lo que ya me odiaba (si eso es posible). Como tú, yo también soy un poco la oveja negra de la familia. Espero que no suene mal; me refiero a que la gente no nos entiende porque somos distintos, no porque hayamos hecho nada malo. Mi abuela siempre me entendía, en realidad fue más como una madre para mí. Aún no me he re-

15

cuperado de su pérdida. Tal vez por ese motivo tu historia me impactó tanto. Acabo de quedarme soltera (no fue una buena ruptura) y odio mi trabajo. Algunos días me despierto pronto y ni siquiera puedo moverme. Permanezco ahí quieta, deseando quedarme para siempre en la penumbra. Probablemente, estoy hablando demasiado, pero me sienta bien contárselo a alguien.

Lo entenderé si no me contestas, pues debes de recibir muchas cartas. Solo quería que supieras que muchos pensamos en ti. De hecho, todos esperamos con ilusión el nuevo documental: suena absurdo, pero, en cuanto me enteré, sentí una nueva esperanza, casi la certeza de que esta vez ibas a conseguir un nuevo juicio. ¿Estás ilusionado? (Perdona si la pregunta te parece demasiado tonta.)

Espero tener noticias tuyas, siempre escribes cartas muy atentas a la gente (las cuelgan en Internet, la gente de verdad quiere saber que estás bien, a pesar de todo) y me encantaría volver a escribirte, si tú quieres.

Sinceramente,

SAMANTHA

No se lo contó a nadie, por si no contestaba. Finalmente, cuando Dennis le respondió, no habló de ello en el foro. No estaba segura de si la carta le parecía distinta porque estaba dirigida a ella o si realmente era diferente.

14 de abril

Querida Samantha:

Siento haber tardado tanto en contestarte. Tienes razón, recibo muchas cartas y tardo un tiempo en leer lo que me envían. Sin embargo, pese a que tengo mucho tiempo, no las contesto todas. Algo en tu carta me llamó la atención. Siento oír que estás sola. Yo también estoy solo.

Carrie me cuenta lo del apoyo en Internet: es un gran consuelo para mí. A veces es difícil de entender. Cuando iba al colegio, teníamos un ordenador, escribíamos las coordenadas en una pantalla y un robot se movía por el aula. Era muy lento. Creo que se suponía que era una tortuga. Un día volvimos de la pausa y estaba roto. El profesor ni siquiera preguntó quién había sido. Dijo mi nombre directamente. No fui yo, pero todo el mundo pensó que sí.

Ahí tienes. Eso es algo que no sabías de mí. No se lo había contado a nadie en mis cartas. Es raro que la gente sepa tanto de mí. Creo que saben más de mí que yo mismo.

Gracias por tu oferta, pero no necesito nada económico. Carrie (no dejo de mencionarla, pero no sé si sabes de quién hablo, fue una de las productoras y la directora del documental, y es una buena amiga) me visita y me organiza el economato. Tengo suerte de contar con ella. Muchos presos no tienen a nadie. Para contestar a tu pregunta: tengo ganas de que salga la nueva serie; no obstante, ya me he hecho ilusiones antes y solo me he llevado decepciones. Así que intento mantener la cabeza fría.

Me encantaría que me volvieras a escribir. Me gusta cómo escribes. Eres muy dulce. Recibo algunas cartas raras. Estoy seguro de que te lo imaginas. Me gustaría saber más de ti. Por favor, escribe, si te apetece. Y recomiéndame libros. Eso siempre ayuda. No hace falta que me los envíes, podré conseguirlos.

Espero saber pronto de ti, Samantha. Tu carta ha arrojado luz a un día, por lo demás, bastante oscuro.

Un abrazo,

DENNIS

La leyó de nuevo. Le explicaba algo que no le había contado a nadie. Era como tener un pedacito de él. La llevaba encima a todas partes. Siempre que se sentía sola, la volvía a leer. A medida que se fueron sucediendo las cartas, Sam se sintió cada vez menos sola. Aquello era como enamorarse. En realidad, era más parecido al enamoramiento que todo lo que había sentido antes. No fingía estar demasiado ocupado para contestar, ni se empeñaba en parecer distante, ni se angustiaba por la cantidad de besos al final de un mensaje de texto. Era natural, correcto.

9 de octubre

Querido Dennis:

Ahora me ilusiono cada vez que veo el buzón o llego a casa y encuentro un sobre en el felpudo. ¿Suena patético? Es que me encanta leer tus cartas, aunque sé que solo estás siendo amable. Esa fotografía mía no es de las mejores, pero era la más reciente que encontré y que no fuera horrible. A mucha gente le encanta hacerse fotos (lo que ahora se llama «selfis», vaya), pero yo lo odio a morir. Antes no lo odiaba. No es que pensara que soy guapa o algo así, pero mi ex me volvió paranoica con las fotos. Había cosas de mí misma que yo ni siquiera sabía que odiaba hasta que él me las señalaba.

¡Ya estoy otra vez quejándome! Ya paro. ¿Han vuelto a retrasar la grabación? Debes de sentirte muy frustrado. Yo quiero que sigan; cuanto antes, mejor. Sé que tú eres prudente, pero yo no tengo por qué serlo, puedo creer por los dos.

Aquí anochece más temprano. Antes era el momento más duro, pero ahora no me siento tan sola sabiendo que estás ahí y que puedo esperar tus cartas. Sienta muy bien tener a alguien con quien poder ser sincero. Cuando doy clases, tengo que fingir ser fuerte todo el tiempo: los niños se vuelven unos salvajes, es agotador. No me llevo muy bien con los demás profesores. Todos están casados y tienen hijos. Me miran como si me pasara algo porque no soy como ellos. No puedo contarles lo de que te escribo, tampoco lo entenderían. El otro día vi a uno de ellos leyendo un libro sobre tu caso, *Cuando el río se tiñe de rojo*, de Eileen Turner. Estuve a punto de decirles: «¡Conozco a Dennis Danson! Nos escribimos todas las semanas». Pero sabía que acabaría siendo un cotilleo. Además, en cierto modo, me gusta que la gente no lo sepa.

Con cariño,

SAMANTHA

25 de octubre

Samantha:

Por lo que dices de tu ex, ese hombre es un idiota. Eres guapa. Si yo fuera tu novio, no sería tan tonto como para dejarte escapar. Colgaría tu foto en la pared. Tienes una sonrisa preciosa: cuando te miro, no puedo evitar sonreír.

He leído *Cuando el río se tiñe de rojo*. Eileen aún me escribe. Fue raro leer sobre mí mismo de esa manera. No he visto *Contextualizando la verdad*, pero, por lo que me cuenta Carrie, sé que es exhaustivo, mientras que el libro de Eileen es más sensacionalista. A veces no me reconozco. Hace que parezca raro.

Sí, lo de la nueva serie es frustrante, pero Carrie dice que es lo mejor. Hay trabas legales que superar antes de empezar a grabar. Me he reunido con mis nuevos abogados y me dan alguna esperanza de que la revisión del juicio se produzca durante los próximos doce meses. Todo va muy despacio. Cada día aquí es como una semana. Hoy no he tenido mi pausa en el exterior por la lluvia y me duele la cabeza de nuevo. He leído tus cartas muchas veces; cuando las leo, me siento menos solo, como si estuvieras aquí.

Admito que empiezas a gustarme como algo más que una amiga, Samantha, no puedo evitarlo. Yo también espero con

19

ilusión tus cartas. Todas las semanas busco la tuya entre el montón que me entregan. Y, cuando la encuentro, se me acelera el corazón. Estoy casi seguro de que no debería decírtelo. Me preocupa ser solo una carga para ti, Samantha. Que el compromiso de escribirme todas las semanas sea demasiado. Que nuestra amistad te haga más solitaria o reservada. Pero soy demasiado egoísta para parar. Haces que todo sea más soportable. No puedo prometerte nada. Te mereces algo mejor. Me preocupa que pronto te des cuenta y me olvides.

Con cariño,

DENNIS

13 de enero

Dennis:

No hables así. Nunca. Te quiero. Eres lo único que quiero. No me importa que ahora mismo estemos lejos. Soy feliz. Pero he estado pensándolo y quiero visitarte, si tú quieres. Aún me queda mucho dinero de mi abuela y pocas cosas me retienen aquí. Estaba ahorrando para algo especial, y no se me ocurre nada que signifique más para mí. Ya es hora de dejar de malgastar mi vida deseando cosas y no haciéndolas.

Sé que dirás que no, pero no voy a aceptarlo. Sé qué es lo que me conviene. He tomado una decisión. Podría ir el mes que viene. Solo dilo.

Con todo mi amor,

Tu SAMANTHA

24 de enero

Samantha:

La idea de verte aquí también me ha iluminado. No puedo parar de moverme. De caminar. En el patio, corro en círculos y el polvo se levanta del suelo hasta las piernas. Los guardias se ríen y todos dicen que debes de ser muy especial. Es la primera vez que me ven así.

Espero que no te importe, pero le di a Carrie tu nombre y dirección. Empezará a grabar en Red River y los alredededores en abril, y me gustaría que os conocierais. Por lo menos, sé que ella puede cuidar de ti, si yo no puedo.

Es evidente que te querré en cuanto te vea. Me preocupa que no me quieras tú. He cambiado. Me he vuelto un vago. Pero estoy trabajando en ello, por ti. Soy mayor. Creo que la gente lo olvida. Alguna gente aún escribe al chico de dieciocho años que era. Cartas de amor. Seguro que te lo imaginas. Y no quiero que te afecte verme encadenado. Nos hacen llevar cadenas cuando salimos de las celdas. Dicen que es por seguridad, pero, bueno, es humillante.

No voy a decírtelo. Ven cuando estés preparada. Ven cuando Carrie esté aquí. Pero ven. Yo también te necesito. Te quiero.

Con todo mi amor, siempre,

Tu DENNIS

Asunto: ¡¡Dennis!!

¡¡Sam!!
Soy Carrie, la amiga de Dennis. Me dio tu dirección, pero pensé que era más fácil buscarte en Internet. ¡Bonitos desnudos! Es broma, no he encontrado nada raro. Bueno, Dennis habla MUCHO de ti. ¡Estoy harta de oír hablar de ti! No, en serio, hacía años que no lo veía así. Ahora mismo, contigo y con la nueva serie parece un hombre nuevo.

Me ha contado que vas a venir de visita y quiere que YO sea tu guía. Para mí sería un gran honor recibirte mientras estés por aquí. Estaré grabando casi todos los días, pero he pensado que podrías unirte al rodaje, si te apetece. Recorreremos Red River grabando algunas entrevistas, siguiendo pistas que tenemos, testimonios, ese tipo de cosas. Me han dicho que eres una gran fan del documental (¡gracias!), así que a lo mejor te gustaría participar.

Ya me dirás. Los amigos de Dennis son mis amigos. Si necesitas consejo sobre dónde alojarte o comer o cómo evitar la maldita plaga, soy tu chica.

¡Nos vemos pronto!

CARRIE

Sam reservó los vuelos antes de cambiar de opinión. Cuando se fue, nadie pareció percatarse de que se había ido.

ALTOONA

1

*L*a cárcel era una enorme monstruosidad de cemento gris rodeada de una valla de malla con alambre de cuchilla encima. Al entrar, Sam pasó junto a una placa incrustada en una gran piedra: «DEPARTAMENTO DE CORRECTIVOS, CÁRCEL DE ALTOONA». Luego, bajo una arcada tipo Disney, había un cartel con grandes mayúsculas de plástico: «CÁRCEL DE ALTOONA». Las palmeras esparcidas en los bordes le daban al complejo un aire aún más surrealista, como de plató de cine.

El aire caliente y húmedo le alisó la piel y le empañó las gafas de sol cuando abrió la puerta del deportivo de alquiler y vomitó en la gravilla. Era como si se ahogara cada vez que abandonaba el interior del coche, fresco por el aire acondicionado; el pelo se le pegaba a la piel y se le enrollaba al cuello como tentáculos.

Tenía el estómago bastante vacío. No había comido desde que voló desde Heathrow el día antes, aparte de una barra de muesli que había comprado en la máquina expendedora del motel en plena noche de insomnio, cuando el estómago se le contrajo y pareció comerla por dentro. Vomitó porciones fibrosas de bilis y café. Llevaba caramelos de menta, que sonaron en la caja mientras los sujetaba. Volvió a mirarse en el espejo. «A lo mejor soy de esas personas que se creen feas, pero que, en realidad, son guapas y no lo ven», pensó. Levantó la visera y se dijo: «Dismorfia corporal. Qué te apuestas». Luego movió la cabeza con rapidez para librarse de aquellos pensamientos negativos.

Aparcó el coche y caminó hacia la entrada. Se detuvo y pensó en darse la vuelta. Durante las últimas veinticuatro horas, había cambiado de opinión un millón de veces. Nada le pareció real hasta que entró en la pared de calor al otro lado de las puertas del aeropuerto. Se dijo que aquello era un error: una equivocación cara y terrible. Sus cartas habían sido una especie de locura compartida: solo dos personas que tenían tantas ganas de conseguir algo mejor para sus vidas que se lo habían inventado.

Entregó la tarjeta de visita y su identificación. Se fijó en cómo su bolso pasaba por una máquina de rayos X mientras ella pasaba por un detector de metales. Al otro lado del arco, un hombre se lo llevó y le dio un tique con un número, como si estuviera dejando el abrigo en el teatro. Una guardia la cacheó. Otra le puso una pegatina con un número en el pecho. La fueron empujando con suavidad en la dirección correcta, sin decir más que una o dos palabras, hasta que llegó a una larga sala de color menta. Allí hacía un calor agobiante. Un pequeño ventilador traqueteaba en un rincón. Había sillas de plástico verdes atornilladas al suelo. Sam se sentó en la primera que vio libre. Enfrente tenía una gruesa ventana de plástico con agujeros a la altura de los labios, un pequeño estante a modo de escritorio y, a cada lado, pantallas que debían darles intimidad. Ninguna de las visitas, casi exclusivamente mujeres, hablaban entre sí o se miraban. Sam miró por la ventana de plástico. El lado opuesto de la sala estaba vacío, salvo por un guardia apoyado en la pared. El hombre se estaba mirando los zapatos.

En el extremo derecho, había una puerta con una luz encima, encerrada en una especie de jaula. Por un segundo, se preguntó qué sentido tenían aquellas cosas, hasta que reparó en dónde estaba. Allí había hombres tan peligrosos que tenían que proteger las bombillas con jaulas, atornillar las sillas y poner cristales antibalas.

La violencia.

Cuando sonó un timbre, se encendió una luz roja. Entonces asomó la cabeza de un guardia, que miró a Sam a los ojos. Ella sonrió. El tipo no le devolvió la sonrisa. Un recuerdo de cuando era adolescente y asistió a un concierto de Take That. Se inclinó hacia su amiga y se agarraron de las manos: «¡Estamos respirando el mismo aire que Robbie!». El aire burbujeaba con la presencia de Dennis. Estaba cerca, aunque no lo podía ver.

Los presos entraron arrastrando los pies, con cadenas en los tobillos y en las muñecas, tal y como él se lo había descrito. Sam notó un cosquilleo que le subía por la espalda: fue como si el estómago se alejara flotando de ella. Pensó en salir corriendo. Volvió la mirada hacia la pesada puerta metálica por la que había entrado: estaba cerrada. Y ella, atrapada. Si quería salir de allí, tendría que atravesar esa puerta. «Pronto habrá terminado», se consoló mientras los hombres iban entrando.

Entonces apareció él. Era distinto de los demás. Era como... más suave. Notó que había aumentado de peso. Se sintió mejor, antes de volverse y verlo de perfil, todo contornos y mandíbulas. Llevaba unas gafas con la montura dorada y los cristales de un tono marrón. Por cómo se reflejaba la luz, no le veía los ojos. Cuando Dennis la vio, sonrió. Ella se arrepintió de su modo de saludar, con la muñeca suelta y sin dignidad.

Samantha se metió las manos entre las rodillas. Él llevaba los tobillos encadenados y daba pasos pequeños, como si caminara a oscuras. En la ventana se detuvo y se encogió de hombros.

27

—Es humillante —dijo.

—¿Perdona?

—¿Por qué?

—No he oído lo que me has dicho —dijo Sam, y se apartó el pelo de la cara.

—He dicho que esto es humillante —repitió, sentado, con las cadenas tintineando contra la mesa de delante—. Cadenas, como un perro de vertedero.

—Ah, no, no digas eso. No puedo creer que realmente...

—Ya lo sé.

Se quedaron sentados, en silencio.

—Es raro, ¿no? —lo intentó Sam.

—¿Qué?

—Esto.

—Sí.

Ella lo miró como si fuera un desconocido. Tenía frío y se sentía expuesta. Otra vez tuvo ganas de darse la vuelta y largarse de allí. Sin embargo, aquella sensación se evaporó y notó un timbre en la cabeza, como si la hubieran abofeteado. Él sonrió. Ella se tapó la boca al devolverle la sonrisa y se aclaró la garganta.

—Lo siento, no tengo muchas citas —dijo él.

Sam soltó una risa agradecida.

—De hecho, yo tampoco.

—¿Cuándo has aterrizado?

—Ayer —respondió ella, pensando en la primera bocanada de aire de Florida al salir del aeropuerto, cuando todo se volvió demasiado real.

—¿Tuviste un buen vuelo?

—Estuvo bien. Te dan comida todo el rato, para que no te aburras.

—Como aquí.

Se había ido... La calidez de las cartas. Sam se culpó a sí misma.

—¿Cuándo vas a quedar con Carrie? —preguntó él.

—Mañana —respondió ella.

Pensó en cuánto había insistido Carrie en que acompañara al equipo de rodaje mientras grababan la nueva serie. Sam no quería entrometerse. Sin embargo, cuando Carrie la sondeó y le preguntó de qué otra forma iba a pasar el tiempo libre allí, no supo qué contestar.

Sam sintió una punzada de celos y supo que todo seguía igual, que aún le quería.

—Parece fantástica. —Esbozó una sonrisa sin enseñar los dientes, demasiado pequeños, ni las encías, demasiado grandes.

—Sí lo es. ¿Sabes?, en realidad, no tengo muchas visitas. Carrie lo intenta, pero vive muy lejos y… —Dennis dejó la frase a medias, colgada entre ellos.

Se quedaron un momento en silencio hasta que Sam notó que le iban saliendo las palabras de la boca.

—Es culpa mía, soy tímida y me he quedado con la mente completamente en blanco. No sé de qué hablar, porque todo parece insignificante, ¿sabes? Me siento como una completa idiota. Aquí hace mucho calor, estoy con el desfase horario. No eres tú. Soy yo. Lo siento.

Dennis la miró con cara de asombro, sorprendido.

—No eres idiota —dijo él—. Lo sabes. Te quiero. Ya lo sabes.

Fue como si algo se rompiera en su interior.

—Yo también te quiero.

—Tienes algo —dijo él, al tiempo que se señalaba la mejilla derecha—. Ahí.

Ella se apartó un mechón de la cara y se relajó.

—Gracias.

Entonces todo fue un poco más fácil. Él habló emocionado de las visitas extra que había recibido últimamente, de nuevos abogados con trajes a medida y estrategias personalizadas. De la nueva serie, *Un chico de Red River*, y de Netflix, que entendía solo en abstracto. Del nuevo director, Jackson Anderson, que había terminado poco antes una trilogía de taquillazos. Un tipo que hablaba con absoluta certeza de la liberación de Dennis, como si fuera inevitable. Le habló de Carrie, de que sabía que quería lo mejor para la película, pero que, después de tantos años, odiaba ser la segundona. Siempre había estado ella al cargo, sin preguntas. Dennis se echó a reír.

—Le fastidia, pero también sabe que Jackson puede llevar esto más lejos que antes. Es cuestión de dinero. Pero ella seguirá al cargo de la mayor parte de los preparativos.

Jackson había aportado más publicidad a la serie. Algunos famosos le dieron su apoyo por Twitter, sus seguidores se bajaron el primer documental, el interés crecía. De pronto, los foros se inundaron de nombres nuevos. Angelina Jolie se puso una camiseta con la foto policial de Dennis y la leyenda debajo *#FreeDennisDanson*. Era el tema del momento en Twitter. Él no se habría enterado de nada de no ser por el flujo de cartas, mayor que nunca. De hecho, eran tantas que no podía leerlas todas.

—Empiezo a pensar que es esto —le dijo a Sam—, que podría terminar.

—Yo también —apuntó ella—. Ahora todo el mundo lo sabe. Todos están de tu parte.

Samantha pensó: ¿cómo podía oponerse un juez al mundo entero? Tendría que revisarse el juicio.

Se oyó un zumbido. La gente alrededor de ella se inclinó para despedirse. Algunos apoyaban los labios en aquella sucia ventana, respiraban hacia su ser querido, al otro lado. Los guardias giraron la cabeza.

—Tengo que irme —dijo él.

—Lo sé.

—¿La semana que viene?

—Claro. Den, te quiero.

—Yo también te quiero, Samantha.

Cuando se fue, se secó las lágrimas. Se mezclaron la explosión de placer al oír su voz y el dolor por ver que se iba. Se colocó bien el vestido. Mientras dejaba que la fila de gente pasara junto a ella para quedarse al final de la línea de salida, una mujer habló detrás de ella, tan cerca del oído que notó que su aliento le hacía cosquillas en el cuello.

—Te gustan los asesinos de niños, ¿eh?

—¿Perdone? —Sam se volvió, sonriente, convencida de que había oído mal.

—Ya le daría yo a los tipos que matan a niñas pequeñas. He visto con quién hablabas.

La mujer era pelirroja y de cabello rizado, crujiente por la laca; llevaba una camiseta que le colgaba de un hombro y dejaba al descubierto la tira del sujetador. Sam buscó con la mirada a uno de los guardias, pero estaban ocupados en ambos extremos de la sala.

—Tengo familia en Red River y todos saben lo que hizo, saben quién es, saben más de lo que una película pueda decirte. —La mujer hablaba tan bajo que nadie les prestaba atención.

—No voy a discutir con usted. Solo quiero irme. —Sam no pudo controlar el temblor en la voz.

—¿Te dice dónde están los cuerpos? Es lo único que queremos saber. Que esas niñas descansen en paz, que las familias encuentren algo de paz.

Se habían quedado solas en la sala.

—Te encanta todo eso, ¿no?

—Vamos, se ha acabado el tiempo. —El agente de prisiones le puso una mano a Sam sobre los riñones y la empujó con suavidad.

—Zorra —dijo finalmente la mujer.

El guardia apartó la mano de Sam y cogió a la mujer por la muñeca. Mientras la acompañaba hasta la salida, pudo ver la sonrisita de su rostro.

2

Extracto de *Cuando el río se tiñe de rojo*, de Eileen Turner

*L*a familia Danson vivía en las afueras del condado, donde los últimos vestigios de la civilización dan paso a lo remoto: kilómetros de tierra no apta para el desarrollo. El tipo de tierra que se sumerge en sí misma tras las tormentas: ciénagas que llevan a costas con manglares; raíces enredadas en un agua tan negra que no se ve nada bajo la superficie. La familia vivía a tres kilómetros de la ciudad, a la que se llegaba por una carretera sucia. Si llovía intensamente, era imposible acceder a ese lugar. De niño, Dennis tenía que caminar todos los días más de kilómetro y medio para llegar al autobús escolar. Solía llegar embarrado y calado hasta los huesos.

Incluso para los parámetros de Red River, Dennis era pobre. Sus profesores vieron desde muy pronto que estaba desatendido. Pese a su inteligencia, solía estar cansado en clase y llevaba la ropa sucia. A menudo, sus libros de texto desaparecían. Llamaron a los servicios de protección de menores e inspeccionaron la casa. Los trabajadores sociales la describieron como «no apta para ser habitada por seres humanos».* Enviaron a Dennis a vivir con una familia de

---

* Extraído de las notas del asistente social, 1981.

acogida mientras daban tiempo a sus padres para limpiar y reformar la propiedad. Recomendaron a su padre, Lionel Danson, que iniciara un programa de doce pasos para tratar su problema con la bebida. La madre, Kim, se medicaba contra la depresión. Dennis regresó seis meses después bajo la supervisión de un trabajador social, que lo visitaba dos veces por semana para realizar una inspección. Las visitas duraron unos meses, luego fueron disminuyendo. Más tarde, el asistente social asignado a los Danson admitió que creía que la familia estaba saliendo adelante y decidió que bastaría con unas llamadas telefónicas para comprobar cómo iban avanzando. En realidad, le llevaba mucho tiempo conducir hasta ahí todas las semanas.*

No pasó mucho tiempo hasta que la casa volvió a la miseria anterior, y el padre regresó a sus patrones de bebida habituales. Para entonces, el comportamiento de Dennis había cambiado. Antes era callado y tímido. Pero ahora empezó a portarse mal en clase. Sufría ataques repentinos de ira y violencia: de repente, se levantaba y tiraba el pupitre, o gritaba en medio de un examen. Era como si el silencio y la quietud del aula le resultaran insoportables. Los profesores que antes intentaban protegerle, aquellos que se habían sentido atraídos por la timidez de aquel chico de cabello rubio y ojos azules, ahora lo apartaban, lo expulsaban, lo enviaban al pasillo o al despacho del director. Preferían centrarse en los niños a los que sí podían ayudar.

Dennis llevaba una existencia aislada. Durante toda la primaria y hasta la secundaria, llegaba solo, pasaba los días apartado de sus compañeros de clase y se iba a casa solo. Al empezar en el instituto, se volvió más interesante para sus compañeros. No era tanto un marginado como un solitario

---

* Declaración del asistente social durante la investigación sobre su actuación, 1991.

incomprendido. Era popular entre las chicas, pese a no tener muchas citas. Empezó a jugar en el equipo de fútbol del instituto de Red River, que contaba con buenos jugadores. No obstante, como no disponían de los recursos suficientes, no tenían una dedicación real. El entrenador testificó para la defensa durante el juicio a Dennis. Lo describió como «una especie de lobo solitario», pero «un buen chico» que solo necesitaba un poco de disciplina en su vida.*

El entrenador Bush era un testigo importante, un hombre respetado dentro de la comunidad que podía confirmar que Dennis estaba con él en el instituto entre las cuatro y las cinco el día que desapareció Holly. La última vez que alguien la vio, estaba yendo en bici hacia su casa, aproximadamente a las cuatro y media. Eso significaba que Dennis no podía habérsela llevado. Cuando menos, aquel dato arrojaba bastantes sombras sobre su culpabilidad. Sin embargo, cuando le pidieron que entregara la lista de asistencia de aquel entrenamiento, el entrenador no pudo hacerlo, pese a que tenía registros de todos los demás entrenamientos hasta un año atrás. Entonces, la acusación llamó a otro jugador, que no recordaba que Dennis estuviera en el entrenamiento aquel día.

Varios chicos se acordaban de que había estado, pero otros pensaban que se había ido pronto. Solía hacerlo. Dennis no era de los que salía después de los entrenamientos o los partidos. Era popular, pero no entabló una amistad estrecha con sus compañeros. Pasaba la mayor parte del tiempo con otros inadaptados del instituto, sobre todo con Howard Harries (hijo del agente Eric Harries) y con Lindsay Durst. Su equipo y sus compañeros de clase no entendían por qué se sentía tan cercano a esos «perdedores». Sin embargo, el psicólogo de la defensa argumentó que era

* Extraído de las transcripciones en el juzgado, mayo de 1993.

un síntoma clásico de alguien que sufre abusos: «[Dennis] tenía miedo de sentirse expuesto y vulnerable ante sus compañeros [...], que vieran cómo era su vida en casa».* Dennis no podía escapar de la sensación de ser un perdedor, aunque los demás no lo vieran así.

La vida en casa era cada vez más difícil. Dennis encontró a su madre dos veces inconsciente, casi víctima de una sobredosis de pastillas. Su padre era un borracho violento. Cuando no estaba en casa, Dennis podía relajarse. Sin embargo, cuando volvía, solía pegar a su hijo por cualquier excusa. En una ocasión, según recuerda Dennis, estaba comiendo en la sala del televisor, sentado con las piernas cruzadas en el suelo, cuando apareció su padre por detrás y le dio un puñetazo en la nuca. Dennis escupió la comida al suelo. Cuando se volvió a preguntar qué ocurría, su padre le pegó de nuevo en la boca, le dio una patada en el estómago, se quitó el cinturón y le dio tres latigazos. «Hacías demasiado ruido al masticar», le dijo al final, sin aliento, mientras volvía a ponerse el cinturón.**

Para ganar dinero, Dennis empezó a trabajar limpiando habitaciones y lavando ropa en una residencia de ancianos. Con el tiempo, los residentes empezaron a disfrutar de su compañía. Era divertido y rápido, decían. Nunca hablaba mal a nadie, siempre escuchaba. Ayudaba a organizar las actividades de ocio y los eventos, servía comida y hablaba con muchas de las personas que no tenían demasiadas visitas. Algunos residentes le enseñaron sus recuerdos. Vio fotografías de medallas y pieles. Le mostraban sus joyas. Mientras limpiaba las habitaciones, veía cajas de zapatos debajo de las camas, propiedad de residentes que no se fiaban de los bancos. Al principio, solo se llevaba unos cientos

* Transcripciones del juzgado.
** *Contextualizando la verdad*. Florida: Carrie Atwood, Patrick Garrity. VHS.

de dólares aquí y allá, lo suficiente para guardarlo para un billete de avión, el alquiler de un mes en Nueva York o Los Ángeles, para comida. Luego fueron las joyas: las llevaba a una casa de empeños por una cantidad de efectivo decepcionante. Un día, la hija de una de esas ancianas pidió prestado a su madre un broche. Rastrearon la joya hasta unos prestamistas de la ciudad, que le contaron a la policía de dónde había salido: Dennis Danson.

—No pensaba con claridad. Necesitaba irme. En aquella época, bueno, pensaba que en realidad no eran víctimas. Que esas cosas estaban ahí, esperando a que murieran y a que sus asquerosas familias las recogieran para venderlas. Supongo que si hubiera sabido que todo lo que he hecho en mi vida iba a ser analizado, que todo se usaría como prueba para decidir si soy un monstruo o no lo soy, habría llevado una vida distinta.

3

—¿ *Y*? —le preguntó Carrie a Sam, con los ojos clavados en la carretera que tenía delante—. ¿Cómo fue vuestra primera cita?

Sam se echó a reír. Apenas había dejado de sonreír desde entonces. Hacía días que no dormía tan bien. Cuando Carrie fue a recogerla en el motel para ir a Red River, estaba esperándola fuera, ansiosa por hablar de todo.

—Estuvo bien. Fue bien. —Sam intentó no preguntar si Dennis había dicho algo; su instinto de mantener las distancias seguía vivo, incluso después de cruzar el planeta para conocerlo.

—¿Ya está? No voy a contarte lo que me dijo él hasta que expliques algo más.

—Bueno, vale. Al principio fue incómodo. Creo que fue culpa mía. Estaba un poco… abrumada, supongo. Pero él fue muy dulce.

—¿De verdad?

—Completamente. —Sam se sentía cómoda con Carrie. Era baja, tenía el cabello grueso y castaño, justo por encima de la barbilla, y se le levantaba mucho cuando se lo acariciaba con una mano—. Y, ya sabes, es guapo y esas cosas, obviamente.

—Obviamente.

—Cuando se tuvo que marchar, me quedé echa polvo.

Era como si empezáramos a conocernos fuera de las cartas.

—Sam no mencionó a la mujer, el enfrentamiento.

Se hizo un silencio.

—¿Y? —bromeó Carrie.

—¡Para! Dios mío. —Sam estaba ardiendo.

Lo que sentía por Dennis era muy distinto a la última vez que empezó algo nuevo. No tenía que ver con ese cosquilleo secreto en la fiesta de Navidad de la oficina, cuando Mark le dijo en voz baja: «No busco nada serio. ¿Sin ataduras?». Y ella dijo que sí, claro, porque ¿qué otra cosa podía decir? Él ya le había metido las manos por dentro de la ropa: aquello era la culminación de meses de miradas tímidas y de deseo. Deslizó sus dedos en su interior: le dolió, demasiado pronto. Sam tenía el cuerpo rígido y frío del esfuerzo por no llorar. «¿Estás bien?» Y ella dijo que sí porque así debía ser. Estar bien, aunque te follaran y no te desearan. Estar bien siendo un premio de consolación. Estar bien por estar bien.

—Bueno, él cree que estás muy buena, obviamente —dijo Carrie.

—¿Eso te dijo?

—Sus palabras exactas fueron: «Samantha está muy buena».

—¿En serio?

—Y le encanta tu acento. Se quedó hecho polvo porque terminó demasiado pronto, pero está ansioso por verte la semana que viene. Es tan mono que no puedo con él. Mi pequeño Dennis por fin tiene citas...

Sam se imaginó la voz de Dennis diciendo aquellas cosas. De fondo, escuchaba solo a medias como Carrie le hablaba de su primera visita a Dennis, de lo espeluznante que había sido entrar en la cárcel. Habló de las amenazas de muerte y de los mensajes de odio que recibía, de que no habían conseguido financiación para el primer documental. Ella y su coproductor, Patrick, tuvieron que trabajar de noche para sacarlo adelante.

—Me estás avergonzando —dijo Sam.

—Pero fue algo egoísta. Era una historia que había que contar, así que hicimos la película. Es que siempre he cuidado de Dennis, desde la primera vez que Patrick me habló del caso. Por supuesto, todo el mundo cree que estoy enamorada de él. —Puso cara de desesperación—. Si no, es imposible que una mujer haga un documental sobre un chico, ¿no? Parece que no importa que sea lesbiana. Me pasa constantemente. Pero fue solo por el caso, me parecía muy injusto. Me parecía obvio que ese chico era inocente. No podía sacármelo de la cabeza.

Sam pensó en la relación tan estrecha que tenían, en cómo Dennis hablaba de ella.

—Pero es abrumador. Ni siquiera puedo creer que esté aquí. Y lo único que hago es hacer visitas. Son unas vacaciones bien raras —dijo.

—¡Lo que estás haciendo es enorme! Antes de conocerte, Dennis estaba empezando a rendirse. Es increíble que aparecieras por aquí. No te menosprecies, eres una mujer fuerte.

Sam se sonrojó.

—Ay, odio esa idea. Una mujer fuerte. ¿Qué significa tal cosa? O sea, un hombre fuerte es un tipo que puede arrastrar un camión de dieciocho ruedas con los testículos, pero una mujer fuerte es como... —Carrie chasqueó los dedos, buscaba las palabras justas.

—Una madre que pide una señal de tráfico nueva después de que su hijo sea atropellado por un descerebrado.

—¡Exacto!

—A lo mejor, eso es menos absurdo.

—Bueno, sí, cuando lo dices en voz alta. Pero ya sabes a qué me refiero. La gente siempre está diciendo chorradas. Quiero decir que eres valiente, a eso me refiero.

Sam estuvo a punto de protestar, pero recordó que Mark había dicho que nunca aceptaba un cumplido. Eso le volvía loco. Era el motivo número trece de la lista de razones por las que no podía quererla. Se volvió hacia Carrie.

—Gracias.

Las casas de Red River no eran uniformes, como las que Sam había visto cuando el avión se fue acercando al suelo, con piscinas como bandejas quirúrgicas y azoteas de terracota. Era como si un grupo de gente que hubiera acabado ahí por accidente las hubiera construido todas a la vez. Las calles eran anchas y las casas estaban separadas. Había sofás abandonados y perros encadenados que ladraban cuando pasaban por su lado. Había un ayuntamiento, modesto y blanco, y una calle central con un pequeño comercio, una tienda de electrodomésticos y un restaurante. La mayoría de los locales estaban cerrados, con paneles de madera atornillados en las ventanas.

Siguieron hacia una zona más bonita, donde las calles estaban a la sombra de grandes árboles; las casas, pintadas en distintos tonos pastel, con sofás de dos plazas en los porches y un todoterreno grande y brillante fuera. Se detuvieron junto a una de color amarillo claro, más pequeña que las demás. La pintura empezaba a descascarillarse alrededor de los marcos blancos de las ventanas. En el buzón se podía leer: «Harries, 142». Según Carrie, el agente Eric Harries había declinado todas las peticiones de entrevista durante la producción del primer documental en 1993. En esta ocasión, se puso en contacto con Patrick cuando se anunció que Jackson Anderson iba a producir una nueva serie documental sobre el caso.

—La atracción de la fama —dijo Carrie—. Por supuesto, nos ha puesto algunos límites. —Carrie le explicó que si intentaban ponerse en contacto con Howard, su hijo, para una entrevista, se encargaría de que su película jamás viera la luz—. No es muy trabajador ni cuenta con un talento especial para ascender, pero aún tiene influencias en esta ciudad —añadió Carrie—. La ley del silencio. Nadie la entiende mejor que los policías.

La entrevista era crucial. El agente Harries había sido el primer policía que había interrogado a Dennis después de encontrar el cuerpo de Holly. Cuando le preguntaron por qué llamó a Dennis, respondió: «Llámenlo corazonada. Intuición de policía».

—Qué cuajo —dijo Carrie, mientras observaban la casa desde el coche—. Tengo muchas dudas sobre su historia.

Bajaron del coche y Carrie descargó el equipo de la parte trasera del vehículo en la acera. Llevaba una cámara, que se cargó al hombro; puso el ojo en el visor y escudriñó la calle. Sam se agachó por instinto, como si su mirada fuera una bala. Carrie tenía la cámara cogida por un asa de encima, la sujetaba por debajo y la movía dibujando un semicírculo. Adjuntó un par de auriculares que se colgó al cuello y retrocedió un paso, con la cadera inclinada a un lado.

—¿Qué pinta tengo? Jack quiere que salgamos en las imágenes, como si nosotros mismos formáramos parte de la historia. No sé, me siento como si estuviera dentro de *Catfish*, joder.

Dentro, ya habían instalado el resto del equipo. Estaban ajustando las luces, subiendo y bajando una persiana. El agente Harries estaba sentado en una butaca, intentando desabrocharse el botón superior de la camisa, pues el cuello le apretaba. Sam vio que se fijaba en Carrie cuando entró, pero enseguida apartó la mirada. Un hombre desgarbado salió de la cocina, se agachó un poco en el umbral y se presentó como Patrick, el socio de Carrie. Juntos habían hecho la investigación y habían grabado el primer documental. A medida que la historia fue creciendo, formaron su propio equipo. Patrick parecía un poco tímido, daba la mano sin fuerza y tenía la palma húmeda. Hablaba sin mirarla a los ojos. Le hizo unas cuantas preguntas como «¿qué tal el vuelo?», pero no creía que le interesaran mucho las respuestas.

—Bien, bien —dijo—. Perdona.

Cuando Sam se dio la vuelta para hablar con Carrie, ella ya no estaba. Se sintió incómoda, en un lado de la habitación, a la espera de que se le acercara alguien más.

Había cinco personas a las que Sam no reconoció, todas ocupadas con el montaje. Un hombre le pasó un micrófono por encima de la cabeza y se disculpó. Ella los observaba, mientras cambiaba el peso de un pie a otro y empezaba a sentirse nerviosa, avergonzada y fuera de lugar. Estar ahí le pareció ridículo.

—Puedes sentarte, si quieres —dijo Harries desde su sitio.

—No, gracias —respondió Sam.

—Estás un poco roja, ¿quieres beber algo? —Hizo el gesto de levantarse, pero Sam le indicó que no hacía falta. Tenía que beber algo, pero no quería nada de ese hombre—. Bueno, si necesitas algo…

Asqueada, vio la nariz hinchada y roja tras años de beber, los poros abiertos y el corte de una cuchilla con sangre ennegrecida en la mejilla, al lado del bigote. La frente le sudaba, la hebilla del cinturón se le hundía en la barriga, que brillaba blanca entre los huecos que dejaba la camisa.

El agente Harries se aclaró la garganta.

—¿Lo que oigo es acento inglés? ¿Qué te parece el tiempo? ¿Hace suficiente calor para ti? —Sam sonrió con educación, pero mantuvo los labios cerrados—. ¿Te has mudado aquí o has viajado solo para esto?

—Solo estoy de visita.

—¿Y para qué te han traído? Debes de ser muy buena en lo que hagas si te han pagado el vuelo hasta aquí.

—Bueno, en realidad, soy amiga de Dennis —dijo Sam, que sentía el hormigueo del enfrentamiento—. Más bien, soy su novia.

La sonrisa de Harries se desvaneció. Se colocó bien en el asiento.

—¿Es que en Inglaterra no hay asesinos con quienes salir?

Sam dio media vuelta y se fue, de vuelta al muro de calor del exterior. De pronto, parecía que todos en aquella casa pensaran lo mismo. Sintió náuseas. El mundo daba vueltas a su alrededor. Tuvo que cerrar los ojos, controlar la respiración y recordar quién era, qué estaba haciendo, por qué.

Estaba de pie en la sombra, intentando recuperarse, cuando Carrie se acercó a su lado y le dio una botella de agua que goteaba por el hielo que se derretía en la nevera de la furgoneta. Sam se la puso en la nuca y le contó a Carrie lo ocurrido.

—Ese tipo es el…, joder…, es lo peor —dijo la chica—. No te preocupes, lo dejaremos como lo que es: un capullo. Dijo que no podíamos hablar con Howard, pero no que no pudiéramos hablar sobre él.

Convenció a Sam para que volviera dentro. Ella se quedó en el fondo de la habitación, lo más lejos posible de Harries. Observó cómo sorbía un vaso de cristal turbio y se limpiaba los labios húmedos con el dorso de la mano.

Media hora después, Carrie se sentó frente a Harries, con un iPad sobre las rodillas y algunas notas, que Harries pidió ver antes de empezar. Las ojeó, sonrió para sus adentros y, de vez en cuando, chascaba la lengua.

—¿Contento? —le preguntó Carrie cuando le devolvió los papeles.

Harries asintió. Carrie indicó con un gesto que estaba lista, Patrick pidió silencio e inició la cuenta atrás.

—¿Puede hablarnos de su relación personal con Dennis, agente Harries? ¿Sobre su amistad con Howard, su hijo? —empezó Carrie.

—No tenía ningún tipo de relación personal con Dennis, pero venía mucho a casa. Empezó cuando tenía… siete años, más o menos. Howie siempre fue un niño muy cariñoso y veía a Dennis como un crío con necesidades, así que jugaba con él en el patio. Ese niño siempre estaba aquí comiéndose toda nuestra comida. Yo le decía: «¿Es que tus padres no te dan nunca de comer?». Bueno, supongo que no, porque siempre tenía hambre, iba sucio, robaba cosas. Aunque Howie nunca decía que había sido él, yo lo sabía. Diez dólares por aquí, un paquete de galletas por allá. Nada grande. Al principio, no haces caso de esas cosas.

—¿Nunca le preguntó a Dennis al respecto? ¿Ni visitó su casa para ver si estaba bien atendido?

—Todos sabíamos lo que pasaba en esa casa, no era un secreto. No se puede hacer mucho. Voy por ahí, amonesto a su padre, ¿y qué sucede? Pues que probablemente no le dejan venir más. Howie no me lo hubiera perdonado. Esos niños eran inseparables. Yo tenía mis recelos desde el principio, pero…

—¿Qué recelos?

—Howie era muy impresionable. Siempre iba detrás de otros niños de su edad. Nunca le invitaban a las fiestas ni a jugar al fútbol en verano, así que yo desconfiaba cuando empezaba a venir algún niño como Dennis. Me parecía muy listo. El día que lo conocí, me dio la mano como un hombre adulto. Luego Howie empezó a decir palabrotas. Obviamente, era por él. Encontré juguetes rotos, enterra-

45

dos en la basura. Howie se rompió la muñeca al hacer una pirueta absurda: saltó al río desde un puente. Sabía quién lo empujaba a hacer esas cosas. Vi cómo cambiaba. Pero ¿cómo puedes apartar a tu hijo de su único amigo? Así que pasaba por alto algunas de esas cosas, hacía excepciones. Tuve una conversación con Dennis. Le dije: «No quiero una mala influencia para mi hijo, tienes que cambiar de actitud o no podrás venir por aquí día sí y día también, ¿me has oído?».

—¿Y funcionó?

—Al cabo de una semana, me estropearon el coche: me lo rayaron con una llave por todo un lado. Le pregunté si sabía algo al respecto, pero él lo negó. Siempre sospeché de él. Ese fue mi error: dejar pasar demasiadas cosas, contemplar cómo arrastraba a mi Howard hacia la delincuencia.

Carrie se inclinó hacia delante, con el entrecejo fruncido.

—Hay quien lo ve al revés. Los profesores dicen que Dennis se comportaba mejor antes de conocer a Howard. Algunos vecinos dicen que Howard siempre fue un chico problemático. Desde que su madre se fue, estaba, y cito, «fuera de control». Fin de la cita.

Harries refunfuñó.

—Bueno, pues quien haya dicho eso tiene algún interés personal. Howie reaccionó mal cuando su madre se fue. ¿Qué chico no lo haría? Se volvió un poco revoltoso y propenso a las rabietas. Pero solo estaba frustrado, nada más.

—En el instituto, Howard traficaba con drogas. ¿Eso también era por la frustración?

—Eso era cosa de Dennis.

—¿Se lo dijo Howard?

—No, no hacía falta: era evidente. ¿Dónde iba Howie a...? Mire, Howie no era el chico más listo. Estaba cubriendo a alguien. Era complaciente, solo quería amigos. Resultaba imposible que fuera capaz de organizar algo así.

—Pero su hijo juró que no era Dennis, incluso ante la amenaza de expulsión.

—Como he dicho, quería encubrir a su amigo.

—Entonces ¿estaba resentido con Dennis?

—No.

—¿Ni siquiera después de que expulsaran a su hijo y lo enviaran a un correccional durante nueve meses?

—Ni siquiera entonces.

—Porque hay gente que dice que iba a por Dennis después de aquello. Que fue usted quien llamó a la puerta de su casa después de que se descubriera el cuerpo de Holly, aunque no había motivo para vincularlo con el crimen.

Harries respiró hondo. Seguía calmado, guardaba la compostura.

—Teníamos que investigar a todo el mundo de la zona que tuviese antecedentes por mala conducta sexual.

—Exacto, la acusación de exposición pública que usted fomentó. Lo que todo el mundo reconoció como una broma y que usted insistió en que era una desviación sexual.

—Yo no insistí en nada. Dennis se exhibió delante de unas adolescentes.

—Lo lanzaron desnudo de un coche en marcha, después de un partido de fútbol. Tuvo que volver corriendo al gimnasio. Todas las temporadas gastaban la misma broma.

—No lo sabía. Yo solo sé lo que figura en el informe. Algunas de las chicas se llevaron un gran disgusto. Teníamos que hacer nuestro trabajo.

Sam cerró los puños; le crujió un nudillo. El chico del micrófono alto se volvió y la fulminó con la mirada. Para Sam, en ese momento, Harries era el villano. La forma de sus labios y aquella media sonrisa insinuaban que no creía una palabra de lo que decía y que quería que lo supieran.

Puso las manos sobre los muslos y tamborileó con la punta de los dedos mientras hablaba.

—¿Y qué pasa con el exhibicionista de verdad? —preguntó Carrie, que hojeó sus notas para luego volver a mirar a Harries—. Se denunció a un hombre por exhibirse ante un grupo de chicas en un campo de animadoras. Eso fue el sábado anterior al asesinato. Las chicas interrogadas describieron al tipo como «un hombre bajo, moreno y un poco pálido». Un retratista de la policía dibujó este... —Carrie le enseñó el iPad. El dibujo guardaba un parecido innegable con el «hombre bajo» que habían visto en la puerta del colegio de Holly una semana antes—. Meses después, volvió a hablar con esas chicas y les enseñó fotografías de Dennis. Les preguntó si era el hombre que habían visto. Las volvió a interrogar, incluso después de que dijeran que no. Presionó una y otra vez hasta que una de ellas dijo que tal vez podría ser él.

—Pensábamos que teníamos pruebas convincentes de que Dennis era nuestro hombre.

—Pero ¡este dibujo no podía parecerse menos a Dennis!

—La gente que ha sufrido grandes impactos no da descripciones precisas. Y cuando se trata de niños...

—¿Qué le hizo pensar que Dennis podría haber matado a Holly Michaels?

—Teníamos una testigo que le oyó confesar directamente, contábamos con fibras de una alfombra que coincidían con la de su casa...

—Esas fibras, según nuestro especialista forense, están presentes en aproximadamente siete de cada diez hogares estadounidenses. No parece muy convincente.

—Si unes eso a la declaración de la testigo...

—Pero esa mujer ha confesado que se inventó toda la historia.

—¿Por qué iba a hacerlo? —Harries elevó el tono—.

Los medios liberales la acosaron año tras año, la presionaron hasta que les dijo que había mentido, solo para que la dejaran en paz.

Por primera vez parecía alterado. No paraba de cruzar y abrir las piernas. Se colocó bien en el asiento.

—Fue ella quien nos llamó. Parecía corroída por la culpa. Se sentía fatal. Dijo que había intentado ponerse en contacto con la policía, con el juzgado. Quería desmentir lo que había dicho.

Harries suspiró, con los ojos cerrados.

—Solo puedo decir que en aquel entonces era una testigo fiable. Comprobamos su historia. Dennis tenía antecedentes penales. Mis compañeros ya habían sospechado de que podría estar implicado en la desaparición de Lauren Rhodes.

—Pero nunca le interrogaron.

—No, oficialmente no. Correcto.

—¿Por qué era una persona de interés en el caso Lauren Rhodes?

—Se conocían, tuvieron unas cuantas citas antes de que desapareciera.

—Varios meses antes de su desaparición.

—Todos los exnovios son personas de interés en esos casos.

—¿Qué lo diferenciaba de los demás exnovios?

—La noche después de denunciarse la desaparición de Lauren, toda la ciudad se unió para buscarla. Estaba todo el mundo. Dennis apareció sonriendo, bromeando. Ni siquiera llevaba una linterna. Era noche cerrada. No llevaba linterna.

—¿Y eso levantó sus sospechas? —Carrie agachó la cabeza de nuevo.

Harries miró alrededor en la habitación y continuó, sin alterar el gesto.

—Eran mis colegas los que sospechaban. Decían que

era como si, en realidad, no estuviera ahí para buscarla, sino más bien para observar cómo la buscábamos. Como si se regodeara.

—¿Y usted no creía tal cosa?

—No sé qué decir. No estuve allí y no presencié esa conducta. Yo estaba con la familia Rhodes. Seguimos todas las pistas y nos quedamos cortos. Es posible que se nos escapara. No lo sé. Es de esos casos sin resolver que te persiguen.

Se hizo el silencio. Sam sentía que los había manipulado, que solo estaba ganando tiempo.

Carrie lo sacó del atolladero.

—Volvamos a Holly Michaels. El pelo.

—¿El pelo?

—El pelo que se encontró en el cuerpo de Holly, descrito en el informe forense como «corto, castaño oscuro/negro, probablemente de la cabeza», no perteneciente a la víctima. Por lo visto, no era pelo del cuerpo de Dennis.

—Sí, evidentemente fue uno de los primeros objetos que sometimos a más pruebas. Por desgracia, como saben, se perdió en el traslado.

—¿La prueba más importante desapareció sin más? —Carrie levantó las cejas y negó con la cabeza.

—No estoy defendiendo a mi departamento: era un desastre. Podríamos habernos ahorrado meses si hubiéramos tenido una coincidencia de aquel pelo. Les abrieron un expediente disciplinario a unos cuantos y hubo carreras que se fueron a pique. Tuvimos que reorganizarnos y centrarnos en las pruebas que nos quedaban.

—Dennis es de pelo claro. Rubio. El pelo que encontraron no parecía suyo. ¿Está de acuerdo?

—Tendríamos que someterlo a una prueba para saberlo con certeza. Sin embargo, según el resto de las pruebas y la acusación formulada contra Dennis, diría que es bastante probable que, si conserváramos esa prueba, coincidiera.

El tono de Carrie era firme y controlado. Se oía en toda la habitación. Su intensidad iba cambiando. En cualquier caso, resultaba obvio que Harries ya no se sentía tan seguro.

—Pero no hay ninguna prueba de ADN de Dennis. Nada. La sangre de la camisa de la chica tampoco era de ella ni de Dennis.

—Estaba la posibilidad de un cómplice.

—No había ADN suyo, nada que indicara que hubiera dos asesinos y nada que señalara que Dennis estuviera presente en el escenario del crimen.

—Las pruebas...

—No había pruebas. Su departamento extravió el pelo. Dirigieron a los testigos hasta que dijeron lo que ustedes necesitaban oír. Compusieron una historia alocada y acorralaron a un adolescente porque estaba personalmente resentido con él por su amistad con su hijo.

—Escuche, jovencita, tal vez estuviera resentido con él, pero... —El agente Harries miró a la cámara—. Jamás dejaría que eso interfiriera en mi actuación como agente de la ley.

4

Extracto de *Cuando el río se tiñe de rojo*, de Eileen Turner

*L*as drogas eran una industria en Red River. Las escuelas estaban llenas de chanchullos e intercambios ilícitos. De camino a la clase de gimnasia, se podía conseguir de todo: desde porros a calmantes con receta. James Lucas recuerda la «epidemia» de drogas durante su época como director de colegio: «Hacíamos inspecciones rutinarias de las taquillas. Primero lo comunicábamos por los altavoces y pedías que todos los alumnos permanecieran en el aula hasta que anunciáramos que la inspección había terminado. Había que abrir e inspeccionar todas las taquillas, sin excepciones».*

No era raro descubrir un alijo de narcóticos durante esas inspecciones, pero en una ocasión les sorprendió a quién pillaron con las manos en la masa. Howard, el hijo del respetado agente de policía Eric Harries, ocultaba una pequeña fortuna en sustancias reguladas. En concreto, como recuerda el director Lucas: varios centenares de pastillas de color azul claro. «Tal vez una imitación del Valium», especula.

---

* Entrevista telefónica, junio de 1996.

El agente Harries siempre ha negado la responsabilidad de su hijo* y declinó conceder una entrevista para este trabajo. No obstante, Howard asumió toda la responsabilidad ante el director Lucas. Admitió que vendía las pastillas a sus compañeros. Harries intentó solucionarlo en privado, pero, debido al valor que tenía el hallazgo en la calle, el asuntó pasó a mayores: concluyó con la expulsión permanente del chico y una condena de seis meses en un centro juvenil. Después de aquello, Howard siguió estudiando en casa. Según varias fuentes, el agente Harries desarrolló una profunda desconfianza hacia el único amigo de Howard, Dennis Danson, al que consideraba responsable de la detención de su hijo.

Las pastillas azules se hicieron famosas dentro y fuera del colegio. Se especuló mucho con que fueron el detonante de la desaparición de la primera chica, Donna Knox. La última vez que la vieron fue en una fiesta a la que asistieron la mayoría de sus compañeros de clase. Sus amigos dicen que bebió unas cuantas copas (lo habitual: Jack Daniel's con Coca-Cola *light*), pero que no bebió demasiado. Un testigo recuerda que tomó dos pastillas hacia las nueve, «de color azul claro, redondas, no sé exactamente qué eran».** Hacia las diez menos cuarto, Donna estaba supuestamente borracha, algo poco habitual, según sus amigos. Su comportamiento resultaba extraño. Se mostró testaruda y rechazó todas las ofertas de llevarla a casa. Sus amigos dejaron que se fuera enojada, en plena noche. Supusieron que al cabo de media hora la tendrían de vuelta: con remordimientos y avergonzada.

Sin embargo, nunca regresó. Su novio y su mejor ami-

53

---

* Declaración tomada en el instituto de Red River, anónima, marzo de 1990.
** Testimonio anónimo recogido en el instituto de Red River en marzo de 1990.

ga se fueron de la fiesta una hora después. Subieron en un coche y recorrieron lentamente la ruta que llevaba hasta la casa de la chica, pero no la vieron. Aparcaron delante de la casa, vieron su habitación a oscuras y supusieron que estaba dormida. Llamaron al día siguiente y hablaron con su madre. Esta, angustiada, les dijo que aún no había vuelto a casa. Como no querían delatar a su amiga, le dijeron a la señora Knox que Donna se había ido pronto de la fiesta y se había quedado a dormir en casa de una amiga. Le aseguraron que la llamaría en cuanto despertara: probablemente, seguía en la cama.

Pasó más de un día hasta que la señora Knox denunció su desaparición. «No sabía que debía estar asustada, estaba tan enfadada que ni siquiera pensé en asustarme».* Dos días después de que desapareciera, se encontró su jersey, a tres kilómetros del camino que había seguido hasta casa, a poca distancia de la orilla del río.

La búsqueda se centró en el agua. Submarinistas forenses no encontraron nada. No obstante, las intensas lluvias de marzo pueden crear fuertes corrientes subterráneas: tal vez los restos habían sido arrastrados hasta el mar. La policía no tenía por qué sospechar de que se hubiera producido un crimen. Todas las evidencias indicaban que Donna estaba demasiado borracha para ir por la carretera a oscuras, que dio un mal giro y que acabó en el bosque, enmarañado y denso. Tal vez entró en el agua voluntariamente, se quitó el jersey y se metió a darse un baño. Quizá la fuerza del río la había engullido. O puede que se cayera y el jersey se le quedara enganchado en las ramas bajas. En cualquier caso, la policía no perseguía a nadie en relación con la desaparición.

Se ha hablado muchas veces de las pastillas azules, so-

---

* Entrevista con la señora Knox, Channel One News, abril de 1990.

bre todo en el extenso artículo «Las chicas de Red River», publicado en *The Red River Tribune* en 1992, poco antes de la detención de Dennis Danson. El autor se pregunta: «¿Por qué no se siguió esa línea de investigación? En aquel momento, hubo poco o ningún interés en esta prueba, pese a la creciente preocupación por el nivel de consumo de drogas en el colegio». Es una opinión extendida que la omisión resulta curiosa, pues garantizaba que Howard Harries no fuera interrogado en relación con la desaparición de la chica.

La siguiente en desaparecer fue Lauren Rhodes. Luego, Jenelle Tyler, Kelly Fuller y Sarah West. Desaparecidas, sin cuerpo, sin restos de sangre. Como si nunca hubieran existido.

Finalmente, encontraron a Holly Michaels. Sospecharon de tíos, padrastros y hombres solitarios. Imaginaron a un monstruo: un psicópata que tuviera los cuerpos de las chicas sellados con cemento en un sótano; sus brazaletes colgados de un clavo en el armario.

Necesitaban saber.

Alguien estaba jugando con ellos.

Alguien se estaba llevando a sus chicas.

5

Sam empezaba a reconocer ciertos gestos de Dennis: su lenguaje no verbal. Esas pequeñas inflexiones, ese modo de apartarse el pelo de los ojos con un soplido, la pausa que seguía y continuar como si nada hubiera pasado. Ya reconocía su manera de decir su nombre completo, «te he echado de menos, Samantha». Y reparaba en cómo se encogía de hombros cuando fingía que algo no era muy importante, aunque ella se diera cuenta de que sí lo era.

—Dicen que Johnny Depp se ha implicado. —Se encoge de hombros—. Tal vez quiera venir a hacerme pronto una visita... o algo así.

Colocaron los dedos contra los agujeros del plástico que los separaba. La piel se puso blanca y se acariciaron de aquel modo. Hasta eso era eléctrico. Cuando se fue, a Sam le embriagaron sus propias emociones. Cuando volvió al hotel en coche, se puso el aire acondicionado a tope. No estar con Dennis era una agonía, pero estar tan cerca y no poder tocarse resultaba espantoso. Hablaban de los abogados, la investigación, las vallas publicitarias que veía Sam de camino a la cárcel: ofrecían una recompensa de veinte mil dólares por información nueva. De momento, no habían conseguido más que rumores de locos, de gente con mucha imaginación, así como testimonios de unos cuantos videntes que vendían historias poco convincentes.

Pero lo importante es que había renacido la esperanza.

—Solo quiero estar contigo —dijo Dennis, cuando ambos se inclinaron hacia delante y el aliento se reflejó en el cristal.

—Pronto. —Sam buscó con la mirada sus ojos detrás de las gafas.

Un guardia les pidió que se retiraran.

—Tú sabes más que yo —dijo Dennis—. ¿Qué ambiente hay ahí fuera?

—¿Respecto a ti? Siempre es muy positivo. Quiero decir, en Internet. Diría que es positivo al noventa y cinco por ciento, aparte de Red River...

—Ellos no me importan. ¿En todas partes?

—Positivo. Todos queremos que salgas, Dennis. Sin duda, podemos ganar.

Sam no tenía previsto quedarse más que unas cuantas semanas. Sin embargo, antes de que se terminaran las vacaciones de Pascua, supo que no estaba preparada para irse. Llamó al colegio y les dijo que todavía no iba a volver: tenía asuntos personales que resolver. Cuando respondieron con amabilidad y sensibilidad, Sam se sintió fatal y muy culpable.

Los días en que Carrie y su equipo no estaban, se sentía muy sola. Se refugiaba en su habitación de hotel, viendo Netflix y devorando comida rápida que compraba desde el coche y que ya estaba fría cuando llegaba a su habitación y colocaba sobre la colcha las cajas de cartón y las bolsas de papel. Sin embargo, cuando Carrie iba a buscarla para las entrevistas, le costaba salir de la habitación. El día en que tenían que volver a grabar en Red River se quejó de dolor de cabeza, pero Carrie le indicó con el pulgar que ocupara el asiento del copiloto.

—Deja de lloriquear y entra. Le prometí a Dennis que cuidaría de ti. Mírate, ya llevas aquí dos meses y pareces un pollo crudo. ¿Alguna vez sales cuando no estoy?

Sam se miró en el retrovisor.

—Bueno…

—¡Sal ahí! Sube a un hidrodeslizador en los Everglades… o ve a Seaworld. Es broma, ¿has visto *Blackfish*?

Sam no había viajado hasta ahí por Seaworld ni por los hidrodeslizadores. Estaba ahí por Dennis. Todo lo demás era perder el tiempo. Fue entonces cuando se dio cuenta: el aislamiento, la tendencia a centrarse totalmente en la relación, a dejar todo lo demás en segundo plano. Si acudiera a terapia, lo llamarían «patrón». Apenados, le dirían que era una adicción. Pensó en Dennis en su celda de dos por tres metros, comiendo con una bandeja en las rodillas y la televisión como un ruido constante de fondo. Se parecía mucho a su habitación de hotel.

Pararon a tomar un café helado. Poco a poco, Carrie consiguió sacar a Sam hacia el mundo. En un momento dado, hasta se sorprendió a sí misma riendo. En vez de ir al pueblo, recorrieron los alrededores de Red River, llenos de bosques. Solo pasaron por una casa: una construcción en ruinas, con su esqueleto negro por el fuego.

Durante el trayecto, el coche patinó sobre el barro, a medida que las condiciones de la carretera empeoraban. Aparcaron en lo que parecía ser el medio de ninguna parte. Reconoció la furgoneta blanca de la entrevista con el agente Harries. A su lado, había otro vehículo que parecía abandonado. Tuvieron que caminar sobre ramas caídas; notaban el suelo blando bajo los pies por la lluvia del día anterior. Sam tenía las bailarinas empapadas y el lodo le salpicaba en las pantorrillas.

—Mierda, debería haberte avisado: culpa mía —dijo Carrie, al tiempo que recuperaba una zapatilla y se la volvía a poner en el pie a Sam—. Jackson quería material donde apareciera el Red River «auténtico». El... carácter del lugar, por así decirlo.

Oyeron el ruido del equipo a través de los árboles. Sam vio el lateral de una caravana cubierta de plantas trepadoras. Tenía las ventanas tan sucias que no se veía el interior.

Detrás de la caravana, la tierra caía en un sumidero tan profundo que Sam solo veía una negrura que parecía tirar de ella. En el borde se balanceaban los restos de una casa. Había madera astillada y cables colgando como vísceras. El propietario, Ed, estaba rígido e incómodo mientras alguien le colocaba un micrófono en la camisa. Sam tuvo que retroceder unos cuantos pasos. La atracción que ejercía sobre ella aquel agujero era como una respiración profunda. Sentía el impulso de dar un paso adelante y arrojarse al vacío. Le dolían hasta los huesos.

—Bueno, ocurrió así —empezó Ed tras la señal—. Cierto día, mi mujer me dijo que se iba a acostar pronto y yo le di un beso de buenas noches. Ella se fue al dormitorio, que estaría aquí. —Hizo un gesto hacia el borde del agujero; las vigas aún colgaban sobre el abismo—. Me había tomado unas cuantas aquella noche. Así pues, cuando me pareció que la casa se balanceaba un poco, pensé que era la cerveza. Fue suave, no como un terremoto, sino como antes de desmayarte. Fue como si el mundo entero oscilara bajo mis pies. Entonces se oyó ese ruido, sobrenatural, como un gruñido. Una especie de tuberías viejas. Y luego todo ocurrió. De repente. Todo el lado izquierdo de la casa había desaparecido, engullido en cuestión de segundos. Ni siquiera oí gritar a mi mujer. Nada. Salí y vi escombros. Intenté encontrarla, pero el suelo aún lo estaba engullendo todo, como si estuviera hambriento. Estaba rodeado de agua que burbujeaba, como pequeños estanques de agua sucia que borboteaba…, como un pedo en una bañera. No sabía qué hacer. El teléfono no funcionaba. Aquí estamos bastante desconectados.

»Tuve que ir a buscar ayuda en coche. Nunca la encontramos, simplemente… desapareció. Se la tragó la tierra mientras dormía. Yo me pregunto: ¿se ahogó? ¿Fue como ahogarse? ¿O se le llenaron la nariz y la boca de barro? ¿Se lo imagina? Sepultada en vida en lodo mojado y maloliente. Ni siquiera pude enterrarla. Tiene una placa en el suelo de la capilla. Pero no está ahí. Ella está aquí. No podía dejarla así. Intentaron obligarme a que me fuera. El condado decretó que este sitio era inhabitable. Así pues, conseguí una caravana y la puse ahí. El agujero aumenta de tamaño… Tengo fotografías. —Ed enseñó algunas imágenes donde se veía que el agujero se estaba expandiendo; en comparación, la casa era cada vez más pequeña—. Cuando hay una buena tormenta, entonces se agranda. Toda esa agua. Cuando se seca de nuevo, la presión cambia —dijo, e hizo un ruido de succión—. Algunas noches oigo que la casa cruje y se agrieta.

»Para mí, lo peor que puede pasar es que yo también acabe engullido. Y, bueno, eso tampoco sería tan malo. Dicen que es peligroso, pero no más que el resto de la zona. Todo el estado está construido sobre roca mala.

Sam intentó moverse con rapidez. Todo tembló cuando Ed llevó a un cámara nervioso hasta el borde del sumidero y se inclinó con un equilibrio bastante precario.

—Vamos, no muerde.

—¿Quedarse aquí le ayuda a sobrellevar su muerte? —preguntó Patrick, el socio de Carrie.

—Sí, supongo que sí. Echo de menos a mi mujer. Hablo con ella todos los días.

—¿Alguna vez le contesta?

—Sí, claro, ahora mismo está diciendo: «¿Por qué has dejado entrar a esta panda de imbéciles para que te falten al respeto en tu propia casa?». —Puso cara de desesperación—. ¿Qué tipo de pregunta es esa, eh? Sé que estáis buscando a un chiflado para que nuestro pueblo parezca un desfile de raritos.

—Lo siento —intervino Carrie—, creo que Pat lo decía, bueno, metafóricamente. Tiene razón, estamos buscando mostrar lo colorida y diversa que es la población de Red River. Pero no tenemos malas intenciones. No buscamos un desfile de bichos raros.

—Mmmm… —Ed levantó una ceja—. No soy idiota, he visto la película. De hecho, Dennis venía por aquí y nos hacía algunos trabajos.

Carrie parecía sorprendida.

—¿De verdad? ¿Puede hablarnos de eso?

—Vino a hacer unos arreglos en el patio. Le pagamos, claro. Una tarde le llevé un vaso de agua. Iba a decirle que lo dejara durante la noche. El chico parecía totalmente absorto en algo. Lo llamé dos veces, pero no alzó la vista. Cuando llegué hasta él, estaba inclinado sobre un cubo metálico, con la cara iluminada por el fuego. Dentro había una serpiente, retorciéndose, quemándose y revolviéndose dentro del cubo. De vez en cuando, la pinchaba con un palo. Vertí agua en el cubo y le pregunté qué demonios estaba haciendo. Estaba como cuando alguien acaba de despertar de una siesta. Me contestó que se estaba deshaciendo de ella por mí…, y que ahora tendría una muerte lenta. Le dije que se fuera a casa. Le di veinte dólares. No volvió. Si le soy sincero, no me sentía cómodo con él, sobre todo después de aquello. No sé si realmente mató a esa chica. No tengo ni idea, la verdad. Pero lo que sí sé es que en ese chico había algo que no funcionaba.

Y

Sam estaba sentada en el coche. Ojalá se hubiera quedado en el hotel. Los mosquitos no dejaban de picar. El calor era sofocante y ella seguía esperando a Carrie. Todo aquel lugar la incomodaba. No paraba de darle vueltas a qué podía significar aquel incidente de la serpiente.

—Es una serpiente —dijo Carrie cuando Sam se lo preguntó—. No es que estuviera poniendo gatitos en un puto microondas. Los niños son unos brutos. Mi hermano metió su pez en la nevera, y ahora es vegano. Probablemente, tampoco pasó tal y como lo cuenta.

Patrick y ella discutieron entre susurros después de la entrevista con Ed. Sam escuchó desde el asiento del copiloto, con la puerta abierta, con la piernas colgando en el aire.

—No podemos usar nada de eso —dijo Patrick—. ¿Quemar serpientes? ¿Cómo suena eso?

—No pasa nada. Tenemos un material genial sobre el sumidero. Es lo que Jackson quería. Está claro que el tipo ese es un cuentista. ¿Quién sabe qué parte de su historia es cierta?

Discutieron en un tono apagado hasta que finalmente apareció Carrie, que se puso de nuevo al volante, tensa, incluso disgustada.

Volvieron al centro de Red River, aunque esta vez en silencio. Era evidente que Carrie tenía la cabeza en otra parte. Sam no sabía qué decirle, así que no dijo nada. Las casas que pasaban volando al otro lado de la ventanilla empezaron a verse más dejadas a medida que avanzaban. Finalmente, llegaron a una calle. En aquellas casas, había más muebles en los patios que dentro de las viviendas. Vieron cubos de basura a rebosar. Oyeron una cacofonía de ladridos.

Sam conocía a Lindsay Durst del documental, aunque nunca apareció en pantalla más de unos minutos. Fue uno de los testigos clave de la defensa: estaba con Dennis la noche que asesinaron a Holly. Habían quedado después del entrenamiento. Aquel día, habían dado una vuelta con el coche. Luego salieron hasta pasada la medianoche, momento en el que él la dejó cerca de su casa. Sin embargo, en el contrainterrogatorio, la acusación la dejó por mentirosa. La hicieron parecer alguien que diría cualquier cosa para ayudar a un chico con el que estaba obsesionada. La gente decía que siempre lo llevaba en coche, lo esperaba después del instituto, se saltaba clases para llevarle a algún sitio. «Y él ni siquiera era agradable con ella», había declarado una chica en *Contextualizando la verdad*. En la entrada del tribunal, el viento le agitaba la melena. Cohibida, apartó la mirada de la cámara y añadió: «Estaba como desesperada, ¿sabes?».

Vieron a Lindsay en la entrada de su casa, con una camiseta de «LIBERTAD PARA DENNIS DANSON» atada con un nudo en la espalda; dejaba al descubierto un trozo de piel morena en la zona lumbar. Sam vio un desgarrón debajo de la nalga izquierda de los pantalones. Tenía los pulgares dentro del cinturón y la cadera apoyada a un lado mientras hablaba. Les contó que siempre había vivido en la misma casa. Los llevó a la parte trasera y les enseñó dónde había grabado Dennis su nombre en el poste de una valla. Patrick y Carrie grabaron algunos exteriores. La hicieron posar con el semblante serio, pero ella no pudo contener la risa

—Lo siento, no puedo. Dios mío, dejadme intentarlo otra vez... —repetía una y otra vez.

Sam se preguntaba por qué a todos los chicos del equipo les parecía tan mona.

Detrás de las casas había un lago de agua tranquila y

63

negra. Los árboles colgaban holgazanes por el calor y enredaban sus extremidades dentro del agua. Lindsay llegó al borde de un embarcadero que parecía podrido y resbaladizo por el efecto de una suerte de baba verde.

—Bajábamos aquí al agua, todo un grupo. A pasar el rato. La gente se retaba: «¡A ver si andas hasta ese poste y vuelves!». Es que aquí hay caimanes, ¿sabes? Algunos chicos se acercaban al borde del embarcadero, pero nunca lo hacían. Yo siempre era uno de los chicos. Nunca me llevé bien con las chicas: eran demasiado malas. Y, bueno, hacíamos ese tipo de cosas. Cierto día, Dennis se levantó y dijo: «Voy a hacerlo». Todos dijimos: «Sí, claro». Pero él se quitó la camisa, se desprendió de los zapatos de una patada, se bajó los calzoncillos, salió corriendo y saltó. Yo me puse a gritar, ¿sabes? Cosas como: «¡Vuelve aquí!». Pero él nadó hasta el poste. Cuando llegó, saludó. Nada más. Volvió nadando. Los chicos fueron al borde del embarcadero para ayudarle a subir. Nunca había visto una cosa igual: a veces estaba tan loco… Siempre hacía lo que nadie más haría. Así se metía en problemas: desafíos, desnudos y ese tipo de cosas. Éramos amigos de verdad. Aún hablamos. Cuando puedo, voy a visitarlo. Le echo de menos. Sé que no mató a esa chica. Lo que pasa es que, a la gente como él y como yo, los polis nos dan por perdidos.

Sam se dio cuenta de que hasta entonces pensaba que era la única mujer que visitaba a Dennis, aparte de Carrie. Nunca había mencionado a Lindsay. Compartían cartas en las que desnudaban su alma. Pero resulta que todo el tiempo había habido alguien más, alguien a quien nunca mencionó, una mujer secreta.

—Mirad, mirad ahí —dijo Lindsay, al tiempo que señalaba el agua—. Al otro lado, ¿lo veis?

Se inclinaron hacia delante y las cámaras enfocaron el punto que señalaba. Sam miró a regañadientes, pero no vio nada hasta que lo que pensaba que eran unos escombros se hundieron despacio bajo el agua oscura. Todos soltaron un chillido.

—Está plagado de caimanes, ¿veis? Dennis le echó un par de huevos.

Observaron el agua durante un buen rato. Cada onda provocaba una ola de emoción. Al final, volvieron a prestar atención a Lindsay.

—¿Puedes hablarnos del juicio? —preguntó Carrie.

—¿Qué queréis saber?

—Bueno, ¿por qué no dieron validez a tu testimonio? Dijiste que Dennis estaba contigo aquel día.

—Ah, eso. —Negó con la cabeza—. Vendieron la moto de que yo era una especie de loca que quería tener un novio. Nada más. ¡Hicieron que gente del colegio dijera que estaba obsesionada con él! Pero eso no es verdad. Nunca estuvimos juntos. Quiero decir, hicimos cosas, pero éramos más como amigos con derecho a roce, ¿sabes?

Sam se quedó junto al agua mientras Carrie y Patrick recogían el equipo. Todo se había ido al traste. Hasta entonces había sido casi perfecto. Hasta Lindsay. Pero el veneno estaba surtiendo efecto, como siempre. La paranoia y el dolor. Mark y ella discutían durante horas hasta que Sam se iba, con la esperanza de que él la siguiera. Pero, claro, nunca lo hizo. Porque no le importaba. Tal vez seguía siendo así.

Un pájaro blanco hundió el pico en el agua. Sam se lo quedó mirando, esperando que unas garras lo atraparan desde la orilla. Lo quería ver y no quería verlo. Finalmente, el pájaro salió volando y ella se sacudió, aliviada, pero también decepcionada. Había sido idiota por pensar que era especial.

—Ya veo que te ha molestado —dijo Carrie más tarde, mientras regresaban al motel.

—No sabía que le visitara nadie más —respondió Sam.

—A lo mejor exagera. Me parece un poco rara.

—¿Rara?

—¿«Uno de los chicos»? Eso solo es un código para los locos. Nunca te fíes de una mujer a la que no le gusten las mujeres. Te lo digo yo.

6

Extracto de *Cuando el río se tiñe de rojo*, de Eileen Turner

*U*na tarde de finales del verano de 1992, el agente Harries llamó a la puerta de los Danson. Desde el sofá, la madre de Dennis le ordenó a gritos que abriera. Normalmente, según dijo después, no estaba en casa. De hecho, aquel verano cada vez pasaba menos tiempo allí. Dormía en sofás, se quedaba en casa de amigos hasta que sus padres se hartaban y limpiaban la casa a su alrededor, quitándole las sábanas que le habían prestado. Aquel día había ido solo para meter la ropa en la lavadora y coger algunas cosas y llevárselas a casa de Lindsay.*

La policía se acercó por primera vez a Dennis en el grupo de búsqueda de Lauren. Dennis recuerda: «Me hacían preguntas como si insinuaran algo, pero no sabía qué». Así que, al ver al agente de policía tras aquella puerta rota, enseguida se puso tenso. Cuando reconoció al agente Harries, pensó que sería algo sin importancia, como el robo en la tienda del que había oído hablar. «El agente Harries siempre intentaba colgarme cosas. Siempre pensó que yo llevaba a Howard por mal camino. Como si yo fuera responsa-

* Entrevista, cárcel de Altoona, 1996.

ble de todo lo malo que hiciera», me dijo Dennis durante una entrevista.

Dennis le abrió la puerta al agente Harries.

—¿Sí? —dijo.

—¿Quién es? —gritó su madre desde el interior de la casa.

—Es el agente Harries —contestó Dennis a gritos.

—¿Un poli?

—Solo he venido a hacerle unas preguntas a su hijo, señora.

Harries afirma que ofreció que estuviera presente un progenitor o un tutor durante las preguntas que fuera a hacerle a Dennis,* pero insistió en que solo era una reunión informal.**

Contextualizando la verdad le preguntó por los verdaderos motivos: ¿por qué iba a ir un agente de policía hasta ahí solo para hacerle a un chico de diecisiete años unas cuantas preguntas informales sobre un asesinato ocurrido cinco meses antes? «Intuición de policía», respondió Harries. Otro agente declaró que, al principio de la investigación, Harries parecía más preocupado por interrogar a Dennis (hacia el que sentía una «profunda» desconfianza personal) que en seguir otras pistas.***

—¿Qué quería? —Dennis se mostró irritable y le bloqueó el paso a Harries para que no viera el caos que había detrás; se avergonzaba de las condiciones en las que vivía su familia.

—¿Puedo pasar?

—No especialmente. Tengo que irme. ¿Qué quiere?

—¿Dónde estabas el 10 de abril? —Harries anotó que Dennis sonrió ante la pregunta, que repitió.

---

* Conversaciones registradas de forma aproximada en las notas de Harries, 1992.
** *Red River Tribune*, 1993.
*** Fuente anónima, 1996.

—¿El 10 de abril? ¿Cómo iba a acordarme? ¿Se supone que tengo que recordarlo?

—¿Me estás diciendo que no te acuerdas?

—No lo sé… ¿Qué día era?

—Viernes 10 de abril.

—¿Un viernes? ¿En clase?

—Después de clase. A última hora de la tarde, al anochecer.

—¿A lo mejor estaba entrenando? No lo sé. Ni idea.

—¿Alguien puede ayudarte a recordar dónde estabas? ¿Algún testigo?

—Acabo de decir que no me acuerdo. ¿Cómo iba a saber con quién estaba?

Más tarde, Dennis admitió que había perdido la paciencia. Harries sonreía con aires de superioridad cuando le hacía aquellas preguntas. Declaró: «Lo sabía. Sabía que iba directo a su trampa, pero no sabía cómo evitarlo».

69

Aquello quedó así durante unas semanas. El tiempo suficiente como para que Dennis pensara que ya había pasado, para que se desvaneciera esa sensación de tener unos ojos clavados en la espalda. Sin embargo, un día, el agente Harries se presentó en el colegio y llamó a la puerta durante un castigo. Mantuvo una conversación entre susurros con el profesor, mientras las filas de alumnos los observaban en silencio. Sin embargo, Dennis lo sabía. Se puso en pie antes siquiera de que dijeran su nombre.* Harries lo sacó del colegio agarrado de la muñeca. Dennis se sentía confuso: no estaba seguro de sus derechos ni de si lo estaban deteniendo.

En comisaría, no pidió hablar con un abogado, pues no creía que hubiera hecho nada malo. Siguió sin pedirlo tras seis horas de interrogatorio. Tampoco pensó en llamar a

* Entrevista con un testigo visual, Jeff Bailey, 1996.

sus padres. Mientras contestaba a sus preguntas («no lo sé», «no me acuerdo», «no estoy seguro»), repasaba mentalmente los meses. ¿De qué podía ir todo aquello? ¿Era por el incendio que provocó en la parte trasera de la tienda de electrodomésticos? ¿O por entrar en el gimnasio? Pero no: aquello parecía ir más en serio. Había dos detectives en la sala, junto con él. Durante las primeras cinco horas, tomaron notas. A las ocho y media de la tarde, sacaron una grabadora.

Transcripción del interrogatorio de Dennis Danson

Hora: 20:51

Agente 1: Vamos, cuéntanos cómo mataste a Holly Michaels.
Dennis (riendo): ¿A quién?
Agente 1: Holly Michaels. Ya sabes quién es.
Agente 2: Todo el pueblo sabe quién es. ¿Nos estás diciendo que eres el único que no la conoce?
Dennis: No se me dan bien los nombres.

Los detectives tuvieron la sensación de que Dennis los estaba «provocando». Su sonrisa era una prueba de que «le encantaba» hacerlo.* Dennis, en cambio, recuerda su sonrisa como un signo de incomodidad, una reacción a la absurda situación en que se encontraba.

Agente #1: Holly Michaels. Once años, asesinada, en la prensa nacional.

* *Contextualizando la verdad.* Florida: Carrie Atwood, Patrick Garrity. VHS.

Los agentes le acercaron una fotografía de Holly. Se la había hecho en el colegio, con el pelo recogido en una cola de caballo atada con una goma elástica. Dennis recuerda mirar los ojos de la niña, con la mano encima de la fotografía.

<u>Dennis</u> (susurrando): Era muy pequeña.

Según Harries, que observaba desde la sala contigua, en aquel momento supieron que lo tenían.*

71

* Entrevista con Harries en *Red River Tribune*, 1992.

7

Sam sabía que estaba siendo fría. Era lo que pretendía. En la cárcel, detrás del panel de plástico, contemplaba con desidia la sala y evitaba mirar a Dennis. Bostezaba cuando le venía en gana, contestaba con monosílabos y en un tono bajito para que él tuviera que repetirle la pregunta y ella pudiera suspirar, poner cara de impaciencia y repetirlo más alto. Durante veinte minutos, estuvo esperando que él le preguntara qué le pasaba. «Nada», le diría, de un modo que le daría a entender que, sin duda, sí que pasaba algo. Lo repetiría hasta que llegara el momento adecuado. Luego le diría: «Ayer hablamos con Lindsay».

Era una actuación bien ensayada, natural… y contraria a toda lógica. Hacía que Sam se odiara a sí misma. Lo admitió ante Mark, de madrugada, después de provocar otra discusión que se le fue de las manos y de salir mal parada de ella. Después le confesó a Mark que no entendía por qué lo hacía. Se sentía como si estuviera podrida por dentro, llena de gusanos. Pero no podía evitarlo. Ni siquiera en ese momento, mientras contemplaba el precioso rostro de Dennis, con esa barba incipiente. Mientras él hablaba, Sam quiso odiarle, incluso cuando por un segundo se perdió en la idea de sentir la barbilla de Dennis contra la mejilla, áspera, de notar su aliento en el oído.

Sam suspiró.

—Y Jackson quería usar en la película algunos textos que he escrito. Eso mola bastante. Me visitará la semana que viene. Así pues, no podremos vernos… ¿Por qué pones esa cara?

—Tampoco quieres que esté aquí.

—¿La semana que viene?

—Nunca. —Se le aceleró el corazón. Apartó la mirada mientras por dentro suplicaba: «Por favor, por favor, convénceme de que me quieres».

—No entiendo qué está pasando…

—¿Te visitan otras mujeres?

—¿Como Carrie?

—No, no como Carrie. Otras mujeres. —Ya notaba las lágrimas, pero las reprimió. ¿Se estaba haciendo el tonto? En todo caso, resultaba bastante convincente.

—Pues no. ¿Por qué lo dices?

—¡Mentira! —Le salió más alto de lo que pretendía. Varias cabezas se volvieron hacia ella.

—¿Qué es esto? Samantha… —Se inclinó hacia delante.

Sam se echó hacia atrás.

—Lindsay. —Sam esperó, con una expresión impenetrable, ilegible. Dennis no dijo nada—. La vimos ayer. No paraba de alardear de ello.

—¿Lindsay? Lindsay no es otras mujeres.

—¿Y qué es?

—No sé, es solo… La conozco de toda la vida.

—¿Y por qué mentiste?

El rastro de confusión que vio en su cara la hizo sentir como si estuviera loca.

—No mentí. Simplemente, nunca se me ocurrió mencionarlo. Hace siete meses que no viene. ¿Por qué te pones así?

Estaban sentados, rígidos, sin hablar. Sam no quería re-

73

troceder y Dennis se sentía confuso. ¿Estaría preguntándose dónde se había metido?, pensó Sam, enfadada consigo misma. Sin embargo, los gusanos de su interior intentaban liberarse; no podía hacer nada por evitarlo.

—Es que no sé cómo confiar en ti —dijo Sam, y se puso en pie para irse.

—No, Samantha, eso no es justo. —Él también se levantó. Apoyó una mano en el panel.

—Tampoco lo es mentirme.

—Vamos…, solo estás tú.

—Tengo que irme. —Le dio la espalda.

Para entonces, todas las miradas estaban clavadas en ellos.

Un guardia se acercó a Dennis.

—¡No te vayas!

Sam miró a Dennis, que aporreaba el panel con la base de la mano. No sabía si estaba triste o enfadado. El guardia posó las manos sobre los hombros de Dennis e intentó obligarle a volver a su asiento. Las cadenas sonaban como cristales rotos.

—¡Cásate conmigo! —gritó, mientras Sam rompía a llorar—. ¡Te quiero! ¡Cásate conmigo!

—¿Puedo tuitearlo? ¡Mierda, tenemos que conseguirte un anillo! ¿Vas a llevar vestido de novia? —Carrie atrajo a Sam hacia sí y le dio otro abrazo.

—¡Sí! ¿Cómo hacemos lo del anillo? No sé nada de vestidos de novia. Simplemente, pensaba comprarme algo colorido.

Sam y Carrie entraron en el coche y cerraron la puerta. La radio se encendió en cuanto Carrie giró la llave, pero la apagó. Sam se lo había contado todo: que había dicho que sí, que el guardia había soltado los hombros de Dennis, que le dio una palmadita y le felicitó, en voz baja pero con sinceridad. Que nunca había visto sonreír a Dennis de ese modo.

—A lo mejor deberíamos buscar el anillo primero y luego lo tuiteo, con una foto.

—¿Compro el anillo?

—A la mierda, ya lo solucionaremos, no vas a comprarte tu propio anillo de compromiso. ¿Cómo te lo propuso? Cuéntamelo otra vez.

Sam estaba exultante. Cambió la parte de la discusión: no quería destrozar la imagen de persona cabal que Carrie tenía de ella. Estaban intimando. Le preocupaba que revelar cómo era realmente las alejara. De camino a casa de los Danson para entrevistar al padre de Dennis, vieron paisajes que empezaban a resultarle familiares: el campo de placas solares inclinadas con el calor, el tramo de agua junto a la carretera, donde habían visto una cola sumergirse con rapidez, tanta que no estaban seguras de si la habían visto. Atravesaron el pueblo y continuaron: abandonaron la carretera principal y tomaron otra en peor estado. Las ruedas resbalaban sobre la grava suelta. Los árboles azotaban las ventanas al pasar; las piedras chocaban contra la parte inferior del coche.

A Sam le empezó a doler el estómago. Había visto la casa de los Danson en el documental, pero no estaba preparada para comprobar lo aislada que estaba realmente. Lo único que impedía que los árboles invadieran del todo la carretera era la vía que abrían los coches. Ahora que el padre de Dennis, Lionel, estaba discapacitado, los únicos automóviles que pasaban eran los de las enfermeras que lo cuidaban durante el día.

Todo parecía trepar hacia ellas, envolverlas, asfixiarlas. Finalmente, llegaron a un claro. La hierba se enredaba en los neumáticos del coche. Sam conocía perfectamente esa casa de una planta, por las fotografías que había visto en Internet. De hecho, podía situar a Dennis, a los nueve años, de pie en el trozo de hierba muerta junto al garaje, sin sonreír, con el flequillo rubio peinado hacia delante sobre los ojos, entornando los ojos contra el sol. Salvo que ahora, enfrente del garaje, alguien había pintado la palabra «asesino» con espray rojo. Por toda la casa, había señales de más pintadas. Las habían tapado con pintura con el mismo blanco roto que tenía antes la casa. Ahora se volvía gris por el abandono.

Aparcaron fuera. Eran las primeras en llegar. Así pues, tuvieron que esperar al resto del equipo.

—¿Estás preparada para conocer a tu nuevo suegro? —preguntó Carrie.

Sam se puso más nerviosa de lo que esperaba. La casa recordaba a la de Amityville. Ponía los pelos de punta, como si supiera lo que se esperaba de ella. Lionel parecía un fantasma. Se negaba a mudarse, a pesar de que ya no podía valerse por sí mismo. Por otro lado, necesitaba más cuidados de los que podía permitirse. El seguro médico para mayores apenas cubría parte de sus necesidades. Lionel ganaba dinero vendiendo historias aquí y allá. Además, tenía una página web poco cuidada que capitalizaba «el espíritu cristiano de la donación» y permitía que la gente hiciera aportaciones para ayudarle a pagar sus cuidados. En ocasiones, vendía objetos familiares por eBay: viejas camisetas de Dennis, libros de texto a medio terminar... No le daba vergüenza sacar provecho de la notoriedad de su familia. Lionel argüía que había multitud de páginas que se dedicaban a recaudar dinero para su hijo asesino, mientras dejaban que él se pudriera.

Sam y Carrie se mostraban reacias a entrar. Pasaron más tiempo del necesario sacando el equipo del coche y grabando exteriores con una cámara de mano. Al final, una mujer las llamó desde el porche. Era la enfermera: llevaba una bata de color azul claro. Les preguntó si querían tomar algo y si preferían esperar dentro. La cara de cordero degollado que pusieron le hizo reír. Se acercó con los brazos cruzados y les dijo:

—Sé que es malo, pero no tanto.

Por suerte, en el interior de la casa, el aire era fresco. Un aparato de aire acondicionado traqueteaba en un rincón, aunque en la estancia reinaba un olor a medicina, enfermedad y crema antiséptica. Lionel estaba en una silla de ruedas colocada hacia el televisor. Detrás del hombro, le colgaba una bolsa de líquido amarillo: no quedaba claro si el fluido entraba o salía de su cuerpo. No se dio la vuelta cuando entraron. Tenía la mirada fija en el televisor.

La enfermera volvió con dos vasos de agua helada, apagó el televisor y dijo:

—Lionel, vamos, ya sabías que hoy teníamos compañía. Lo mínimo que puedes hacer es ofrecerles una silla o algo. —Le dio la vuelta.

Sam intentó no mirar la pierna que se terminaba a medio camino, ni el pie hinchado cubierto con un vendaje, ni el pulgar ausente.

—Carrie —dijo él, sin darle la mano.

—Señor Danson —dijo Carrie—. ¿Cómo le va?

Él movió una mano como si fuera una azafata mostrando el premio de un concurso.

—Genial, gracias. Diabetes, por si te lo preguntabas. —Tenía la voz ronca por el tabaco.

—Bueno, lo siento.

—Probablemente, te resultaría más simpático si estuviera en la cárcel, ¿verdad?

—¿Otra vez con eso? —Carrie sonrió.

Él se metió la mano en el bolsillo, en busca de un paquete de tabaco.

—Tú eres nueva —dijo, y se puso un cigarrillo entre los labios. Levantó la vista, como un tiburón, para mirar a Sam.

—Sí. ¡Hola! Soy Sam.

—Tú eres la chica —dijo, al tiempo que expulsaba el humo—. Sí, sé cosas. Eres la que está de visita. Una chica inglesa, me contaron. Yo pensé: ¿qué tipo de mujer querría a mi Dennis después de todo esto? Me dijeron que parecías normal. —Se rio—. ¿Normal? Bueno, no es que pueda saber si eres distinta. ¿Vas a decir algo?

—Eh, esto, encantada de conocerle —dijo Sam.

—Y yo soy Myra —dijo la enfermera, que les tendió la mano a las dos firmemente—. Él es demasiado maleducado para decírselo. He oído hablar de vuestra película, pero no la he visto.

—Por eso me gusta —dijo Lionel.

—No sabía que Lionel era famoso cuando empecé a trabajar aquí. —Guiñó un ojo—. Eso explica por qué es tan diva.

Lionel pareció suavizarse cuando Myra le tomó el pelo. Sam se sintió muy agradecida por su intervención. Incluso Carrie parecía sumisa en presencia de aquel hombre. De joven debió de resultar intimidante. Sam pensó en aquella fuerza bruta encerrada en esa casa minúscula. Sintió que el odio le quemaba en la garganta, pero bebió un sorbo de agua y se puso a hablar con Myra mientras Carrie movía sillas para dejar espacio para la iluminación. Cuando llegó el resto del equipo, se alivió la presión con el ajetreo y los gritos.

Sam se retiró al pasillo y miró a su alrededor: una capa de mugre lo cubría todo y había moscas muertas atrapadas en la ventana de la cocina. La miseria. Comprobó que nadie la viera, recorrió el pasillo y echó un vistazo al cuarto de Lionel: vio el equipo médico y la cama rodeada de barras para que no se cayera. Avanzó hasta la habitación del fondo. Sabía qué había allí. La puerta estaba cerrada. Volvió a mirar por encima del hombro antes de girar el pomo. La habitación era diminuta: una cama y un montón de cajas con trastos. Imaginó a Dennis atrapado en ese cuarto, con la puerta cerrada, escuchando el ruido de las botas de su padre en el pasillo y rezando para que no llegara hasta la puerta. Abrió un cajón y miró la ropa. No había mucho, solo calcetines desparejados.

Sacó una libreta de la estantería y la hojeó hasta llegar a la última página. Hacia la mitad, había algo escrito: algo sobre la Segunda Guerra Mundial. Las esquinas de la página estaban llenas de calaveras y esvásticas deformes. Era como las libretas que ella puntuaba como profesora, de niños que ocultaban sus miedos con maldad; chicos retorcidos y desconfiados como serpientes. Eran los chavales que llegaban al colegio con agujeros en el jersey y con las corbatas raídas, que se rascaban la cabeza y que fingían que no les importaba que les quitaran las sillas o que les daba igual cuando alguien les decía: «¡Mierda, apesta!». Toda la pena que podía haber sentido a primera vista por Lionel se desvaneció. Solo quedó un odio enfermizo y un sabor a ácido en la garganta.

—Háblenos sobre su implicación con la policía. —Carrie empezó la entrevista. Miró su iPad, con una pierna encima de otra, relajada—. Estuvo hablando con ellos doce horas tras la detención de Dennis por el asesinato de Holly Michaels. ¿Puede decirnos qué les contó?

—Me preguntaron dónde estaba Dennis aquella noche y les dije que no lo sabía. Fui sincero: ya nunca estaba en casa y no me sorprendía que tuviera problemas. Por supuesto, entonces no sabía exactamente qué tipo de problemas.

—¿Le preocupó que no le llamaran mientras le interrogaban? En aquella época, era menor. Le quedaban unos meses para cumplir los dieciocho años. Por ley, debería haber habido un progenitor o un tutor presente, pero lo retuvieron durante doce horas antes de llamarle.

—Como he dicho, el chico nunca estaba por aquí, así que no supe que estaba en comisaría hasta que me llamaron. Según me dijeron, no lo tenían retenido. Todo era informal, podía irse cuando quisiera, pero nunca lo pidió.

«Claro que Lionel no lo sabía», pensó Sam. Aquel hombre era borracho, egoísta y cruel.

—¿No cree que le intimidaran?

—Nada asustaba a ese chico.

—Usted le asustaba, ¿no?

—Eso dice él. —Lionel se encogió de hombros—. A mí nunca me pareció asustado. No le daba el miedo suficiente para apartarlo de los problemas.

—¿Cómo intentó imponerle disciplina?

—Igual que hacía mi padre conmigo. Le castigaba, le daba un coscorrón si era necesario. Su madre era demasiado blanda para hacer nada. En cuanto pudo apartarse de ella, empezó a meterse en problemas. Le rompió el corazón. Hice lo que pude.

—¿Los agentes llegaron a interrogar a su madre?

—A Kim no se le daba bien hablar con la gente. Al final estaba bastante perdida. No paraba de llorar, de decirles que era un buen chico; siempre lo defendía. Cuando descubrió lo que había hecho, no fue capaz de afrontarlo.

—¿Por qué creyó que había matado a Holly?

—Los polis estaban muy seguros. No tenían motivos para mentir. No creo en las teorías de la conspiración.

—Dejó entrar a los agentes, ¿verdad? Más de una vez. Sin una orden.

—Es cierto. No tenía nada que esconder. En cuanto a Dennis...

Sam se rascó la palma de la mano con las uñas. Lo que

realmente la sacaba de quicio era ese aire de mojigato. En el documental, parecía tan mala persona que se preguntó hasta qué punto esa imagen era producto de la edición de las imágenes. Ningún padre podía ser tan insensible y sarcástico. Pero, ahora que lo tenía delante, supo que era real. De no ser por esa sonrisa falsa que esbozaba a veces, hubiera dicho que aquel tipo estaba loco. Pero era evidente que estaba disfrutando.

Carrie hizo una pausa.

—¿Por qué está tan dispuesto a creer lo que dice la policía y no lo que dice su propio hijo?

—Son la ley. Creo que son buenas personas.

—¿Y Dennis?

—Mmmm. —Lionel se detuvo y miró hacia la ventana. Al respirar, un pitido salió de sus pulmones—. Nunca llegué a conocer a Dennis. No creo que nadie le conociera.

—¿Cree que podría haberlo intentado más? ¿Se arrepiente de algo?

Silencio. Lionel se lamió los labios secos y cerró los ojos un segundo.

—Tal vez podría haber salvado a esas chicas.

—¿Las chicas?

—Bueno, eso dicen. Que mató a todas esas chicas desaparecidas. Yo no lo sé. Pero, en cierto modo, me siento responsable. Rezo por ellas. Y para que se me perdone.

—Parece muy seguro de que están muertas. ¿Por qué? —preguntó Carrie.

—Han pasado más de veinte años y no se sabe nada de ninguna de ellas. Personalmente, nunca he conocido a una mujer viva capaz de estar tanto tiempo callada.

Carrie sonrió y negó con la cabeza.

—En serio, es importante —dijo, y se inclinó hacia delante—. ¿Por qué este pueblo está tan seguro de que esas chicas están muertas? Todas las investigaciones fueron una chapuza, como si ni siquiera intentaran encontrarlas. ¿Alguna vez se ha preguntado por qué, por ejemplo, nunca se interrogó formalmente al padrastro de Kelly?

—Es un pueblo pequeño. Por aquí nos conocemos todos. Era un buen hombre, un buen padre para aquellos niños.

—También tenía un historial de violencia contra las mujeres. Su exesposa solicitó una orden de alejamiento durante el divorcio.

—Amargura. Era una mujer amargada. Su dinero, en cambio, sí le gustaba, ¿no?

—¿Y Fintler Park?

—¿Qué?

—El parque de caravanas donde vivían unos doscientos exconvictos. La mayoría, agresores sexuales. Ya sabe, tipos que tienen que vivir a mil kilómetros de los colegios, parques y esas cosas. Informalmente, se conoce como Fiddler Park. Cuando Jenelle desapareció, los agentes fueron puerta por puerta y preguntaron a esos tipos dónde habían estado o si habían visto algo sospechoso. Unos cuantos chicos dijeron que había uno nuevo que estuvo aislado, recogió y se fue uno o dos días después de aquella noche. Un tipo incluso se hizo responsable y fue a comisaría para hacer una declaración oficial. Tenemos una copia de esa declaración. Su preocupación parecía sincera. Lo lógico sería seguir esa pista, ¿no? Tal vez buscar los registros de liberaciones recientes, ponerse en contacto con algún oficial de libertad condicional, comprobar si había alguien sospechoso en la zona… Ese tipo de cosas.

—No estoy seguro de qué hicieron. No soy policía. Tampoco veo esos programas de la tele. Pero supongo que las decisiones de los agentes estuvieron más fundamentadas de lo que usted o yo podamos suponer.

—Bueno, eso cabría pensar. Sin embargo, decidieron pasar por alto esa pista. No fueron más allá. Además, hay docenas de ejemplos de lo mismo: testigos que vieron a Lauren entrando en un camión azul; la familia, que expresó su inquietud por un vecino que prestaba demasiada atención a su hija adolescente; padrastros violentos. Nada de eso fue investigado. Es como si medio pueblo supiera algo que nosotros desconocemos. Como si no quisieran que lo averiguáramos. Como si el pueblo hubiera decidido que Dennis era el problema y con eso bastara. Como si no quisieran ver más allá. Tal vez les daba miedo lo que pudieran ver si lo intentaban.

Carrie lo miró a los ojos. Sam contuvo la respiración y vio que el equipo que la rodeaba hacía lo mismo. Lionel miró hacia atrás, sin parpadear. Abrió los labios para hablar, pero cambió de opinión. Sam pensó que Carrie lo tenía. Por mucho que se quejara por ponerse frente a la cámara, parecía disfrutar de aquello. Lionel se inclinó hacia delante y apoyó la cara en las manos. Separó los dedos y alzó la vista hacia Carrie. A Sam se le puso la piel de gallina.

—Y nosotros también nos habríamos salido con la nuestra si no fuera por vosotros, incordios.

Lionel se echó a reír, echó la cabeza hacia atrás y la silla de ruedas chirrió por debajo. Toda la sala suspiró; alguien emitió un leve gemido por detrás. Carrie no sonrió. No apartaba la vista de Lionel.

—¿Cree que hay una especie de conspiración? —continuó Lionel—. ¿Que toda esta gente podría guardar un secreto como este durante todos estos años? Deje que le ahorre tiempo: a menudo, la repuesta más obvia es la correcta, la que tienes delante de las narices todo el tiempo.

—Creo que usted y yo usamos una definición distinta de lo que es «obvio».

—¿Por qué no me sorprende?

—No estamos hablando de conspiración: hablamos de incompetencia. Y no hablamos de cientos de personas, solo de unas cuantas que no hicieron su trabajo, que tenían cosas que esconder y que querían vengarse de un adolescente con problemas…

—Se supone que esta serie es una secuela, ¿verdad? Porque solo oigo la misma mierda que en vuestra última película. Es como si estuvierais haciendo una nueva versión de vosotros mismos.

Sam admiraba la frialdad de Carrie frente a Lionel, que quizás era la peor persona que había conocido en toda su vida.

—Solo intentamos aclarar los hechos, señor Danson. O las versiones de la gente de los hechos, por lo que parece.

Lionel suspiró y miró por la ventana un momento antes de volverse hacia ella.

—No hay versiones. Ni historias. Solo lo que la gente de aquí sabe que es verdad. Es algo que los de fuera del pueblo nunca entenderán, porque no estaban ahí. No conocían a las familias como nosotros. Y no conocían a Dennis. No saben cómo era entonces, antes de que vosotros lo convirtierais en lo que es. Antes de que aprendiera a fingir ser la presa y no el cazador.

8

Extracto de *Cuando el río se tiñe de rojo*, de Eileen Turner

*E*l juicio se celebró entre abril y junio de 1993. Para entonces, Dennis tenía dieciocho años. Se le juzgó como adulto. Eso significaba (y Dennis lo sabía) que el juez podía condenarlo a la pena de muerte. Ciertos agravantes (como que la víctima era menor de doce años* y el carácter sentimental del caso) hacían que, si se le declaraba culpable, la pena capital fuera más que probable. No obstante, al principio del juicio, no parecía muy posible que lo fueran a condenar.

La fiscalía basaba el caso en declaraciones de ciertos testigos. Pero estas se podían desmontar con facilidad. Para la fiscalía, una testigo clave era una vecina llamada Bonnie Matthews. Afirmaba que Dennis se lo había confesado, en su casa, la noche del viernes 29 de mayo. Aquella noche, Dennis estaba jugando un partido fuera de casa contra el instituto de Jacksonville. Cuando la defensa interrogó a Matthews, la mujer se retractó y admitió que tal vez se equivocaba de fecha, a pesar de que en su declaración inicial se había mostrado muy segura.

---

* Legislación de Florida, 1993.

Transcripción: declaración de Bonnie Matthews al Departamento del sheriff del condado de Red River

Oficial: ¿Puede decirme por qué está segura de que la fecha era el 29 de mayo?

Bonnie: Es el día después de mi cumpleaños. Lo recuerdo porque aún había globos. Mis amigos pusieron globos para mi fiesta. Lo recuerdo por los globos.*

Además, la defensa preguntó por qué Bonnie, de treinta y seis años, tenía a un chico de diecisiete años en su casa un viernes por la noche y por qué había tardado más de cuatro meses en informar a la policía sobre aquella confesión. Tras doce minutos de interrogatorio, su testimonio quedó anulado. La defensa y Dennis pensaron que la fiscalía no tendría manera de superarlo.

Más tarde sucedió lo mismo con un compañero de celda de Dennis: Jason Gunner. Este afirmaba que Dennis le había confesado que había estrangulado a Holly Michaels con sus propias manos (esa había sido la causa de la muerte que se había conocido tras la autopsia). Sin embargo, Jason también dijo que Dennis le había confesado que había mutilado el cuerpo grabando un pentagrama en la carne para «pactar con el diablo».** Así no lo pillarían.

Esta escabrosa declaración no se sostuvo ante el interrogatorio. Tampoco coincidía con los hechos del caso: no había ningún pentagrama ni nada «grabado» en el cuerpo de Holly.

Dennis sabía que su juicio se había convertido en un espectáculo. Todos los días entraba en la sala con la cabeza

* Transcrito del registro de la declaración hecha en octubre de 1992.
** Extraído de las transcripciones del juzgado, abril de 1993.

gacha, desfilaba ante una multitud de periodistas ansiosos que gritaban su nombre. Su abogado le protegía de los *flashes* de las cámaras. Una vez dentro de la sala, el espectáculo se disipaba: las conversaciones en voz baja de los abogados con el juez, los descansos, infinidad de rituales y procedimientos. En realidad, Dennis se aburría soberanamente. Cuando no tenía que oír a gente que explicaba historias falsas sobre él o sentía vergüenza por lo que escuchaba, solo pensaba en las enormes ganas que tenía de salir de ahí. «No pensaba con claridad. Incluso creía que la cárcel era mejor que el juzgado, porque por lo menos ahí podía leer, hablar con los chicos o hacer tareas. Cualquier cosa tenía que ser mejor que el juzgado.»*

El abogado de Dennis, Charles Clarkson, le aseguró que todo aquello acabaría pronto. Pero él se preguntaba qué le ocurriría entonces. El primer día miró por encima del hombro las caras de los que estaban en el público. No vio a sus padres. Hacía meses que no hablaba con ellos: renegaban de él, pensaban que era culpable. Cuando todo terminara, ¿adónde iría?

La defensa llamó a expertos forenses: todos concluyeron que no se podía situar con seguridad a Dennis en el escenario del crimen. Cuando el juicio finalizó, Clarkson aseguró a su cliente que estaba hecho: al cabo de unas semanas, esa pesadilla habría acabado. Sin embargo, la percepción que tenía la opinión pública respecto a Dennis no cambiaba, a pesar de todas las pruebas que parecían exculparlo. Tal vez la defensa tendría que haber pensado que, en este caso, el argumento de la razón y de los hechos no sería suficiente. Se enfrentaban con la emoción pura. Deberían haber tenido en cuenta que con los sentimientos no se puede razonar.

* Entrevista, cárcel de Altoona, 1996.

Red River Tribune
12 de junio de 1993

Se ha descubierto que, el año pasado, el abogado de Danson fue el responsable de la puesta en libertad del conocido agresor sexual Lyle Munday. Varias semanas después de salir en libertad, Munday violó y mató a una niña de once años. El abogado, Charles Clarkson, declaró no arrepentirse de su intervención: «Es una tragedia que Lyle acabara con una vida, pienso en ello todos los días. Pero un jurado le declaró no culpable por un crimen que no cometió. No podemos encarcelar a gente por crímenes que no han cometido, no podemos especular si alguien cometerá un crimen en un futuro y encerrarlos. La ley no funciona así».

Para la opinión pública, Charles Clarkson era un defensor de asesinos de niños. Los vecinos de Red River temían qué podría ocurrir si el jurado declaraba no culpable a Dennis. ¿Sus hijos correrían peligro?

La defensa siguió su camino. Preguntaron al jurado si podían declarar culpable a Dennis Danson sin ningún tipo de duda razonable. No era importante si les gustaba Dennis o si no les parecía de fiar. Daba igual si creían que era frío o sospechoso. Simplemente, teniendo las pruebas que les habían presentado, ¿podían afirmar con absoluta certeza que mató a Holly Michaels? «Yo no podría. Los animo a pensarlo con atención, objetivamente. No hay pruebas. Dennis no pudo matar a Holly Michaels», dijo Charles Clarkson.*

El jurado deliberó durante seis horas. «Culpable», anunció el presidente. Entre los asistentes, se oyeron algunos aplausos. Dennis parecía «sorprendido»** por el ve-

* Transcripciones del juzgado, declaración final, julio de 1993.
** *Contextualizando la verdad*. Florida: Carrie Atwood, Patrick Garrity. VHS.

redicto. Regresó a la celda sin poder entender del todo las consecuencias. Al día siguiente, lo llevaron al despacho del director de la cárcel. Habían encontrado a su madre en el garaje, con la piel de color azul. El coche llevaba toda la noche en marcha. No pudieron hacer nada por ella. El director dijo que lo sentía, en voz baja, con una mirada solemne. Luego volvieron a llevar a Dennis a su celda.

El funeral se celebró sin él. Su padre no quiso firmar los papeles que le hubieran permitido asistir con vigilancia policial. No había intimidad para el duelo. Dennis se sentía aturdido. Incluso durante la lectura de su sentencia, estaba solo medio presente. En realidad, no estaba seguro de si le importaba lo que le ocurriera. Había aprendido a no hacer caso de las monótonas voces del juzgado: eran como ruido blanco para él. Así pues, cuando un grupo empezó a gritar desde el fondo de la sala que lo encerraran de por vida, miró a su abogado, con los ojos desorbitados por la esperanza. Sin embargo, su abogado le dio un apretón en el hombro y negó con la cabeza. El juez llamó al orden, pero un hombre gritó: «¡Dinos dónde están! ¡Solo Dios puede juzgarte ahora!».*

* Ídem.

9

*E*l dinero que la abuela de Sam le había dejado en herencia empezaba a escasear. Había subestimado lo caro que sería todo aquello. Tenía que ir con cuidado o no podría permitirse el vuelo de vuelta a casa. Lo dijo en voz alta, «casa», y no sintió nada. La casa de Bristol estaba vacía. Estaba pensando en alquilarla, pero eso también requeriría volver. La verdad es que no estaba segura de poder afrontar la vuelta. No tenía motivos para regresar, más allá del dinero. ¿Y qué haría en Bristol? Había dejado su trabajo, su casa, su familia. Ahora todo lo que le importaba estaba aquí.

Se miró en el espejo. El vestido para la fiesta de despedida de soltera que Carrie le estaba organizando le quedaba bien. Sin embargo, aún tenía la cara hinchada de llorar, después de la conversación telefónica con su madre de esa misma tarde.

—¿Qué estás haciendo? —le había preguntado con un deje de histeria en la voz—. ¿En qué estás pensando?

Sam le hablaba sobre los errores de la justicia. Le contaba que Dennis era un caballero. Le hablaba del grupo de amigos con el que estaba, que estaban muy contentos por ella.

—Es una fantasía. Es imposible que sepas nada de ese hombre —dijo su madre.

—Se llama Dennis —respondió Sam.

—No importa si es inocente o no.

—¡Claro que importa!

—Está en la cárcel. Lo van a ejecutar.

Aquello le dolió.

—¡No! ¡No lo harán! Mamá, tienes que entender de qué estamos hablando. Esta petición tiene cientos de miles de firmas…

—¿Y de qué servirá la petición? Samantha, sé realista. Sé que no eres tan tonta.

—Aunque nunca salga en libertad, aunque… Seguiré queriéndole. Aún quiero ser su esposa.

—¿Por qué? No lo entiendo. ¿Por qué?

—Le quiero.

—¿Qué se supone que le vas a decir a la gente?

—La verdad. El resto del mundo entiende lo que está pasando aquí.

—Me siento… avergonzada. Profundamente avergonzada. Si tu abuela estuviera viva para verlo…

Sam colgó, se tumbó en la cama y lloró hasta que el teléfono vibró con un mensaje de Carrie: pasaría a las seis. Se levantó y puso el agua de la ducha muy caliente; se forzó a quedarse debajo, con el chorro en la espalda, hasta que le dolió lo suficiente para olvidar. Una vez lista, se sentó en el borde de la cama e intentó no estropear el maquillaje con el sudor antes de salir de la habitación.

—¡Estás guapísima! —le dijo Carrie cuando se encontraron.

Fueron a un restaurante de una cadena que quedaba cerca. Habían atado globos a diversos taburetes. Se movían en el aire. Las paredes estaban decoradas con señales de tráfico, guitarras y cuernos. El personal aplaudió cuando llegaron. Todos fueron a darle la mano o un abrazo. Todos la felicitaron. Sam se sentó a la mesa, se deslizó hasta Patrick, empujada por Carrie. Su cóctel llegó con una bengala. Poco a poco, se hizo el silencio. Carrie le regaló una cajita con un anillo.

—Es de parte de todos. No es muy grande ni nada, pero ya sabes...

El anillo de compromiso era de oro blanco, con un diamante pequeño, delicado y sencillo. Sam no podía mirar a nadie: no quería echarse a llorar como una tonta. Carrie le dio un abrazo.

—¡Dennis es como mi hermano pequeño! Y le haces tan feliz... Es lo mínimo que podemos hacer, de verdad.

—Yo no...

—Calla, claro que puedes, joder —la cortó Carrie.

Sam se puso el anillo de compromiso en el dedo índice. Ante la insistencia de Carrie, posó para una fotografía. Luego hubo más fotos, que colgaron en la cuenta de Twitter de la serie. Cuando se sentó, Carrie le puso un velo y una tiara de plástico en la cabeza. Le tiraba del pelo y se le clavaba en el cráneo. Por su parte, el alcohol y el sabor a fruta azucarada de su cóctel la habían animado. Estaba allí, viva.

Unos días antes, Carrie y Sam habían discutido. Sam no paraba de hablar de Lindsay. Carrie soltó un fuerte gruñido y la interrumpió:

—Dios mío, niña, tienes que parar. En serio. Debe de ser muy estresante estar dentro de tu cabeza.

—De hecho, sí que lo es —respondió Sam—. Pero si querías que parara, solo tenías que decirlo. No hace falta ser tan...

—He intentado cambiar de tema mil veces. No paras de volver a Lindsay. Es que... ¿a quién le importa? Ni siquiera a Dennis. Ni se acordaba de ella hasta que tú sacaste el tema. La mayor parte del año no tiene a nadie. ¿Quieres que deje de visitarle solo porque te hace sentir mal? Dennis no te lo dirá, pero yo sí: es bastante egoísta, joder..., y roza la locura. Dennis te quiere. Yo te quiero. Así que, por favor, por el amor de Dios, déjalo ya.

—Lo entiendo, pero…

—No. ¡Déjalo!

—Es que no es tan fácil.

—Sí que lo es.

—Vale.

—Gracias.

Se sintió avergonzada. ¿Carrie y Dennis hablaban en secreto sobre ella? ¿Qué más habían comentado?

Pidieron comida: bandejas de nachos y alitas de pollo para compartir, enormes platos de costillas y hamburguesas.

—¡Mañana a estas horas seré la señora de Dennis Danson! —dijo Sam, y vació su cóctel.

El grupo soltó gritos de alegría. Ya tenía listo el vestido de novia: de colores vivos, modesto, con una tela favorecedora en la cintura y con las mangas de tres cuartos que exigía el código penitenciario. Por lo demás, el equipo legal la había ayudado con el papeleo. No era la boda con la que había soñado, cómo negarlo. Pero, bueno, nunca le habían importado mucho eso de las bodas. La gente que la rodeaba disfrutaba con su alegría, cosa que mitigaba las dudas que, de vez en cuando, la asaltaban. El miedo podía ser como una tormenta fría e insidiosa que lo inundaba todo.

La música sonaba a pleno volumen. Todo el mundo en el restaurante gritaba para oírse. Un niño lloraba. Unos camareros entonaron el cumpleaños feliz a una adolescente avergonzada que apenas esbozaba una media sonrisa. Patrick le estaba hablando a todo el mundo de un documental que había filmado en Irak cuando apareció Jackson Anderson. Se plantó en el extremo de la mesa. Sorprendidos, todos dejaron de hacer lo que estuvieran haciendo y lo saludaron. Se inclinó y le dio a Sam un abrazo incómodo.

93

—Me he enterado de lo de tu compromiso, felicidades.

Ella le dio las gracias y se apartó para ofrecerle un asiento, pero él se quedó de pie, con las manos en los bolsillos.

—Solo había pensado en pasar por aquí y presentarme antes de la grabación de mañana.

—¿Mañana? —Sam se quitó la tiara de la cabeza y la dejó en el asiento.

—Vamos a grabar la boda. Hemos hablado con Dennis de eso. Quedamos en que era lo mejor para la historia que estamos contando. Así podremos mostrar el otro lado de Dennis... Sin vuestra relación parece... como unidimensional, ¿sabes?

De pronto, Sam se encontró mal: tenía el estómago revuelto por la bebida, los gritos y el miedo. En un instante, el vestido que pensaba ponerse le pareció sin gracia; la piel, granulada y con manchas; la cintura, gruesa y basta.

Dos camareros sonrientes sujetaban un pastel con bengalas y una vela en forma de novio y novia. Sam sopló la vela cuando Jackson movió una silla y se ajustó la gorra.

Lo había visto antes. BBC News lo había entrevistado en una sala beis con las cortinas corridas. Sus adaptaciones de una trilogía distópica para jóvenes habían recaudado cientos de millones. Por cómo se comportaba al contestar las preguntas sobre aquellas películas (con afirmaciones pretenciosas), resultaba evidente que quería que se lo tomaran más en serio. Entonces a Sam no le había gustado. Y tampoco le gustaba ahora: sentado a horcajadas en una silla, con la gorra puesta, a pesar de que estaban en una sala interior. «Se cree que es el puto Ron Howard», le había dicho Carrie en cierta ocasión.

—De todos modos, estaremos grabando: necesitáis testigos. Durante el resto de la visita, os dejaremos en paz. Creo que tenéis una hora, ¿no? No está mal, ¿verdad?

—No lo sé. ¿No es... un poco personal? —Sam miró a

los demás en busca de apoyo, pero estaban mirando a otro lado, dándole vueltas a las sombrillas del cóctel o jugando con unas diminutas espadas de plástico.

—Estás... de acuerdo, ¿no? —preguntó Jackson.

—Sí, solo me sorprende —dijo Sam—. Pensaba que tendría que firmar algo.

—No hace falta, está todo organizado. Bueno, os veo mañana temprano. Carrie, me encantaron los cortes que me enviaste. Sigue así.

Empujó atrás la silla, hacia la mesa vacía de al lado, y se fue.

El grupo dejó escapar un suspiro sincronizado.

—Es como si todos nuestros padres se presentaran aquí intentando molar delante de nuestros amigos —dijo Carrie.

La gente soltó una carcajada de alivio. Pero Sam, mientras cortaban el pastel, empezó a sentirse cansada y tuvo ganas de estar sola.

Al día siguiente por la mañana, Sam esperó tumbada a que se apagase el despertador. El vestido estaba colgado en la puerta; las etiquetas, en un lado. Se había acostado demasiado tarde y había bebido más de lo que pretendía. Durante la noche, había ido al lavabo a vaciar el estómago. Al final, solo le subía líquido por la garganta, fibroso y caliente. Pero aún estaba aquella sensación de tener la grasa de la comida pegada en la piel.

Se cepilló los dientes con demasiada fuerza y escupió sangre. Se recogió el pelo en una cola de caballo y se hizo un moño prieto; clavó bien hondo las horquillas: se hizo daño en el cuero cabelludo. Tenía la piel gris y los ojos llorosos y cansados. El vestido que tanto le gustaba hacía una semana le parecía ceñido y sin gracia. No obstante, arrancó la etiqueta, la tiró a la basura y decidió que aquel día solo se miraría si era absolutamente necesario. Al salir compró una botella de Dr. Pepper de la máquina. Estaba tan burbujeante que le quemaba la lengua. Luego esperó a Carrie bajo la sombra de una marquesina en el aparcamiento.

Cuando llegaron a la sala de visitas, los recibió el equipo, encabezado por Jackson. También había un funcionario de justicia, encargado de controlarlo todo.

—¡Aquí llega la novia! —exclamó Carrie.

—¿Nerviosa? —Patrick estaba tan pálido como ella.

—¿Emocionada? —apuntó Jackson, que miraba a través de una cámara.

—Estoy bien, bien. ¿Dónde está Dennis? ¿Está…?

—Cinco minutos —dijo un guardia—. A mi hija le encantan tus películas, ¡se va a poner muy celosa cuando se entere de esto!

—Bueno, dele sus datos a Carrie y le enviaremos algo a su hija —respondió Jackson.

Carrie asintió, hizo un gesto y se volvió a Sam. «Gilipollas», dijo sin voz señalando a Jackson con los ojos.

Sam tenía una sensación conocida, como si algo se separara de su cuerpo, como si quisiera escapar corriendo. Respiró hondo. «Echarse atrás. Todo el mundo se echa atrás», se dijo.

Oyeron a Dennis antes de verlo: las cadenas, el chirrido de una pesada puerta metálica, como una especie de monstruo de película de serie B. Iba vestido de blanco y se había afeitado la cabeza. Sam tuvo ganas de alargar la mano y tocarle el pelo corto que brillaba bajo la luz. Sin embargo, estarían separados por un panel, como siempre. No se hacían excepciones, ni siquiera para una ocasión como aquella.

Cuando ambos se sentaron ante el panel divisorio, Sam le miró los brazos, nuevos contornos que no había visto antes. El estómago le quedaba plano incluso cuando se inclinaba hacia delante.

—¿Has adelgazado? —preguntó, al tiempo que estiraba el vestido por encima del michelín de su estómago.

—Sí —dijo, contento de que se hubiera fijado—. He estado entrenando desde que viniste. No me había dado cuenta de lo mal que estaba.

—Estás… genial. De verdad.

—Gracias. —Él bajó la mirada y giró los brazos para mirar el músculo—. Tú también estás distinta. ¿Estás cansada?

—Eh…, sí, anoche montamos una despedida de soltera. Bebí un poco. —Sam apartó la mirada, con el rostro ardiendo.

—De acuerdo. —Jackson dio una palmada y se frotó las manos—. ¿Estamos listos?

—Eh, lo siento —dijo Dennis—. Estás preciosa.

Ella levantó la cabeza y vio cómo él presionaba el dedo contra el plástico. Ella sonrió y le imitó.

Como ninguno de los dos era religioso, habían escogido una ceremonia civil. Un juez de paz (un hombre de traje beis con una corbata azul) leyó un papel que llevaba en una carpeta de anillas con el lomo agrietado. Pasaba las páginas y movía los pies. En la sala, el ambiente era sofocante. A Sam se le acumulaba el sudor en el canalillo. Mientras el funcionario hablaba, ella y Dennis se miraban. Sam pronunció sus votos y escuchó mientras Dennis decía los suyos. Le miró a la cara y se preguntó en qué estaría pensando. ¿Se sentiría tan raro como ella, repitiendo esas palabras que no encajaban con sus labios, que quedaban suspendidas en el aire? Ojalá hubiera escrito sus propios votos, para poder decirle que estaría ahí, le pusieran en libertad o no, que lucharía por él hasta que todo estuviera perdido, que le amaba tanto que le dolía.

No pudieron besarse. Las reglas de la cárcel dictaban que debían permanecer a ambos lados del panel divisorio, sin excepciones. El equipo abrazó a Sam y felicitó a Dennis.

Sam pensó cómo podría haber sido: su primer baile, darse pastel el uno al otro, la noche de bodas enredados entre las sábanas blancas. En cambio, hablaron. Él le pidió que no se fuera.

—Pensaba que podría aguantarlo —dijo—, pero no puedo: necesito que te quedes.

—No tengo dinero suficiente. Tendré que regresar a Inglaterra, trabajar un tiempo, ahorrar.

—Por favor —dijo él—, he hablado con Jackson: dice que podrían conseguirte un trabajo aquí. Quédate unos meses. Vivo por estas visitas…

—¿Y mi visado? Creo que no puedo trabajar…

—Ahora estamos casados, puedes conseguir la nacionalidad. Deja de buscar motivos para no quedarte. Ahora eres mi esposa, te necesito.

10

*U*nas semanas después, Sam estaba viviendo en un piso barato en las afueras de Gainesville. Jackson Anderson se ocupaba de pagarlo. De vez en cuando, le encargaba tareas no especializadas para que sintiera que no estaba abusando, cosas como leer y contestar mensajes de correo electrónico de seguidores de *Contextualizando la realidad* o repasar los comentarios en las redes sociales y comunicarles cualquier novedad de la serie de inminente estreno a sus seguidores. Sin embargo, eso solo era una pequeña parte del día, el resto se lo pasaba viendo la televisión o paseando entre los pasillos del Walmart, incapaz de decidir qué comer después: solía olvidar para qué había ido y acababa comprando cualquier porquería que hacía que notara los dientes rugosos y le doliera el estómago.

Carrie regresó a Los Ángeles después de terminar la grabación. Llamaba con regularidad y solían pasarse una hora al teléfono. Después de colgar, llegaba ese horrible silencio. Sam se obsesionó con seguir las páginas de Facebook de algunos famosos de Inglaterra. Parecían hablar solo para ellos mismos: fanfarroneaban de sus nuevos bebés, de sus nuevos trabajos, de excursiones y restaurantes. Por otro lado, no había visto la página de Mark desde que la había dejado. Ahora la visitaba para hacerse daño, en busca de algún rastro de ella. Pero nada: era como si nunca hubiera existido.

La gente de los foros no veía con buenos ojos su matrimonio con Dennis. La llamaban «fanática». En realidad, les interesaban bastante más las novedades del caso en sí. Querían un juez distinto, imparcial. Organizaron una petición para que alguien nuevo trabajara en el recurso de apelación. Sam se preguntó cómo podía haber admirado a esa gente. ¿No creían que los abogados de Dennis ya lo habrían hecho?

Iba a visitar a Dennis una vez por semana, se peinaba y sonreía. Pero cada vez tenía menos de lo que hablar.

Entonces, una tarde, sonó el teléfono.

—Tengo noticias —dijo Carrie—. ¿Estás sentada?

Carrie le explicó que la línea de pistas había recibido una llamada de un hombre que quería permanecer en el anonimato. Les dijo que había pasado más de diez años en la cárcel por abuso infantil. Cuando salió de prisión, había visto los carteles. Dijo que, cuando lo detuvieron por primera vez, había compartido celda con un hombre llamado Wayne, que le confesó que había matado a chicas de las que la policía nunca supo nada. Le contó que incluso habían encontrado a una de ellas; estaba convencido de que lo iban a encerrar por eso, pero las autoridades nunca lo relacionaron con el caso. Después de aquello, tuvo miedo y dejó de matar. Al principio, dijo el informante, pensó que Wayne mentía. En realidad, ¿quién es tan tonto como para confesar a un desconocido que es un asesino en serie? Sin embargo, no se lo quitaba de la cabeza: demasiados detalles. Además, parecía sentirse orgulloso de lo que había hecho.

La persona que atendió esa llamada le preguntó cuál era el color de pelo de Wayne. El informante contestó que era canoso: un pelo grueso, áspero y canoso. Wayne también se vanaglorió de haber cortado un mechón de pelo de la chica como recuerdo, pero lo quemó en la cuneta de una carretera semanas después, por miedo a que los policías lo encontraran. La chica le había arañado: tuvo que cortarle los dedos. Según el informante, en ese momento, a Wayne se le revolvió el estómago. No obstante, se rio al recordarlo e imitó con los dientes el sonido de los huesos cortados. Le confesó que nunca se sentía satisfecho: cada vez que tenía a una chica, tenía que hacer más y más. Por eso, al final, lo cogieron: estuvo demasiado tiempo merodeando por el escenario del crimen. Aquel fue un gran error. Al informante, ese tipo no le gustaba. Se llevó una buena alegría cuando los separaron. No se consideraba un chivato. Sin embargo, dada su situación (delitos sexuales), no le iba a resultar fácil conseguir trabajo, por lo que el dinero de la recompensa le iría de maravilla.

El detalle del pelo de Holly Michaels nunca se había dado a conocer al público: un cuchillo le había dejado una marca en la parte trasera del cráneo. El equipo de Dennis se puso a trabajar a toda máquina. Empezaron a reunir nuevas solicitudes para revisar las pruebas y llamar a las autoridades. Finalmente, le siguieron el rastro a un tal Wayne Nestor, que había sido trasladado de la cárcel que había mencionado el informante a otra en Kansas. Lo habían detenido por un asesinato violento y por la violación de varias niñas: su perfil coincidía con el asesinato de Holly. Además, en aquella época, había residido en Ocala y conducía un camión que solía circular por una carretera que pasaba por Ocklawaha, el campamento de animadoras donde se había visto a aquel exhibicionista.

Carrie esperó lo suficiente para asegurarse de que valía la pena ilusionarse. Hizo prometer a todo el mundo que ella sería la primera en llamar a Sam.

—¿Y? ¿Qué te parece? —dijo.

—¿Y ahora qué va a pasar?

Sam se estaba mordiendo el pulgar. Se vio en el espejo: pálida y con ojeras, con un montón de granitos en la barbilla.

—Haremos que vuelvan a examinar la camisa de Holly. Si contiene ADN de Wayne, saldrá en el sistema indexado de ADN combinado, en la base de datos criminales. Y entonces..., bueno, entonces Dennis podría quedar en libertad al cabo de unos días. Quiero decir..., es él..., joder, ¿no?

Sam dejó de caminar, se agarró al respaldo de una silla e intentó centrarse. La habitación estaba llena de ropa por lavar, vasos y platos sucios, cajas de comida vacías.

—¿Días? —dijo.

—Sí, cariño, días. Absuelto. Nunca hubo ni una pizca del ADN de Den en Holly. Si podemos ponerle nombre a la sangre que había en la camisa de la chica, no tendrán más remedio que dejarlo en libertad. Y ese informante nos ha dado una base sólida para volver a examinar la camisa.

—¿Qué probabilidades hay de que nos dejen examinar la camisa?

Sam ya no sabía lo que quería. ¿Era esto?

—Yo diría que bastantes. Antes han tumbado nuestras peticiones, pero ¿con algo como esto? Los abogados están bastante seguros. Patrick y yo volvemos a Florida con el equipo el miércoles, para no perdernos nada. No me lo puedo creer. Estoy tan emocionada... ¿Qué te parece a ti?

Si el recurso de apelación no prosperaba y las autoridades se negaban a volver a examinar la camisa, no quedaría ninguna esperanza.

—¿Alguien se lo ha dicho ya a Dennis?

—No. Hay que verificar muchos datos por si el tipo fuera un loco o un mentiroso. Nadie quiere darle esperanzas vanas.

—No sé qué hacer.

Sam se sentó, le fallaban las piernas.

Fuera lo que fuera lo siguiente, tenía que estar preparada.

11

Sam recibió la noticia solo tres días antes. Wayne Nestor había admitido ante el cura de la cárcel que había matado a Holly Michaels. Se lo confesó todo en busca de redención. Luego lo repitió ante una cámara de vídeo, con su abogado al lado, sin pedir nada más que el perdón de Dios. El tribunal volvió a examinar la camisa y halló una coincidencia positiva. Había que dejar en libertad a Dennis. Tras tantas decepciones, después de tanto tiempo con el caso estancado, de pronto la vida avanzaba rápidamente.

La noche antes de la puesta en libertad de Dennis, Sam se tomó una pastilla para calmar los nervios, luego varias más. Finalmente, el teléfono la despertó. Carrie le dijo que iría a buscarla al cabo de veinte minutos. Sam preguntó si podría ser dentro de una hora y Carrie se echó a reír, como si la idea de que pudiera esperar otro segundo más le resultara increíble.

Se aseó en el lavabo y se roció con el desodorante hasta que el pequeño baño sin ventanas se empañó. Se puso maquillaje nuevo sobre el del día anterior, sacó un vestido del cesto de la ropa sucia, arrugada y mohosa. Se puso a gritar cuando Carrie llegó al cabo de solo quince minutos. Metió cosas aleatoriamente en una bolsa para una noche, sin saber dónde iba a quedarse, sin creer que Dennis iba finalmente a estar con ella.

Carrie volvió a hacer sonar la bocina y gritó:

—¡Mierda! ¡Mierda! ¡Cálmate, joder! ¡Ya voy!

Había un café esperándola en el coche, gigante, con la temperatura justa para darle un sorbo. Carrie estaba hablando de su novia, Dylan, que se quejaba de lo mucho que le exigía el caso.

—No se cree que vaya a salir, ¿sabes? Es duro. Llevo haciendo esto veintiún años, pero solo llevamos juntas tres. A veces, Dylan no lo entiende. Me gusta tenerte cerca. Tú sí lo entiendes.

Sam no dejaba de asentir mientras veía pasar concesionarios de coches y tiendas que vendían productos de segunda mano. Iban a toda velocidad hacia el juzgado. La voz de Carrie sonaba alterada y era difícil de seguir. El ruido de la radio aumentaba de volumen. Sentía una presión en el pecho; las costillas se le pegaban a los pulmones como si fueran garras.

—Para, tenemos que parar, no puedo respirar —dijo.

—¿Ahora? —Carrie miró alrededor.

Sam se dio cuenta de que no podía cambiar de carril para acceder a la zona de descanso. Bajó la ventanilla, pero el aire era más sofocante que en el interior. Se desabrochó el cinturón: dejó que golpeara en el respaldo y el sensor se puso a pitar para que volviera a abrochárselo. Se separó el vestido del pecho. Sobre la piel, notaba las uñas, frías y húmedas.

—Para, para el coche.

Alguien hizo sonar la bocina cuando Carrie dio un giro brusco. Sam abrió la puerta antes de parar y cayó al suelo junto a la carretera.

—¿Qué sucede? ¿Qué te pasa? —Carrie le dio la vuelta a la parte delantera del coche y se agachó a su lado. Le sujetó el pelo en la nuca y le dijo que se calmara, que respirara hondo.

—No sé si puedo hacerlo —dijo Sam cuando logró calmarse un poco.

—¿Con Dennis? —Carrie la miró con angustia.

Sam se sintió horrible, pero no pudo evitarlo.

—Ha sido muy rápido.

—Sí, lo sé. Mira, no tienes por qué hacerlo. Puedo llevarte a casa. Incluso puedes venir y esperar en otro sitio. Puedes ir paso a paso. Tal vez luego te puedas acercar a la fiesta. O... Sam, di qué necesitas y lo haremos. —El tono de Carrie era sincero y apoyó una mano en la espalda de Sam, cuya respiración fue tranquilizándose.

—Tengo que estar ahí. Soy su esposa.

—Chorradas. Lo entenderá. También es demasiado para él, ¿sabes? Se lo explicaré.

—No..., no es que no quiera... Es que... tengo miedo.

Sam se había acostumbrado a su relación tal y como era, separados por una pared de plexiglás. Sin esa pared, le preocupaba que nada impidiera que se hicieran daño, como había sucedido con Mark. Temía que les pasara como a todo el mundo: se distanciarían, mentirían, apagarían el teléfono, cometerían esas pequeñas crueldades de las que Dennis y ella habían estado protegidos hasta entonces.

—Por supuesto. ¡Yo también! Es una locura, joder.

—¿Tienes miedo?

—¡Sí! —Carrie soltó una risa nerviosa—. Hace más de veinte años que lo conozco. Desde entonces, no he dejado de trabajar esperando este momento. Era toda mi vida y ahora, de repente... ¡Joder! Debería estar ahí, ¿sabes? Se suponía que debía estar grabando, pero no podía hacerlo. Decidí que quería ir contigo porque, supongo, te sientes tan loca como yo ahora mismo. Sé que es difícil de procesar. A mí me sucede lo mismo. Sentirse así es normal. —Miró angustiada el reloj—. Depende de ti. Podemos hacer lo que quieras.

—Iré —dijo Sam.

Había controlado la respiración. El miedo seguía formando un nudo en su interior. Sin embargo, pensó en las cosas buenas: en cómo Dennis se inclinaría para besarla o en el calor de su boca presionando la suya hasta notar el latido del corazón. Por fin podrían tocarse. ¿No era eso lo que siempre había querido?

—¿Estás segura?

—Sí.

Carrie le ofreció las manos a Sam para ayudarla a ponerse en pie. Juntas volvieron al coche y siguieron hasta el juzgado.

—¿Estás segura de que estás bien? —preguntó Carrie.

—Sí, estaré bien.

—Lo sé. —Carrie le sonrió—. Tienes que ser fuerte. Debes tomar las riendas y tirar de ellas.

107

Dos grupos de gente rodeaban el juzgado, separados por unas barreras. A un lado, aproximadamente cien personas con camisetas de Dennis Danson y con pancartas que decían «¡POR FIN JUSTICIA!» y «EXONERADO» y «¡BASTA DE PENA DE MUERTE!». Al otro lado, un pequeño grupo protestaba a gritos: «¡SIGUE SIENDO CULPABLE!» y «¿DÓNDE ESTÁN, DENNIS?» y «¡DEJADNOS LLORAR SU MUERTE!».

Más cerca de la puerta había periodistas. Algunos hablaban en directo a la cámara; otros esperaban, aburridos e inquietos. Los *paparazzi* estaban listos y armaban escándalo. Sam se tapó la cara cuando pasó gente de la prensa y aquellos desconocidos empezaron a llamarla por su nombre. Cuando entraron en el juzgado, estaba bastante lleno. El resto del equipo se había colocado delante a la derecha para grabar. Jackson Anderson estaba sentado detrás del abogado de Dennis. Carrie sugirió que le pidieran a la gente que se moviera para poder sentarse más cerca, pero Sam prefirió quedarse más al fondo.

—Ve tú —dijo.

Pero Carrie se sentó a su lado y le agarró la mano.

—¿Quién es toda esa gente? —preguntó Sam.

—A saber. Seguidores suyos, supongo.

Sam lo sentía como una invasión. Había una gran agitación en el ambiente. No se parecía nada a cómo se había imaginado aquel momento: ella y el equipo de grabación en un ambiente serio, con un juez que hablaba a media voz. A Dennis le quitarían las esposas, se volvería hacia ella y se acercaría, vacilante. Dudaría antes de besarla. Se mostraría tímido, por supuesto. El beso sería suave. Le pondría una mano en la mejilla y los dedos en el pelo. Dennis, que no querría dejar de mirarla, finalmente lo haría para dar las gracias a todo el mundo, estrechar manos, dar abrazos y contestar preguntas. Luego se disculparía, la llevaría de la mano a su coche y, por fin, estarían solos, sin poder quitarse las manos de encima. Conducirían al hotel que el equipo les hubiera reservado. Pasarían unos días encerrados, enredados y pegajosos del sudor. Empezarían a hacer el amor cuando aún estuvieran medio dormidos, rozándose perezosos, con las sábanas enredadas en los tobillos.

Un grito la sacó de sus fantasías. La multitud se movió. Vio a Dennis de espaldas a ella. Llevaba una camisa de manga corta beis demasiado grande y una corbata marrón que se le salía del cuello. Hablaba con su abogado, que estaba al lado, sonriente y sin parar de darle apretones en el hombro. Sam estuvo a punto de llamarlo de un grito: quería que se diera la vuelta y la viera, pero él siguió recto. Cerca de la primera fila, vio la cabeza de una mujer por detrás, con el pelo largo y liso. «¿Esa es Lindsay?», se preguntó, al tiempo que sentía cómo el frío le subía por el cuello. Estuvo a punto de preguntárselo a Carrie, pero se reprimió al recordar su discusión y la desagradable sensación que tuvo durante días.

Llamaron al orden. El juez entró y todo el mundo se puso en pie. Los murmullos se disiparon en unos cuantos susurros y en el chirrido de los zapatos sobre el suelo pulido. Hubo formalidades. Sam no llegaba a escuchar las palabras. Tenía la mirada clavada en la espalda de su marido y observaba cómo se le movían los omóplatos bajo la camisa. Carrie le apretó la mano. Escuchó, intentando olvidarse del sonido de la sangre en las sienes.

—Llevo más de cuarenta años trabajando en el sistema judicial. He visto lo mejor de nuestro sistema y, por desgracia, lo peor. No es infalible. Eso no es excusa para los enormes errores de la justicia, como el que estamos viendo hoy aquí. Que un hombre joven malgaste veintiún años de su vida es una pérdida irreparable. Que más niñas perdieran la vida por culpa de los errores de este caso es otra tragedia. Como país, deberíamos lamentar la incalculable pérdida originada. No es mi función decirle cómo debe vivir su vida ahora, Dennis, pero espero que encuentre la paz pese a todo y que viva bien, sea feliz, haga el bien y transmita la bondad que le han negado a usted. Así pues, lamentando su pérdida y alegrándome por su redención, le exonero de todos los cargos…

Se oyó un clamor de aplausos y la gente avanzó en la sala. La mujer de la primera fila fue engullida por la multitud. Sam vio que se agachaba cuando alguien la empujó para pasar. Dennis y su abogado se levantaron. Sam vio que su marido hacía un pequeño gesto con la cabeza hacia el juez. Con todo el mundo de pie, lo perdió de vista un momento, pero Carrie tiró de su brazo y se abrió paso entre la gente para llevarla hasta él. Cuando lo volvieron a ver, un oficial le estaba quitando las esposas; le estrechó la mano con vehemencia. Dennis se dio la vuelta y se abrazó

109

a su abogado. Todo el mundo quería darle la mano. Él sonreía mientras los hombres que lo rodeaban lo empujaban hacia delante. Cuando se acercó a la puerta batiente, miró por encima del hombro, como si alguien estuviera a punto de pararlo.

Sam no sabía si la había visto; las gafas reflejaban la luz y le protegían los ojos. Pero cuando se volvió hacia Sam, le pareció que la sonrisa vacilaba. Ella y Carrie siguieron avanzando hacia él. Algunas cabezas se giraron y oyó que alguien murmuraba «esposa».

Él le tendió las manos, con las palmas hacia arriba. Ella las tocó. Sus dedos se entrelazaron y la acercó un poco hacia sí.

Ella inclinó la cabeza para besarle, pero él se retiró.

—Lo siento —dijo, y posó presuroso sus labios sobre los de ella.

Sam se dio cuenta de que tenía los ojos abiertos. Los cerró. Los dientes chocaron. Dennis tenía el aliento rancio. Cuando ella empujó con la lengua en la boca de Dennis, él dio un salto. Parecía sobresaltado. Sam se separó de él y ambos apartaron la mirada al tiempo que se limpiaban los labios.

Cuando salieron, Dennis la cogió de la mano, con los nudillos clavados en los de Sam. Al otro lado de las pesadas puertas, los recibió otro estruendo: todos los periodistas lanzaban sus preguntas, a gritos, al mismo tiempo. El abogado de Dennis leyó una declaración preparada. «Justicia… inocencia…», oyó Sam. «Libertad… apoyo… lucha…»

La policía los escoltó hasta el coche plateado y con las ventanas tintadas que Jackson había alquilado para llevarlos al hotel. Abrieron la puerta. Sam subió, ansiosa por escapar de los periodistas que avanzaban en tromba, que no paraban de gritar para hacerse oír. Sin embargo, Dennis parecía tranquilo. Inclinó la cabeza hacia atrás y dejó que el sol le diera en la cara.

110

—¿Qué se siente? —gritaban los periodistas—. ¿Cómo te sientes? ¿Cómo es la libertad?

Dennis miró alrededor. Las cámaras y los micrófonos querían acercarse a él, que respiró hondo y contestó:

—Aún no lo sé.

NUEVA YORK

12

$\mathcal{H}$asta Orlando, había dos horas de coche. Sam apoyó la cabeza en el hombro de Dennis y escuchó su voz a través del pecho, profunda. Era como un eco. La cabeza iba arriba y abajo cuando se reía. En la radio sonaban canciones que nunca había oído. De vez en cuando, un boletín de noticias informaba sobre su puesta en libertad. Entonces, todos se echaban a reír: Dennis, Sam, Jackson. Hasta el conductor. Jackson hablaba sobre grabar algo más tarde, para el final de la serie. Algo que completara la historia. Por su parte, Dennis se quejaba de que le picaba la ropa.

El hotel donde se alojaban estaba rodeado de palmeras. Había una fuente en la entrada al vestíbulo. Dennis metió las manos en ella, como si fuera un niño; el agua fría resbaló por su piel. Cada pocos pasos, daba un traspié.

—Creo que son los zapatos —dijo—. Hacía mucho tiempo que no caminaba con zapatos de verdad.

El equipo los recibió fuera y los llevó hasta la sala de conferencias, decorada con una pancarta que decía: «FELICIDADES». Pasteles, alitas de pollo, tortillas, ostras y hielo picado, humus y palos de apio y zanahoria se amontonaban en las mesas, engalanadas con manteles blancos. Se les acercó gente a la que Sam reconoció de las revistas. Vio que abrazaban a Dennis. Esperó que la presentara, pero no lo hizo. Parte del equipo llegó tras ellos. Hubo más aplausos.

Patrick dio un torpe abrazo a Dennis, así como unas fuertes palmadas en la espalda. El personal fue sacando más comida: patatas fritas, hamburguesas y pizza.

—No sabíamos qué te gustaba, así que decidimos pedirlo todo —dijo Jackson—. Sírvete.

Dennis se sirvió un plato con fruta fresca y verdura. Le dijo a todo el mundo que era lo que más se echaba de menos en la cárcel, que soñabas con alimentos con vitaminas, con fruta que te goteara por la barbilla, con el crujido de una zanahoria:

—Se te hace la boca agua cuando estás tumbado en la cama tras un día de palos de pollo secos o chili picante con carne, que sientan como una piedra en el estómago.

Sam estaba a un lado. Tenía un plato de comida en la mano, pero no la tocaba. Buscó con la mirada por si Carrie asomaba por la puerta. Los habían metido en el coche tan rápido que no había podido buscarla; se sentía fatal por cada momento del primer día de libertad de Dennis que su amiga se estaba perdiendo. La gente no paraba de pasar por su lado y decirle: «¡Debes de estar tan feliz!». Ella sonreía. Se sentía algo culpable de la ausencia de Carrie. Era como si Sam no tuviera que estar ahí, como si le hubiera robado el sitio. No obstante, intentó deshacerse de ese pensamiento.

Los camareros le ofrecieron vino, cerveza, champán, pero Dennis pidió agua con gas. Le entró hipo al beber. Jackson le dio varias bolsas.

—Ropa —dijo—. Pensamos que necesitarías un armario nuevo.

Dennis desapareció un rato y volvió con unos vaqueros azules, una camisa de cuadros con el cuello abierto y una camiseta blanca debajo. La luz era tenue, pero seguía con las gafas de sol puestas.

Jackson le dijo:

—Tenemos que conseguirte unas gafas nuevas, unas Warby Parker o algo así.

—¿Unas qué?

—Gafas de diseño, ¿sabes?

—Claro, claro, de acuerdo.

Dennis se frotó los brazos, por lo que alguien fue a pedir al personal que bajara el aire acondicionado.

Algunas personas reconocieron a Sam y se pusieron a hablar con ella: ¡qué feliz debía de estar! Ella asentía y observaba a su marido moverse por la sala. Algunas de las mujeres eran guapas, más de lo que pensaba que serían en la vida real. Esperaba que las actrices fueran hermosas solo en la medida en que el maquillaje y la iluminación las favorecía. Pero también lo eran en persona.

—¡Eh! —dijo alguien que le dio un toquecito en el hombro.

Era Carrie, que llevaba su bolsa.

—¡Dios mío, Carrie! ¡Lo siento mucho! Te perdí…

—No seas boba. Es una locura, ¿eh? ¿Dónde está? —Carrie dejó la bolsa a los pies de Sam.

—Está ahí mismo.

—¡Mierda! ¡Míralo! ¡Con vaqueros! —Lo llamó—: ¡Dennis!

Dennis se dio la vuelta, dejó el vaso en la mesa y se acercó a ella con las manos abiertas.

Carrie negó con la cabeza y se tapó la cara, pero siguió caminando directa a sus brazos. Al principio, se dejó abrazar, pero luego le devolvió el gesto, con la cara contra la camisa blanca y limpia. Dennis la levantó y ella se echó a reír. Se reclinó hacia atrás, con los brazos rodeando el cuello del chico. Sam siguió mirando, furiosa. Así debería haber sido entre ellos en el juzgado. Dennis hablaba a Carrie al oído, con la mejilla contra la de ella. Se oyeron unos cuantos suspiros. Sam vació el vaso y sonrió con los labios

117

apretados. Envidiaba cómo conectaban. En realidad, casi se sentía traicionada.

Al final se separaron. Dennis la besó en la coronilla, mientras que Carrie le acarició el pelo en un gesto que Sam supuso, desesperada, que era falsa timidez. Siguieron hablando como si ella no estuviera. Miró la bolsa preparada para la noche y empezó a darle patadas por la alfombra, hacia la mesa. Cuando quedó escondida detrás del mantel blanco, empezó a caminar hacia ellos. Se rellenó la copa al pasar junto a una botella. Tuvo que concentrarse un poco para avanzar en línea recta. Pero pensaba con claridad y sabía lo que sentía. Se detuvo cerca de ellos y esperó a que uno de los dos reparara en ella y la invitara a su círculo.

—Esto es brutal, Den. No puedo… ¡Mírate! Dios mío.

Carrie le estaba tocando demasiado: una palmadita en el brazo, otro abrazo rápido, un ajustarle el cuello después de que le quedara torcido por otro abrazo rápido.

118

—Gracias, de verdad.

—No, no lo hagas, porque lloraré, literalmente.

Sam vio cómo se abrazaban de nuevo y dio un paso adelante, más cerca.

—¡Sam! ¿Puedes creértelo? —dijo Carrie cuando por fin se volvió hacia ella—. ¡Está estupendo!

—Ya lo sé —dijo Sam.

—¿Y qué os espera ahora, chicos? ¿La vas a llevar a una cita o qué?

Sam sonrió y miró a Dennis, pero el chico tenía el semblante serio. Parecía preocupado.

—En realidad, no tengo dinero. Tengo… tres dólares. Me devolvieron la cartera, mira. —Sacó una cartera marinera con velcro del bolsillo. Dentro había tres dólares y un carné de biblioteca.

—No necesitas dinero, tío —dijo Carrie, entre risas—. Esta gente se ocupará. ¿Aún no habéis subido a la habitación?

Ambos negaron con la cabeza.

—Ahí arriba es como si fuera Navidad —dijo Carrie—. Escuchad, si queréis empezar juntos en otro sitio, podéis quedaros con Dylan y conmigo en Los Ángeles durante una temporada. Os harán un montón de ofertas para la televisión, así que deberíais pensároslo.

Dennis y Sam hicieron ruidos neutros y compartieron una mirada incómoda: ni siquiera sabían qué iban a hacer la hora siguiente. Así pues, hacer planes a meses vista no tenía mucho sentido. Enseguida la mente de Sam se disparó de nuevo: pronto estarían juntos, a solas. Dejó de oír lo que le decían Carrie y Dennis. Sam lo observó. Reparó en cómo rodeaba el vaso con los dedos, en cómo la otra mano se movía hacia la nuca y en cómo hacía gestos que no le había visto nunca.

Otros invitados daban vueltas y estiraban el cuello para ver si Dennis estaba disponible. Pronto estuvo ocupado con otras personas. Sam evitó mirar a Carrie: estaba más que molesta.

—¿Va todo bien? —le preguntó Carrie. Por su tono, estaba claro que sabía que no, que no todo estaba bien.

—De verdad que no —dijo Sam, que lanzó un suspiro.

—De acuerdo, te estás comportando como una imbécil conmigo. ¿Qué sucede?

Ahora Sam se sintió molesta consigo misma.

—Es que... estáis todos... unos encima de otros. Es como si él ni siquiera me quisiera aquí. ¿No le gusto? ¿Y si ya no le gusto? Ahora puede tener a quien quiera.

—¡Para! Estás perdiendo los papeles por nada. Eres como su primera novia... Eres su mujer. Mira, esto es bastante gordo. Está loco conmigo porque en realidad no lo piensa. No es nada, ¿sabes? Han pasado... cinco horas. Dale un poco de tiempo.

Sabía que tenía razón, pero no podía evitar esos gusa-

119

nos que se retorcían en su interior. Tenía ganas de preguntarle a Carrie: «¿Por qué iba a gustarle? Si ni siquiera yo me gusto». Pero no podía.

Iba detrás de él, solo para estar cerca. Jackson le presentó a varias personas. Sam le seguía, en silencio. Se enfadaba cada vez que no la presentaban o no reparaban en su presencia. Bebió más, se agarró del brazo de Dennis, lo quería para ella, pero no paraba de acercarse gente. Dennis fue al lavabo y la dejó en el extremo de la mesa del bufé. Vio a Katy Perry e intentó sacarse una fotografía a escondidas. Por desgracia, se le resbaló el teléfono de la mano. Se agachó para recogerlo y comprobar que seguía funcionando. Había cientos de mensajes y de llamadas perdidas. Cerró un ojo para enfocar, pero las palabras se balanceaban.

—¿Qué haces? —Dennis la ayudó a levantarse sujetándola por el codo.

—¡Tengo muchos mensajes!

—Estás borracha.

—Lo sé, lo sé. Solo es que es muy extraño. ¿No te parece raro?

Dennis miró alrededor.

—Te estás poniendo en evidencia. Tal vez deberías ir a la habitación.

—¿Vendrás conmigo? Casi no hemos hablado…

—Quedaría mal que me fuera.

—Pero ¡yo quiero pasar tiempo contigo!

—En serio, deberías irte a la cama —dijo, y se alejó—. Hablaremos más tarde.

13

Sam abrió la puerta de su habitación. No podía creer lo que la gente le había enviado a Dennis. Dentro había montones de regalos: una pila de cajas blancas de Apple con una nota que decía: «¡Disfruta del resto de tu vida! Firmado: Johnny Depp». Había cestas repletas de productos de aseo envueltas en un celofán brillante, así como cintas de papel de aluminio, camisas y trajes relucientes que colgaban dentro de fundas con cremallera. También había flores por todas partes, con tarjetas para tiendas de diseño. Parecían notas de amor.

Sam pasó las manos por todo. Se moría de ganas de abrir los sobres cerrados. Cogió la caja de un iPad y le dio la vuelta. Finalmente, se tumbó en la cama y miró la carta del servicio de habitaciones. Dentro había otra nota: «La cuenta corre de nuestra cuenta. Jackson».

Se dio una ducha y pidió una Coca-Cola y un agua mineral. Luego volvió a llamar y pidió una pizza. Su madre la había telefoneado. Por una vez, su Facebook estaba lleno de notificaciones de gente que la había visto en *Buzzfeed*: «¡Eh! ¡Madre mía, no me lo puedo creer! Ja, ja, hace siglos que no hablamos. Vamos a quedar, ¿vienes pronto a casa?». No estaba preparada para afrontar todo eso. Así pues, desconectó el teléfono y lo enterró en el fondo del bolso.

La habitación le daba vueltas. Respiró hondo y se puso una toalla húmeda sobre la cara. Al cabo de un rato, se incorporó y vio a medias un capítulo doble de *Real Housewives of New Jersey* en televisión. Se comió la pizza y dejó que la sobriedad se fuera apoderando de ella hasta que de nuevo se sintió inquieta por lo mal que estaba yendo todo. Por último, tras darle una patada a la caja de la pizza en el borde de la cama, se durmió, con la toalla húmeda sobre la almohada, junto a la cabeza. Eran las dos de la madrugada cuando Dennis llamó a la puerta.

—No consigo que funcione esta cosa —dijo mientras agitaba la tarjeta que servía de llave—. ¿Qué hace la pizza en el suelo?

—Lo siento. —Sam se alisó el pelo, pero lo notó apelmazado—. ¡Mira, mira todos estos regalos!

Dennis se metió en la cama y dejó los zapatos debajo de una patada.

—La almohada está mojada.

—Me dolía la cabeza y... ¿Estás bien?

—Estoy cansado. Lo has puesto todo patas arriba aquí dentro.

—Lo siento mucho.

Sam se colocó a su lado, apoyó la cabeza en su hombro y él puso el brazo detrás del cuello de su mujer. Apagó el televisor y la habitación quedó en silencio. Dennis suspiró. Se quedaron tumbados. Juntos. En silencio. Ella apoyó la cabeza en el pecho de Dennis y escuchó su corazón, pero solo oyó el borboteo y el gruñido del estómago. Sam intentó algo, le puso una mano en el torso, duro, que subía y bajaba con la respiración. Quería sentirse cerca de él. Quería que fuera real.

—Lo siento, Samantha, estoy cansado. —Se apartó—. Todo esto es mucho que asumir. Me gustaría dormir un poco.

Sam se sonrojó.

—Lo entiendo —dijo, y se levantó a cepillarse los dientes.

Cuando volvió, la ropa de Dennis estaba bien doblada en la silla del tocador. Un hombro desnudo asomaba por encima de las sábanas. Cuando ella retiró la colcha, Dennis rodó hacia ella. Sam vio vello claro en el pecho.

—Oye, no te lo tomes mal, pero ¿crees que... esta noche podríamos tener nuestras propias habitaciones?

—Pero ¿por qué? —Sam se apretó la toalla y cruzó los brazos sobre el estómago.

—Hace más de veinte años que no duermo en una buena cama. De hecho, puede que esta sea la primera vez. Y todo va muy rápido, ¿sabes? Solo es que...

—¿Quieres que duerma en el sofá?

Sam sintió ganas de apagar la luz y echarse a llorar en silencio.

—¿Estás segura?

—¡No pasa nada! De verdad.

—Bueno, si estás segura de que estarás cómoda... Oye..., ¿y podrías apagar el aire acondicionado, ya que estás levantada? Ten. —Le lanzó una de las pesadas almohadas, la que tenía una mancha húmeda.

Sam encontró en el armario un edredón y se acurrucó en el sofá, con el cuello doblado. Quería estar más cerca de Dennis. Observó su silueta en la oscuridad. Estaría tan a gusto en la cama... Pero tenía que hacer lo correcto.

—Hay tanta calma... —susurró él.

—Sí.

El silencio la tranquilizó y pudo conciliar un sueño ligero.

Un crujido la despertó más allá de las nueve de la mañana. En el rincón, Dennis revolvía una bolsa de ropa.

—Buenos días —dijo él, sin levantar la vista—. Necesito algo que ponerme para ir al gimnasio. ¿Crees que venden algo ahí? Tengo muchas ganas de hacer ejercicio.

—Llama a recepción. Ahí lo sabrán.

—Sí. —Se dirigió al teléfono—. ¿Quieres desayuno?

—¿Tienen huevos Benedict?

—Yo pediré. Deberías darte una ducha, no estás muy buena ahora mismo... Hola, ¿puedo pedir...?

Cuando él estaba pendiente del teléfono, Sam cogió su neceser, el maquillaje y se fue corriendo al lavabo. Estudió el pestillo. ¿Los casados cerraban cuando se duchaban? Decidió que no y lo dejó abierto. Sin embargo, en cuanto puso un pie en la bañera, cambió de opinión y con sigilo, despacio, echó el pestillo.

Después de la ducha, se vistió en el lavabo. Saber que solo una puerta la separaba de Dennis la hacía sentir extraña.

De vuelta en la habitación, vio que Dennis estaba amontonando los regalos en distintas categorías: los aparatos electrónicos iban al tocador, la ropa la guardaba en cajones y armarios, las tarjetas se acumulaban en la mesita de noche. La comida llegó con periódicos y café. Comieron en silencio. Dennis tenía dificultades con el cuchillo y el tenedor; se oía un estridente chirrido de la cubertería en los platos. Cuando terminaron de comer, él volvió a las tarjetas, las abrió y las leyó una a una antes de volverlas a guardar en los sobres del tocador.

—¿No quieres tirarlas? —preguntó Sam.

—Qué fuerte —dijo—. Mira, un cheque de diez mil dólares.

Se echó a reír.

—Eso es... muy generoso.

—Ni siquiera tengo una cuenta bancaria. —Dobló el cheque y lo guardó en la carterita azul.

Alguien llamó a la puerta. El conserje dejó una bolsa de ropa de deporte.

—Te veo dentro de una hora —dijo Dennis, y se fue.

Sam había imaginado tantas veces su primera noche juntos… Las piernas enredadas, el sexo perezoso, todavía medio dormidos, sus besos en la clavícula mientras le decía lo mucho que la quería… Nunca se le había ocurrido que sería así. Dejó las bandejas de comida en la puerta y se tumbó en la cama. Le dolía el cuello tras haber pasado aquella noche en el sofá. La almohada aún olía a él. Enterró la cara en la sábana e inspiró. Podía esperar, se dijo: tenía que esperar.

14

Dennis estaba de mejor humor después del gimnasio. Entró en la habitación con las mejillas sonrosadas y la piel brillante. Se pasó una mano por el pelo y se notó un fino olor a sudor en el aire. Metió la camiseta empapada en una bolsa marrón vacía y desapareció en la ducha. En cuanto cerró la puerta, se oyó el pestillo. Sam recogió la camiseta y la olió. Aún tenía un rastro químico por ser nueva. El sudor no olía a nada. La dejó caer, decepcionada. Antes de que Dennis saliera de la ducha, Sam cogió un libro y se colocó en lo que esperaba fuera una postura atractiva y despreocupada, con el vestido ligeramente subido. Intentó no mirarlo cuando salió del lavabo, con una toalla atada en la cintura.

Tenía la espalda atravesada por cicatrices, algunas abultadas y brillantes, casi blancas.

—¿Qué es eso? —preguntó ella, al tiempo que dejaba el libro y marcaba la página que no estaba leyendo.

—¿El qué? —Se puso la ropa interior debajo de la toalla, como una chica en la playa.

—Las marcas de la espalda. —La palabra cicatriz sonaba mal.

Dennis miró por encima del hombro, como si estuviera comprobando de qué le estaba hablando.

Se puso la tolla sobre los hombros para secarse el cuello.

—Eso son las cicatrices que me dejó mi padre. Usaba

un cinturón. De verdad, de verdad solo me pegó fuerte una vez. Las otras ocasiones no fueron para tanto.

Sam se imaginó pasando la mano sobre las cicatrices: Dennis temblaría ligeramente y ella le daría un abrazo para que supiera que ahora estaba a salvo. En cambio, un silencio incómodo se cernió sobre ellos mientras él escogía entre las bolsas de camisas de diseñador y se tapaba. Al final, Sam encendió el televisor solo para romper el silencio.

Sin embargo, cuando lo hizo, Dennis hizo un gesto de asco. Le dijo que era como en la cárcel, con ese chisme graznando de fondo las veinticuatro horas del día, como si a la gente le diera miedo oír sus propios sentimientos. Sam apagó el televisor y se puso a toquetear su portátil mientras miraba con envidia el MacBook Air sin abrir que había sobre el tocador. Su ordenador estaba lleno de marcas. Buscó noticias sobre Dennis, para ver imágenes de ellos en la salida del juzgado: él con la luz cubriendo cada ángulo de su rostro; ella, con el pelo blanquecino del champú seco y las sombras que creaban formas encima de sus propias formas, como si fuera un saco.

—Eh… ¿Dennis? —dijo ella.

—¿Qué?

—Ayer, en el juzgado, ¿viste a Lindsay?

—¿Lindsay? —La miró y frunció el entrecejo.

—Sí, en el juzgado.

—No, no la vi. ¿Por qué? ¿Estaba?

—Me pareció verla, pero no estaba segura.

—Ah. ¿Importaría si hubiera estado?

—¡No! Es solo que me pareció reconocerla.

—Si hubiera estado, ¿no habría venido a saludarme? Me parece un poco raro que no lo hiciera.

Sam estuvo de acuerdo, pero juraría que la había visto. Lo dejó y siguió viendo imágenes de ellos dos. Se sentía estúpida por haberle preguntado tal cosa. Durante un

127

buen rato, logró seguir con los artículos, pero la tentación de seguir hasta abajo del todo de la pantalla fue demasiado grande. Pronto estaba llorando.

—¿Ahora qué pasa? —preguntó Dennis.

—Las cosas que la gente ha dicho... —Giró el ordenador hacia él—. Mira esto.

—«Vaya, está bueno, no es por nada, pero podría conseguir algo mejor...» No es para tanto.

—¡Sí que lo es! ¡Mira este!

—«¿WTF?»

—Significa *what the fuck*...

—«¿Qué coño hace con ella? Yo dejaría que me asesinara la vagina.» ¿Qué significa «asesinar la vagina»?

—¡Significa que quieren follar contigo y que creen que soy demasiado fea para ti!

—¿Y eso te molesta?

—¡Sí!

—Entonces tal vez no debieras leer esas cosas.

Sam enterró el portátil en el fondo de su bolsa, junto con el teléfono. Se sentía expuesta, juzgada. Le había pasado lo mismo cuando leyó los mensajes que escribieron sobre ella después de la boda. Era como si, cuando se había casado con Dennis, también hubiera aceptado que la juzgaran sin piedad, siempre comparada con el hombre que tenía al lado. Pensara lo que pensara la gente de Dennis, los comentarios sobre ella nunca eran buenos. Se preguntaba por qué había creído que sería todo más fácil.

Cuando sonó el teléfono, Dennis contestó con su nombre completo. Le dijo al operador que le pasara con la persona. Ojalá aquella felicidad que se desprendía de su voz hubiera tenido que ver con ella. Cuando colgó, le dijo a Sam que se preparara: iban a quedar con Jackson y el representante que le había recomendado en el bar del hotel. Mientras se estudiaba en el espejo, Sam se quedó detrás de él. Dennis se quitó las gafas y ella lo miró en el espejo: las manchas doradas y verdes de sus ojos azules. Pensó en besarle el cuello, pero no lo hizo.

Cuando llegaron al bar del hotel (que a aquellas horas estaba vacío), Jackson los saludó y les presentó a un hombre llamado Nick Ridgway. Tenía casi la misma altura que Dennis, pero era más fofo. Su barriga era demasiado grande como para abrocharse la chaqueta del traje.

—¡Lo primero, felicidades! —dijo, y le dio una palmada en el brazo a Dennis—. Buenas noticias, fantásticas. Ahí fuera mucha gente te ha estado apoyando. Llevo todo el día leyendo sobre eso. Ahora mismo eres un tío popular.

—Gracias —dijo Dennis.

—Hace muchos años que conozco a Jackson. Me halagó mucho que me recomendara. Sé lo mucho que le importáis tú y tu situación. Solo quería charlar un poco contigo para ver qué tipo de cosas te gustaría conseguir de un representante. Y para decirte qué es lo que puedo ofrecerte.

Dennis le explicó que no tenía planes concretos, pero que Carrie le había dicho que querrían entrevistarle. Nick se echó a reír: no debía ser tan modesto. Sacó una lista de gente que hacía cola para hablar con Dennis y leyó algunos de los mensajes que habían dejado en la recepción.

—Han retenido todas las llamadas para que tuvieras intimidad mientras te vas adaptando a la situación. ¿Cómo va eso, por cierto?

—Me gustaría salir algún día… —dijo Dennis.

—¿Has visto algo ahí fuera? ¡Hay una legión de seguidores y periodistas! Por supuesto que puedes salir. Pero, ahora mismo, debes elaborar una estrategia y no hablar con nadie. No des nada gratis. He observado la repercusión que ha tenido tu caso. Hemos de sacarle rendimiento. Necesitamos empezar a crear tu marca.

—¿Mi marca?

129

Jackson y Nick le explicaron que necesitaba venderse lo mejor posible.

—Podrías conseguir un acuerdo de un millón..., tal vez de un par de millones. Si lo aprovechas bien, vas a los medios, escribes el libro, os vendéis como pareja... Creo que podrías sacar más de diez millones de esto. Ya sabes, si ese es el camino que quieres seguir. —Nick se inclinó hacia delante; la hebilla del cinturón se le clavó en la barriga.

Sí: ese era el camino, asintió Dennis. Hablaron de qué podía esperar durante los siguientes días. Nick les aconsejó que, cuando la gente los parara para hacerse una fotografía, aceptaran y les dijeran una frase sencilla pero neutra: «Estamos muy felices» o «Estamos disfrutando de esta nueva época juntos».

Dennis agarró la mano de Sam. Ella movió el pulgar en círculo en la palma. La habitación parecía mecerla suavemente. Dejó de prestar atención a lo que ocurría a su alrededor. El placer la aletargó. De repente, Dennis se puso de pie con brusquedad.

—Configura ese móvil. ¡Lo vais a necesitar! —les dijo Jackson cuando se iban.

De nuevo en la habitación, abrieron el iPhone.

—¿Cómo lo enciendo? —preguntó Dennis, al tiempo que le daba vueltas en las manos.

Cuando se iluminó, tocó la pantalla, pero apoyaba el dedo demasiado rato, con torpeza. Se iluminaban cosas. Se cerraban páginas. Al final, se sintió frustrado y se lo dio a Sam. Juntos crearon su primera dirección de correo electrónico (dennisdanso1975@hotmail.com). Sacaron el carné de biblioteca, los billetes de dólar viejos y el cheque de su vieja cartera y los metieron en una nueva y de piel negra, de Dolce & Gabbana. Sam tecleó su número en el teléfono de Dennis y sacó el suyo del bolso. Había más llamadas perdidas y más correos electrónicos. Habían llamado del trabajo. Le dijo a Dennis que la llamara para que ella tuviera su número.

—¿Cómo…?

Sam sonrió y le enseñó.

Le mostró qué era Internet y le explicó qué era Twitter, Google, los blogs, YouTube, las aplicaciones. Sam disfrutaba cuando él se inclinaba mucho hacia ella para ver la pantalla. Su forma de mirarla cuando le enseñaba algo…

Dennis tuiteó por primera vez.

«Eh», escribió: lo retuitearon ocho mil personas.

Sam suspiró. Su mejor tuit había conseguido siete me gusta y tres retuiteos. Y eso que lo consideraba una sátira mordaz. Leyeron sobre sí mismos en el *Huffington Post* y se hicieron un selfi: Dennis se quitó las gafas y miró muy serio. Ella le quitó una pestaña de la mejilla e intentó besarle cuando dijo:

—¿Puedes enseñarme lo de los *logs*?

—¡Blogs!

—Lo que sea.

Miró la pantalla y Sam intentó encontrar un blog sobre él. No tardó en encontrar a alguien que opinara que Dennis era repulsivo.

—¿Qué significa eso? —preguntó.

—De acuerdo. —Sam suspiró—. «Cisgénero» significa que eres un hombre que nació siendo hombre. «Heteronormativo» significa que eres, ya sabes, heterosexual. «Privilegio del hombre blanco» significa… ¿De qué te ríes?

—¡Es divertido! —Dennis recuperó el teléfono e intentó bajar en la pantalla—. ¿Cómo bajo? ¿Para bajar?

Le enseñó de nuevo a rozar la pantalla: no hacía falta presionar. Sam sintió que una cinta le apretaba el cráneo. De pronto, parecía que se hubiera pasado toda la mañana enseñándole a pasar de ella.

131

—Vaya —dijo, cuando llegó al final del post del blog—, esa chica me odia de verdad.

Sam se levantó y se frotó los ojos.

—Antes de quedar con Jackson y con todo el mundo para la entrevista, ¿podemos ir a la piscina o algo? Necesito aire fresco.

15

*E*n la piscina, la gente reconoció a Dennis enseguida. La mayoría miraba un segundo de más, luego se daban la vuelta y hablaban en susurros. A Sam aquello la crispaba. Dennis le daba la mano a la gente que se acercaba a felicitarle y posó para unas cuantas fotografías. Algunas chicas apartaron las toallas de un par de tumbonas para Dennis, que se quitó la camiseta por la cabeza y la dejó ahí. El sol cegó a Sam, que se tapó los ojos al mirar la brillante superficie del agua. Dennis se inclinó para sentir el calor del patio de piedra con la palma, antes de entrar en la piscina.

En una película, bucearía. Ahora, en cambio, se sentía incómodo en el agua: con cada movimiento producía una ruidosa salpicadura mientras iba de un lado a otro. Paró contra el lateral y respiró entre jadeos. Le caían bolas de agua por el contorno de los músculos. Por último, se quitó las gafas y las dejó en el borde de la piscina antes de sumergirse y salir en el extremo menos profundo.

Aquella tarde, mientras se preparaban para la cena y para una entrevista, Sam vio que la pálida piel de Dennis tenía un color rojo intenso.

—A lo mejor deberíamos habernos puesto crema solar —dijo ella, mientras le extendía la loción en la piel.

Lo hacía con torpeza, con las puntas de los dedos. Notó la tensión en la espalda de Dennis. ¿Cuánto tiempo hacía que alguien no le tocaba así? Sam sintió que ejercía cierto poder sobre él, cosa que le sorprendió. Él contuvo la respiración al sentir el frío entre los omóplatos.

—Es que ya no estás acostumbrado al sol —dijo ella.

—¿Tú crees? —preguntó Dennis, con un gesto de desdén.

Cuando se fueron a cenar, él aún tenía la piel grasienta por la crema. Estaba de mal humor y soltó un ruido de dolor cuando Sam le rozó el brazo al pulsar el botón del ascensor. Sin embargo, cuando Carrie, Jackson y Patrick los saludaron en el vestíbulo, se le iluminó la cara.

—Mirad —dijo—. ¡Mi primera quemadura desde hace veinte años!

Se arremangó para enseñársela; ellos hicieron un empático gesto de dolor.

Habían reservado una mesa en uno de los restaurantes del hotel, en una sala iluminada de un color azul relajante y con una pianista en el otro rincón. Pese a que los demás estaban compartiendo una botella de vino, Dennis solo quería agua con gas. Cuando Sam vio la carta de vinos, notó que él la miraba y decidió ceñirse a la Coca-Cola *light*.

—¿Te lo estás pasando bien, Dennis? —preguntó Patrick.

—Me gustaría mucho salir en algún momento. Dar una vuelta. No sé.

—Debe de ser abrumador —dijo Carrie, y todo el mundo le dio la razón entre murmullos.

—Hemos estado viendo Internet —apuntó Dennis.

Carrie se echó a reír.

—Tendrás que ser más concreto.

—Lo que dice la gente. Ya sabes…, los comentarios.

—Tío, no leas los comentarios —dijo Patrick.

—¿Por qué? —preguntó Dennis.

—Debo admitir que yo los he leído —intervino Carrie,

que sacó el teléfono e iba moviendo el pulgar al tiempo que se llevaba el *risotto* del plato a la boca. Sam olvidó que pudiera parecer tan fácil—. ¿Has visto Twitter? La mayoría está bien, pero… —Se puso a leer en voz alta—: «¿Dónde están los cineastas blancos que sacaban del corredor de la muerte a hombres negros? #justiciablanca». —Se oyeron risas incómodas—. Esa mierda es el tema del momento. Antes he perdido una hora de mi vida con esto. Es decir, supongo que tienen razón, pero ¿qué podemos hacer?

Dennis dejó el tenedor, la sangre del bistec estaba empapando el brócoli.

—Lo sé. Es como si ahora mismo fuera malo ser un hombre blanco.

Se hizo una pausa. Hubo un intercambio de miradas. Y la mesa estalló en risas. Al principio, Sam se quedó helada de la vergüenza, pero al final se le contagió y se unió a ellos.

135

—Dios mío, suenas como mi abuelo. —Carrie se inclinó y agarró a Dennis de la muñeca—. Pero, en serio, nunca digas eso en público, ¿vale?

Dennis asintió, confuso. Tenía las mejillas sonrosadas sobre la quemadura.

De nuevo en su habitación, el equipo montó la cámara y una luz. Colocaron las sillas delante de las cortinas cerradas. Carrie repasó la cara de Dennis con el maquillaje de Sam; manipuló el ángulo de la luz para que pareciera menos rosa. Para empezar, Patrick y ella habían decidido entrevistar a Sam y a Dennis.

—¿Cómo es estar juntos tan de repente? —preguntó Carrie.

—Surrealista —dijo Sam, que tenía la mano de Dennis agarrada y el reposabrazos de la silla clavado en el codo.

Dennis asintió.

—Sí, surrealista.

—Es como... conocernos otra vez desde cero.

—Sí, eso. —Dennis le apretó la mano.

—No me di cuenta de cuántas cosas se había perdido en la cárcel. Hoy hemos pasado mucho tiempo mirando Internet, aprendiendo a usar un ordenador y un teléfono de pantalla táctil.

—Ni siquiera tenía una dirección de correo electrónico.

—No te das cuentas de cuántas cosas han cambiado hasta que tienes que explicarlo todo.

—Hay muchas cosas a las que acostumbrarse. Pero Samantha es genial, es paciente. Soy muy afortunado.

En ese momento, Sam pensó que solo existían de verdad cuando alguien los observaba. Entonces eran la pareja que ella quería. Él era vulnerable; ella, cariñosa. Sam se preguntó si siempre sería así pero ella estaba demasiado absorta en sí misma como para darse cuenta.

Luego le tocó a Dennis solo. Movieron la silla vacía para que quedara en el centro de la imagen. Carrie sonrió con calidez antes de iniciar la entrevista.

—¿Qué se siente al ser un hombre libre, Dennis?

—Ah, es... abrumador. Estoy abrumado por todo.

—¿Puedes hablarnos de cómo es la adaptación?

—Sí... Es difícil adaptarse. Hace un par de noches que no duermo porque me sacaron del corredor muy de repente. Sabía que tenía alguna opción de salir en libertad. Llevaba veintiún años durmiendo en el mismo sitio. Estaba acostumbrado a ese ruido. Luego estaba aquí, en una cama distinta. Anoche, había tanto silencio en la habitación del hotel que no pude conciliar el sueño hasta pasado un buen rato. Estoy acostumbrado al ruido. La cama era tan cómoda que no podía parar de pensar en eso. Anoche celebramos una fiesta y me acosté tarde. Dormí hasta las nueve, algo que hacía mucho, mucho tiempo que no pasaba. Estoy un poco desorientado, supongo que lo veis. Una parte de mí quiere salir, a cualquier sitio, al centro comercial o algo. Pero otra parte de mí es incapaz de imaginar qué haría al llegar ahí. Hay gente que me ha dado cheques, pero no puedo cambiarlos por efectivo porque no tengo una cuenta bancaria. No sé conducir, nunca me saqué el carné. Hay muchos regalos en esta habitación, todo lo que necesito; sin embargo, no sé cómo usar muchos de ellos.

Carrie le preguntó qué era lo que más había echado de menos en la cárcel, hablaron de comida y ropa, así como de los regalos que le habían hecho. Luego Carrie se puso seria.

—¿Sientes odio o rabia hacia Wayne Nestor?

—¿Es el tipo que de verdad mató a la chica?

—Mató a Holly Michaels, sí.

—No, en realidad no.

—¿Por qué?

—La rabia no es productiva.

—¿Crees que es bueno que el verdadero asesino comparezca por fin ante la justicia?

—Sí.

—¿Puedes decirlo?

—¿El qué?

—Que es bueno que el verdadero asesino comparezca por fin ante la justicia. Para la cámara.

—Ah, sí, claro. Es bueno que el verdadero asesino por fin comparezca ante la justicia.

—¿Qué planes tienes? ¿Crees que vas a convertir tu dilatada estancia en la cárcel en algo positivo?

—Mi representante dice que probablemente podamos sacar provecho.

—No, me refiero a... ¿Vas a hacer campaña? ¿Vas a trabajar con algún grupo?

137

—¿Para qué?

—Por una reforma del sistema judicial, por abolir la pena de muerte.

—Ah, no. Es decir, la pena de muerte no tiene nada de malo, siempre que el tipo cometiera el crimen de verdad.

Carrie hizo un gesto con la mano.

—Corta, corta. Dennis, no sé si estás hablando en serio.

—Estoy hablando en serio —dijo, confuso.

—Después de todo lo que has pasado, ¿de verdad piensas que la pena de muerte es buena?

—No es que sea buena… —Lo pensó un momento—. Es necesaria, ¿no? No estoy diciendo que sea buena.

—Ay, Dennis. —Carrie suspiró—. ¿Qué vamos a hacer contigo?

16

*E*l equipo se fue a primera hora del día siguiente. Fue entonces cuando, finalmente, Sam y Dennis se quedaron a solas, aprendiendo a estar juntos. Llenaron los formularios para que Dennis pudiera abrirse una cuenta bancaria. Haber estado «ausente» de la vida diaria tanto tiempo complicaba las cosas: no tenía direcciones anteriores ni dirección actual. Tampoco historial. Canjearon los cheques que le habían dado. Estaban ansiosos por salir fuera, pero no sabían adónde ir ni qué hacer. Finalmente, Sam alquiló un coche para ir al Florida Mall, donde pasearon cogidos de la mano. Dennis posaba cuando le pedían una fotografía. Otros se daban la vuelta y los fotografiaban al pasar, con los brazos estirados. Dennis parecía confuso hasta que Sam le explicó que se estaban haciendo selfis.

Las revistas los entrevistaban como pareja. Sam se quedaba una copia de todos los artículos y los metía en la maleta, para que no se arrugaran. Dennis firmó un avance de seis cifras con un editor por dos libros: una autobiografía y una recopilación de sus textos de la cárcel, incluidas las cartas entre Sam y él. Ella accedió, pero le daba escalofríos pensar que la gente leería sus cartas. Se la imaginarían, apocada y pálida, sola en su lóbrega casa, abriendo su corazón a un completo desconocido; completamente desesperada.

Sam no paraba de buscar su nombre en Google y de enfrascarse en las secciones de comentarios. Algunas personas se preguntaban por qué un hombre como Dennis querría a una mujer como ella. Usaban palabras como gorda, fea, básica, fanática. Otros se preguntaban por qué una mujer normal querría a un hombre como Dennis. Decían que tenía lo que se había buscado. Decían que se lo merecía.

Dolía. Era como si cada comentario hubiera ido desgastando otra capa de ella, que, al final, se quedaba en carne viva.

Sin embargo, cuando lloraba, Dennis la abrazaba. Cuando estaban fuera, la cogía de la mano y la besaba, con los labios fríos de aquel agua helada que no paraba de beber. No lo decía, pero ella sabía que Dennis quería demostrarle a la gente que la quería. Sam pensaba que eso era lo único que necesitaba: compensaba todo lo demás.

Cuando tuvo su carné de identidad, Nick le consiguió a Dennis entrevistas en el circuito de los programas nocturnos, y les dijo a los dos que se prepararan para pasar la Navidad en Nueva York. También se hablaba de otra película, basada en el libro de Eileen Turner, *Cuando el río se tiñe de rojo*.

—Jared Leto va a interpretar tu papel —le dijo Nick a Dennis.

—¿Quién?

Sam le enseñó una imagen en el teléfono.

—No se parece en nada a mí.

—¡Le teñirán el pelo! Va a meterse totalmente en el papel. Va a seguir el método, así que quiere pasar tiempo contigo, observarte, averiguar por qué tú eres tú.

—¿El método?

Sam se lo explicó.

—No rotundo —dijo Dennis—. ¿En serio? No.

Una tarde se paró frente al escaparate de una joyería y le dijo que escogiera un anillo, cualquiera.

—Nunca llegué a comprártelo —dijo, con una mano en la espalda.

A veces, a Sam le mareaba hasta qué punto Dennis podía hacerla feliz.

Otras veces, era difícil. De pronto, le asaltaba el mal humor y se convertía en una persona silenciosa e inaccesible. Estaban juntos casi todo el tiempo, salvo cuando Dennis iba al gimnasio, o en las raras ocasiones en que uno de ellos iba a dar una vuelta o a nadar solo. La habitación del hotel cada vez estaba más desordenada: toda su vida encerrada en aquel espacio. Discutían, se criticaban y luego pasaban horas en silencio, tumbados, entrelazados (pero separados), dudando de qué se suponía que tenían que hacer o cómo se suponía que debían sentirse.

Todas las noches, Dennis se acostaba en la cama y Sam se tumbaba en el sofá. Ella se quedaba despierta, preguntándose por qué su marido no quería hacer el amor con ella. ¿Había algo mal en ella o era otra cosa?

Tampoco tenían ropa adecuada para el invierno en Nueva York, así que compraban y gastaban dinero como si nada. Se probaban abrigos gruesos de invierno, hechos con plumas de ganso.

—Nunca me había comprado un abrigo de invierno —dijo Dennis, que metió las manos en los bolsillos.

Lo llevaban todo al mostrador sin mirar las etiquetas. Entonces, él entregaba una MasterCard y seguía hablando.

—¿Crees que nevará?

—Puede que sí.

Sam pensó en las luces de Navidad, los guantes y el chocolate a la taza. Echaba de menos la sensación del aire fresco, cuando fuera hacía más frío que dentro y la respiración se convertía en vaho.

Llevaron el carrito a su habitación y amontonaron la

ropa nueva encima de la antigua. Sam sabía que tendría que llamar a su madre para explicarle que no iba a ir a casa por Navidad, y para disculparse por no llamar desde hacía semanas. Habían ocurrido muchas cosas, muy rápido. Hizo caso omiso de las llamadas del trabajo. Tampoco se molestó en contestar el mensaje de correo electrónico que le enviaron para decirle que no se molestara en volver.

Sam no había querido hablar con nadie de Inglaterra, sabía exactamente qué le dirían. Sin embargo, sintió que ya no podía demorar más afrontar la realidad. Así pues, se disculpó, se llevó el teléfono al balcón y cerró la puerta de cristal tras ella.

Su madre contestó enseguida.

—¿Sam?

—Soy yo.

—¿Por qué no me has devuelto las llamadas? Estaba muy preocupada.

—Estoy bien, sigo en Florida.

—¡Lo sé! He visto las fotografías. Has salido en todos los periódicos. Nuestro teléfono no para de sonar.

—Entonces ¿por qué me has dicho que estabas preocupada?

—Porque no sé cómo estás. O si estás bien con él.

—Somos felices. —Sam se apoyó en la pared blanca del balcón y vio a una lagartija escabullirse por el patio.

—No lo entiendo.

—Le quiero, mamá.

—Me da miedo.

—¿Por qué?

—No puedes pasar décadas en la cárcel y ser una persona normal. Es que no se puede.

—Pero es normal. —Sam volvió a la sombra—. Es dulce, amable y tímido.

—Pero es un asesino.

—No es un asesino, mamá. Ese es el quid de la cuestión. Lo han absuelto.

Sam oyó que su madre suspiraba.

—Sé que la cosa acabó mal con Mark, pero...

—No.

—Eso no significa que no merezcas a alguien que...

—¡Mamá, por favor! —Sam notó que estaba gritando.

—No lo decías en serio, cariño. Sabemos que no. Si vuelves a casa, buscaremos a alguien que te ayude.

Y así continuó. Sam seguía de espaldas a la puerta para que Dennis no viera lo alterada que estaba. Aún no se sentía preparada para hablarle de Mark, pero sabía que al final tendría que hacerlo. ¿Y si Mark vendía una historia? ¿Lo haría? ¿Y si lo hacía otra persona, tal vez un amigo suyo? Incluso podría hacerlo su madre, que la llamó desde el hospital, con el teléfono de Mark. Le había dicho que no presentarían cargos, pero que Sam jamás podría volver a ponerse en contacto. Un momento, un patinazo, eso fue todo. No fue ella. Fue algo sin importancia. Le había dicho que le quería, pero no lo decía en serio. Y luego ella... dejó de pensar en todo eso.

Fueron a su casa mientras ella estaba trabajando y se llevaron todas las cosas de Mark. Luego dejaron la llave en el buzón. Sam había deseado que Mark volviera y destrozara la casa, que le cortara los vestidos, que rompiera una ventana... Cualquier cosa que demostrara que estaba molesto. Algo. Sin embargo, lo único que Mark sentía al pensar en ella era miedo.

Mark siempre se lo dijo, desde el principio: la suya era una relación «sin ataduras». Si salió herida, la culpa fue solo de Sam. Ahora lo entendía. Conocía las reglas y no las respetó. Le presionó demasiado. Pero esta vez era distinto, se dijo. Dennis era todo suyo. Estaban casados. Su compromiso era incuestionable. No iba a perder la cordura de nuevo, ni por un segundo. No importaba que tuviera que doblar las colchas y guardarlas todos los días antes de que llegara la mujer de la limpieza para asegurarse de que nadie supiera que no dormían en la misma cama. Dennis necesitaba tiempo. Solo era eso. Tiempo y espacio tras el confinamiento de los últimos veinte años. Era tan guapo que Sam a veces olvidaba que ella no lo era. Cuando la abrazaba y sus dedos bailaban justo debajo del borde de la camiseta, ella contenía la respiración y esperaba más. Cuando él los volvía a doblar en la palma de la mano y se daba la vuelta, tenía que entenderlo. No estaba preparado. Nada más.

17

*S*e fueron a Nueva York al cabo de unos días. El vuelo hizo que Dennis se mostrara irascible: se le taparon los oídos al aterrizar y se quedó sordo temporalmente, aislado del mundo por un trozo de algodón. «¿Qué? ¿Qué?», le decía sin cesar mientras pasaban por la seguridad del aeropuerto. Al tiempo, esbozaba una sonrisa amistosa al personal y a cualquiera que pasara por allí. No paraba de asentir: «Sí».

Un coche los llevó al hotel, donde un portero los saludó con un paraguas para protegerlos de la llovizna helada que no caía, sino que más bien flotaba alrededor de ellos. Cargaron las bolsas en un carrito. Sam y Dennis charlaron mientras subían en ascensor a la cuarta planta. Su habitación era roja y dorada. En el centro, había una enorme cama con dosel con elementos fijos tallados en madera de caoba. Miraron por unos ventanales que iban del suelo al techo en la sala de estar. El tráfico congestionado. La luz atrapada en las gotas que bajaban por el cristal.

Sam cogió el brazo de Dennis y se lo puso en la cintura.

—Me encanta este sitio.

—Hace frío —dijo él, que se apartó.

—Eres un cascarrabias —dijo ella, sonriente.

—Cascarrabias, Samantha. Me dejas impresionado.

—Cuando me llamas Samantha, preveo que se avecinan problemas.

—Puede que sí —dijo él.

Y Sam lo sintió de nuevo: una punzada de deseo. Quizá fuera una estrategia, pensó ella. Pensó que tal vez ocurriera allí. Sin embargo, luego empezaron a deshacer las maletas y a colgar camisas en el armario. Ella dejó su ropa en la maleta y la metió debajo de la cama para que él no se quejara.

Dennis sacó su portátil y lo dejó sobre el escritorio de la sala de estar. Sam se puso tensa al recordar aquel decidido tecleo con un solo dedo. Cuatro horas de tap, tap, tap. Y la habitación en silencio y sin televisión: así podía concentrarse mejor. Dennis no le dejaba leer su autobiografía. Tapaba la pantalla con el cuerpo cuando ella pasaba cerca. Cuando se iba, Sam reprimía el deseo de mirar, de ver lo único que le ocultaba. ¿Tan malo podía ser? Pero, bueno, «No por mucho madrugar amanece más temprano», se decía ella.

146 En la habitación había un par de butacas, una mesa de comedor y una *chaise longue*. Sam cogió una almohada y se tumbó en la *chaise longue*, con las piernas colgando del borde. Si no, no cabía del todo.

—Eh, ¿Den? Aquí no quepo muy bien. —Se estiró de nuevo para enseñárselo.

Él echó un vistazo a la habitación. Se le ensombreció el semblante al ver que no había nada más.

—¿Qué hago?

Sam intentó parecer despreocupada, sin esperanzas, solo agradable, con ganas de llegar a un acuerdo.

—Supongo que yo ya he tenido un montón de noches de dormir bien —dijo.

—¿De verdad? —Se le aceleró el corazón.

—¿Dónde ibas a dormir si no?

Sam se acercó, le besó y dejó que la sostuviera entre los brazos para dejarla caer en la cama. Tiró de él y lo colocó encima: así podría besarla de nuevo. Le envolvió la cadera con las piernas y presionó contra él. Notaba la lengua de Dennis dentro de la boca, ardiente. A Sam se le escapó un sonido, un gemido que no esperaba. Él paró.

—¿Estás bien?

—Sí.

Sam intentó acercarlo a ella de nuevo.

—¿He hecho algo?

—No.

—¿Seguro?

—Sí.

Dennis empezó a apartarse. Sam se sentó, se aferró a su camisa, pero él se puso en pie y se estiró.

—Será mejor que acabe esto.

Hizo un gesto hacia la ropa que sobresalía de la maleta. Sam se tumbó, notaba el pulso entre las piernas.

El teléfono de Dennis vibró en la mesita de noche.

—¿Puedes mirar quién es?

—Dice «desconocido» —dijo Sam, y se lo pasó.

—¿Qué significa eso?

—Es un número privado.

Dennis lo sujetó en la mano y se lo quedó mirando hasta que el zumbido se detuvo. Luego se lo devolvió a Sam con un gesto de indiferencia. Mientras doblaba otra camiseta y la guardaba en el armario, volvió a vibrar.

—Contesta tú —le dijo Dennis.

—¿Hola?

—¿Quién es? —preguntó una voz de hombre.

—Samantha —dijo Sam—. ¿Quién es?

—¿Está Dennis? —El tono era cortante, casi enfadado.

—Eh, ¿de parte de quién?

—Dile que soy un viejo amigo. Sabrá de qué se trata.

—¿Un viejo amigo?

Sam apartó el teléfono. Dennis miró la pantalla un momento antes de llevársela al oído.

—¿Hola?

Levantó un dedo y desapareció en el lavabo. Sam esperó uno o dos segundos antes de acercarse de puntillas a la puerta y apoyar el oído. Al no oír nada, se sentó en la cama, decepcionada y esperando ansiosa a que volviera a salir.

Dennis reapareció al cabo de unos minutos, limpió la pantalla con la camisa y se puso a hurgar en la maleta en busca del cargador.

—¿Y? —dijo Sam—. ¿Quién era?

—Nadie. —Enchufó el cargador en la pared y la pantalla se iluminó al conectarse—. Alguien a quien conocía de antes. ¿Cómo consiguen este número?

—No lo sé. ¿Cómo lo conociste?

—En el colegio —dijo él—. ¿Le has dado mi número a alguien?

—Claro que no —respondió ella—. ¿Por qué iba a hacerlo?

—Es que no sé cómo lo ha conseguido, nada más.

—¿Crees que alguien te está acosando?

Sam estaba preocupada, pero Dennis resopló.

—No te preocupes. Me parece raro, nada más.

—¿Quieres ir a algún sitio? Podemos ir a buscar comida... o a dar una vuelta.

—Creo que me voy al gimnasio un rato —dijo él.

—Ah —respondió Sam—. Vale.

Se cambió, dobló la ropa sucia, la dejó en una maleta vacía y se puso una camiseta gris. Cuando estaba a punto de irse, se dio la vuelta y desenchufó el móvil.

—Música —dijo, y se fue.

Sam vio los auriculares aún enrollados encima de la cómoda.

18

$\mathcal{A}$l día siguiente, Dennis visitó a un oftalmólogo. Haber estado tanto tiempo encerrado en el corredor de la muerte tenía sus consecuencias. Veintiún años sin ver más allá de una pared que estaba a apenas unos centímetros le había deteriorado la vista. Además, la falta de luz solar lo había vuelto fotosensible. El médico le aconsejó una serie de ejercicios oculares y usar unas gafas nuevas; tal vez así podría recuperar parte de la visión perdida. Sam se sentaba con Dennis todos los días, paciente: lentamente, movía un lápiz cerca de los ojos de Dennis, para luego alejarlo; escuchaba su respiración y sentía que el espacio que los separaba se llenaba de tensión.

Siempre que podía, Dennis no usaba las gafas. Por Central Park, caminó con el rostro deformado por el dolor. No le quedó otra que volver a ponérselas. Consiguió una montura nueva de diseño que le suavizaba las facciones de la cara. Sam pensó que la encargada de la óptica invertía demasiado tiempo en comprobar que le quedaban bien en el puente de la nariz. Casi le acariciaba la cara con las manos.

Por otro lado, les dijeron que recibiría la máxima compensación por su condena errónea: dos millones de dólares. No obstante, sus abogados pedirían más. Habría una indemnización adicional para sufragar los costes legales, pero, dado que la mayor parte del dinero necesario para presentar sus recursos los habían recaudado sus seguidores, Nick sugirió que hicieran una donación al proyecto Inocencia.

—Depende de ti. No sé qué otra cosa podríamos hacer con ese dinero —dijo Dennis.

Cuando se acercaba la Navidad, Sam preguntó en la recepción si podrían conseguir un árbol.

—Es la primera Navidad desde que… volvió, ¿sabe? Estaría bien que fuera especial.

—No hay problema —dijo la recepcionista, que les reservó mesa para cenar en el restaurante la noche siguiente, para que pudieran decorar el árbol sin que ellos estuvieran presentes.

Cuando volvieron, el árbol brillaba en un rincón; había dos calcetines colgados debajo del televisor. Dennis sonrió, muy a su pesar.

—Vamos —dijo Sam, y tiró de su camiseta—. Es mono.

—Es demasiado mono —dijo él, que le dio un beso en la coronilla.

Carrie y su novia, Dylan, los visitaron por Año Nuevo. Después de la cena fueron a su habitación del hotel a tomar una copa, relajados por el vino tinto y una buena comida. Dylan llevaba el pelo corto y un vestido más elegante que Carrie. Eran distintas en muchos sentidos: Carrie era más artística; Dylan, más académica; Carrie era impetuosa y frívola; Dylan, más comedida y seria. Pero se compenetraban. Eso era algo que no les sucedía a Sam y a Dennis. Ella se fijó en que sus movimientos parecían fluir. Como buena pareja. Por su parte, Dennis y ella solían chocar, con besos a destiempo y abrazos torpes.

—Esto está bien —dijo Carrie—. Podría acostumbrarme a venir a visitaros a sitios como este. Mucho mejor que Altoona, ¿verdad, Sam?

—Ha sido increíble —respondió ella, que cogió de la mano a Dennis.

—Chicos, ¿estáis pensando en instalaros en Nueva York?

—No —contestó Dennis—. Demasiado frío.

Sam no dijo nada. Le encantaba vivir ahí, no quería irse. Dennis solía quedarse en la habitación del hotel. A veces solo caminaba hasta el taxi que le esperaba, mientras un conserje les sujetaba la puerta abierta. Sam paseaba durante horas, cerraba los ojos para percibir los olores en el aire. Se sentaba ante las cristaleras de las cafeterías a observar a la gente. Había vuelto a fumar, a escondidas, abrazada a sí misma contra el frío. Se rociaba con perfume antes de volver a la habitación. Sabía que Dennis odiaba el tabaco. Siempre se quejaba del olor, o se ponía a toser de forma exagerada cuando pasaban junto a un grupo de fumadores en la calle. Sin embargo, más que eso era que quería guardar sus secretos. Como él tenía los suyos.

«Un viejo amigo», susurró ella: palabras que salían de la boca con el humo y se alejaban arremolinadas en el aire.

151

Carrie y Sam contemplaron las vistas de la ciudad desde la ventana.

—Bueno, ¿y cómo va la luna de miel?

—Bueno, ya sabes —dijo Sam, que se sonrojó.

Carrie se rio y bebió, feliz.

—Tal vez sea mejor que sigáis viviendo en hoteles. Probablemente, ahora mismo tampoco hacéis mucho más, ¿no?

Sam pensó en las noches que Dennis y ella pasaban de espaldas o en cómo se despertaba por la dureza de un codazo en la costilla. «Estás hablando otra vez dormida», se quejaba él. «¿Qué decía?», preguntaba Sam, excitada y sudada, pues acababa de soñar que él la empotraba contra una pared y la tumbaba sobre una mesa.

—¿A quién le importa?

Dennis bostezaba, le daba la espalda y se ajustaba el edredón.

—Estamos pensando en asentarnos, pronto —le dijo Dennis a Carrie y a Dylan—. Estamos cansados de vivir de hoteles.

—Venid a Los Ángeles —sugirió Dylan.

—Te encantaría, Dennis. Es muy tú —dijo Carrie.

—Bueno, volaremos a tiempo para el estreno de la serie —respondió Dennis—. Tal vez nos quedemos una temporada.

A Sam se le encogió el estómago. Sabía perfectamente que no quería quedarse en Los Ángeles, que necesitaba ir a Inglaterra un tiempo y preparar la casa para venderla. No estaba lista para volver al calor. Adoraba los días de invierno que nunca acaban del todo de ver la luz, el cielo gris y las luces naranjas de las ventanas.

152 Cuando Dylan y Carrie se fueron, al día siguiente, discutieron. Él salió a correr a las once de la noche y no volvió hasta la una; estaba helado cuando se metió bajo las sábanas. Sam dio un respingo al notar las manos gélidas.

—Lo siento —susurró él, al tiempo que se acoplaba a su espalda.

—Yo también —dijo ella—. Me parece bien que nos quedemos una temporada en Los Ángeles. He sido una egoísta.

Él le dio las gracias y la besó en el cuello. Ella se estremeció cuando Dennis la abrazó. El frío que trajo con él se llevó todo el calor de la habitación.

19

*D*urante las siguientes semanas, Dennis apareció en programas de tertulias dando respuestas estudiadas a las preguntas de siempre. ¿Cómo había sido su vida desde que salió de la cárcel? ¿Podía perdonar a la policía de Red River por lo que le ocurrió? ¿Ayudaría a otras personas encarceladas injustamente?

Dennis hizo unas sesiones con una especialista en medios de comunicación sobre cómo hablar en público y comunicar. Había que matizar o evitar ciertas opiniones controvertidas, como su punto de vista respecto a la pena de muerte. La mujer le ayudó a formular respuestas que no ofendieran ni dividieran al público, que se centraran en el perdón, la comprensión y el seguir hacia delante. Le enseñó a repartir la atención entre el presentador del programa de televisión y el público, a evitar una pregunta incómoda y a potenciar al máximo el efecto de sus respuestas, con pausas bien controladas y un contacto visual sincero.

Un nutricionista le llevaba batidos de color de agua de ciénaga y barritas de proteínas naturales que a Sam le parecían comida de pájaro. En vez de café, daba sorbos a unas tazas de caldo de huesos que olía como el extracto Bovril que tomaba su abuela en las noches de invierno. No paraba de hacerle comer cosas impronunciables como bayas acai y suplementos de equinácea. El límite fue cuando le dio un agua de coco que le sabía a esperma…, aunque no podía decírselo.

La gente le decía a Dennis cómo vestirse, cómo posar para las fotografías, dónde debía estar y a qué hora. Lo llevaban al lugar de la entrevista. Al llegar, lo conducían a una sala donde otra persona le colocaba bien los pelos descarriados y le empolvaba la frente para que no tuviera esos brillos tan defectuosos de la gente normal.

—Estás listo —le dijo Nick a Dennis durante una comida, un domingo.

—No lo sé —respondió él—. ¿En televisión y en directo?

—¿Qué diferencia hay entre aparecer en directo y que te entrevisten delante del público en un plató? Estuviste genial en *Colbert*. Te adoran. Confía en mí, estás preparado.

154

Dennis y Sam llegaron al estudio de *Today's Talk* el miércoles por la mañana, justo antes de que empezara a emitirse el programa a las once. No lo esperaban hasta el mediodía, así que Sam y él tuvieron un rato para echar un vistazo. Flotaba en el ambiente una energía distinta que la que había en los programas nocturnos y en las entrevistas grabadas a las que estaban acostumbrados. La presión del directo generaba nervios y miedo. Nick llamó a Dennis para desearle buena suerte.

—Siento no poder estar ahí —dijo—. ¡Lo harás bien! Tú relájate y diviértete.

Luego se llevaron a Dennis a maquillaje.

Sam se quedó sola.

Fue a picar algo del bufé y estuvo charlando con un finalista de *America's Got Talent*. Cuando Dennis estuvo preparado para salir, fue con él hasta la puerta. Le cogió de la mano, la apretó con suavidad con unos nervios que no esperaba sentir y le besó cuando la señal luminosa de encima de la puerta cambió a verde durante una pausa para los anuncios.

—Buena suerte —dijo, y le soltó la mano.

Le dedicó una tímida sonrisa mientras otro hombre con auriculares lo acompañaba al set. El plató era un salón de colores pastel y tenía una falsa ventana que dejaba entrever un cielo despejado… y pintado. La sala estaba cortada por la mitad. Miraba a un espacio negro donde estaban las cámaras y el equipo. Sam se acordó de Ed y de su hoyo. Recordó aquella casa medio colgada sobre un abismo.

Otro miembro del equipo la llevó a una sala verde, donde podía ver el programa mientras se emitía. Allí había más gente: la hermana de una mujer que tenía un tipo de cáncer raro y un hombre cuyo amigo estaba hablando sobre el discurso de su padrino de boda, que se hizo viral. Cuando entró, todo el mundo le sonrió. En televisión estaban emitiendo un anuncio de champú de bebé. El refrigerador de agua burbujeó cuando Sam llenó un vaso de plástico.

Entonces se reanudó el programa. Sam sintió aquel mismo retortijón en el estómago, el mismo que notaba siempre que veía a Dennis en televisión. Estaba sentado en el sofá, rígido y con las manos sobre las rodillas. Sam quería que recordara lo que la entrenadora de comunicación le había dicho sobre la postura: los hombros relajados y un gesto afable.

Había tres invitados sentados juntos en un sofá al lado de Dennis: un hombre vestido de traje con el pelo negro al estilo Just for Men, una mujer muy maquillada con un vestido amarillo y una invitada famosa que sonreía demasiado mientras presentaban a Dennis con un breve resumen de su caso y la nueva serie de Netflix.

—Antes de nada —preguntó la mujer del vestido amarillo—, has estado en la cárcel durante veinte años. ¿Sabías lo que era Netflix?

El famoso se rio. Dennis sonrió, pero la sonrisa se desvaneció demasiado rápido al empezar a hablar.

—No, al principio, no. La gente me explicó...

—¿Alguna vez has visto algo en Netflix? —preguntó el famoso.

—Aún no, no soy muy de televisión...

—Para todo el que no haya visto el primer documental, ¿puedes ayudarlos a entender qué pasó en tu caso? Si no la conocen... Es una historia infernal. —El hombre dejó sus notas en la mesa y las volvió a coger mientras hablaba.

Sin embargo, antes de que Dennis pudiera contestar, los demás invitados empezaron a hablar sobre las pruebas perdidas y las declaraciones falsas de ciertos testigos. Dennis los observaba en silencio. Una cámara grabó un primer plano de su rostro justo cuando él levantó la mirada y miró a la lente. Sam se sobresaltó, como si la hubieran sorprendido mirando.

—Así pues, ¿qué añade esta nueva serie a tu historia? —dijo el hombre, que de pronto se volvió hacia Dennis, que tartamudeó, sorprendido, incapaz de formular la respuesta que había practicado tantas veces.

—Pruebas. Nuevas pruebas. Y lo que hizo que me exoneraran, claro.

—Porque aún quedaban muchas preguntas por contestar tras *Contextualizando la verdad*. ¿La gente que te ha apoyado desde la primera película por fin obtendrá esas respuestas?

Dennis parecía confuso.

—Me pregunto si la familia de Holly Michaels podrá tener algo de paz sabiendo que, finalmente, el verdadero asesino está en la cárcel.

—Por supuesto. El padre de Holly ha sido bastante crítico con la atención que los medios de comunicación prestaban a su caso.

—Tiene que haber sido difícil —dijo Dennis—. Es una familia muy valiente…

—¿Y las demás familias? —dijo la mujer del vestido amarillo. Miró sus tarjetas y luego sonrió.

—¿Disculpe?

—Las chicas desaparecidas de Red River —dijo el hombre—. Tras la primera película, siempre quedó una pregunta sin responder: ¿quién fue el responsable de la desaparición de todas esas chicas? Se dio por hecho que quien hubiera matado a Holly también había matado a las demás, pero esa teoría era incorrecta. El asesino de Holly, Wayne, confesó ese asesinato y dos muertes más que estaban sin resolver. Sin embargo, insistió en que no sabía nada de las chicas desaparecidas en Red River. ¿Esta serie intenta contestar la pregunta de dónde están las chicas desaparecidas?

Se produjo un largo silencio. A Sam le pareció toda una vida. Nunca había visto un silencio así en televisión.

—No —dijo Dennis al final.

Todos los presentes en la mesa dejaron de sonreír, incluso la invitada famosa, que miró sus tarjetas y frunció el entrecejo.

—¿No crees…?

—La serie estudia los errores del primer juicio y el efecto de la primera película. Documenta mi viaje para recurrir el veredicto y mi liberación final. Trata del asesinato de Holly Michaels y de la injusticia que su familia y yo hemos sufrido por culpa de un grupo de gente corrupta.

Sam sintió que enfermaba. Sí, era aquello lo que se suponía que debía decir, pero el tono… Había olvidado las inflexiones en la voz que tanto habían practicado. Quería estar con él, apretarle la mano y susurrarle al oído: «Mantén la calma, procura que el ambiente sea distendido».

157

—No obstante, continúa siendo una pregunta que mucha gente quiere responder. Es algo que aún te persigue, ¿verdad? Esta mañana han venido unas cuantas personas a protestar a la puerta del estudio. ¡Eres una figura bastante controvertida! Hay gente que cree que eres culpable.

—Pero no lo soy. —Dennis se revolvió en su asiento. Se inclinó hacia delante. Sam tuvo ganas de empujarlo hacia atrás. No era el momento adecuado para inclinarse hacia delante: indicaba confrontación, como si fuera a saltar—. He sido exonerado…

—Creen que eres el responsable de la desaparición de las chicas —le interrumpió la mujer.

—Se equivocan —dijo Dennis—. Y no he venido para hablar de eso. No tengo respuestas para esa gente.

—¡Por supuesto que no! Por supuesto que no tiene respuestas. —El hombre intentó relajar el ambiente; los invitados compartieron una falsa e incómoda risa floja—. Pero ha de ser molesto tener ese signo de interrogación sobre la cabeza, por mucho que te hayan exonerado.

—Sí —dijo Dennis—, molesta. Sé que cierta gente jamás creerá en mi inocencia, por muchas pruebas que se presenten.

—¿Te gustaría decirle algo a esa gente?

Dennis estaba perdido. Sam esperó que dijera algo, pero no lo hizo. La cámara se acercó a su rostro impávido.

—Si tuvieras ocasión de resolver sus dudas de una vez por todas, ¿lo harías?

Todos los invitados lo observaron, esperaban una respuesta.

Sam no sabía hacia dónde iba todo aquello, pero se sentía mal. Los demás presentes en la sala parecían paralizados. ¿Sabrían que ella era su esposa? Una parte de Sam esperaba que no. Todos miraban a Dennis con suspicacia. Una mujer negaba con la cabeza mientras él hablaba:

—Sí, pero ya he dicho que algunas personas nunca se dejarán convencer...

—Podríamos ayudarte a que cambiaran de opinión —apuntó la mujer, dirigiéndose más a la cámara, al público, que a Dennis—. Contamos con un experto en polígrafos y uno de los mayores especialistas en lenguaje corporal de Estados Unidos, además de con el asesoramiento de un hombre que trabajó durante veinte años como detective de Homicidios para el Departamento de Policía de Nueva York. Podrías someterte a un interrogatorio y zanjar esas dudas para siempre.

—Solo he venido a hablar de la serie... —dijo Dennis.

Sam vio cómo la nuez se le movía al tragar. Dennis estiró el brazo para coger un vaso de agua, pero luego cambió de opinión.

—Pero la serie no aborda esos temas, ¿no? Así que esta es una gran oportunidad para ti. El polígrafo tardaría una media hora...

—Eso ya ni siquiera se usa —respondió Dennis con una risa burlona—. Son completamente ineficaces y suelen resultar imprecisos.

—Por eso contamos con un experto en lenguaje corporal y un detective experimentado que...

—¡Fueron los detectives y los expertos los que me metieron en el corredor de la muerte por un asesinato que no cometí! Así que gracias, pero no. Ahora, ¿podemos hablar de la serie, por favor?

—¿Te da miedo lo que los resultados pudieran insinuar? —soltó el hombre.

Sam sabía que no iban a dejarlo estar. Miró la hora en la esquina de la pantalla y se preguntó cuánto tiempo tardarían en hacer otra pausa para la publicidad. Tal vez Dennis podría aguantarlo lo suficiente para que tuvieran que dejarlo y pasar a la siguiente sección. Ojalá.

—Mira, no voy a hacer ninguna prueba de mierda...

—Nos gustaría disculparnos por ese lenguaje si alguien se ha sentido ofendido...

—Lo siento, ¿vale? Lo siento, no quería ofender a nadie —dijo Dennis a la cámara.

—El ambiente se está poniendo un poco... hostil —dijo la famosa, como si estuviera preocupada.

—Yo no soy hostil —espetó Dennis.

—No es la respuesta que esperábamos —dijo la mujer, con los ojos abiertos de par en par.

—¿Qué esperabais? ¿Que me encantaría la idea de ser interrogado por un expolicía y que me tendieran una emboscada con un polígrafo?

«Para, por favor, para de hablar», pensó Sam.

—He venido a hablar de la nueva serie. La nueva serie que trata de mi exoneración. De que no soy culpable.

160   —Sí, pero tú mismo has dicho que aún hay muchas preguntas sin respuesta en torno a...

—Yo no he dicho eso.

—Bueno, has dicho que la nueva serie no aborda el tema de las chicas desaparecidas...

—¡Porque no sé nada de las chicas desaparecidas!

—Por favor, no alces la voz —replicó la mujer.

—Ya he terminado aquí —dijo Dennis, al tiempo que se ponía en pie.

Se quitó el micrófono y tiró de él por el interior de la camisa. Provocó un zumbido al rozar con la piel. Una mujer al lado de Sam chasqueó la lengua, el hombre de delante se rio y negó con la cabeza. En pantalla, Dennis seguía hablando, pero el micrófono le colgaba de la mano y no captaba la voz. Estaba señalando. Se quitó la petaca del cinturón y se fue mirando hacia atrás, hacia los presentadores, que se dirigían al público para disculparse por la interrupción.

Para entonces, Sam estaba sentada tapándose la cara con las manos, con los codos apoyados en las rodillas, incapaz de mirar a la gente que tenía a su alrededor. De fondo, sonó una música que avanzaba los siguientes contenidos del programa. En la sala, nadie dijo esta boca es mía.

Dennis abrió la puerta de un empujón y la llamó. Sam alzó la vista y la luz le dio en los ojos: unos puntitos ocultaban la cara de su marido.

—Nos vamos —dijo—. Ahora.

Ella notó clavadas todas aquellas miradas mientras agarraba el bolso y le cogía de la mano. Él entrelazó los dedos y tiró de Sam, evitando a la gente que se movía hacia ellos en el pasillo. Cuando llegaron al vestíbulo, un empleado de seguridad les impidió el paso.

—Mi teléfono —dijo Dennis—. Necesito recoger mis cosas.

Alguien detrás de aquel hombre le dio a Dennis el teléfono y la cartera.

—Llevaba una chaqueta —dijo Dennis.

Le pasaron el abrigo a Sam y Dennis volvió a tirar de ella, por el vestíbulo y hasta la calle. Hizo un gesto a un taxi. El vehículo no se había parado del todo cuando Dennis ya había abierto la puerta y había empezado a meter a Sam dentro. Con la mano le protegía la coronilla cuando se agachó en la puerta. Era una extraña muestra de protección y control al mismo tiempo.

20

*D*e regreso en el hotel, el teléfono de Dennis se iba iluminando con las notificaciones. Había un texto de Carrie: «Oh, Dennis, lo siento mucho xxxxx». También hubo unas cuantas llamadas perdidas de Nick. Dennis no hizo caso, apagó el móvil y lo guardó en un cajón.

Sam estaba sentada detrás de él en la cama. Le frotó los hombros hasta que él se la quitó de encima. Le escuchó despotricar de los presentadores y de los productores. Ella intentó convencerle de que no había quedado como el chico malo. Sin embargo, había consultado las reacciones en su teléfono mientras estaba en el baño. Había habido un cambio. «K, un comportamiento muy sospechoso por parte del chico blanco más espeluznante de Estados Unidos...», colgó un articulista de *Jezebel*, junto con un vídeo de YouTube del programa: ya había tenido decenas de miles de visualizaciones.

Cuando Dennis regresó, ella puso el teléfono en modo avión y le sugirió que llamara a Nick para saber qué debía hacer. No era necesario. Nick llamó a la habitación desde el vestíbulo del hotel. Finalmente, con desgana, Dennis accedió a quedar con él abajo.

—Escucha —dijo Nick, cuando se sentaron en la barra—, me he enfrentado con lo peor, te lo prometo. Es importante escribir una declaración, algo que explique que el desencadenante fue el interrogatorio, ¿de acuerdo? Dennis, has pasado por cosas muy horribles. Tienes derecho a sufrir cierto estrés postraumático. ¿Estos tíos de repente te meten en una sala para que te interrogue un detective de Homicidios? ¿Te atan a una máquina y te preguntan por amigos del colegio que desaparecieron hace veinticuatro años? Es inadmisible. ¡No me extraña que reaccionaras así! Y ahí fuera hay gente que ya lo ve así.

—¿De verdad? —dijo Dennis, con los ojos rojos y brillantes.

—La mayoría de la gente dice que estaba completamente fuera de lugar, que fue totalmente ruin. Y no solo para ti... ¿Y las familias de esas chicas? ¿Sacar a la luz tantos traumas solo por una sección de entretenimiento ligero en un programa matutino? Dennis, nunca te habría llevado a ese programa de haber sabido...

—Lo sé. Pero ahora mismo es un desastre, joder.

—Podemos darle la vuelta. Convertirlo en algo positivo.

163

No obstante, incluso después de leer la declaración, la ola de negatividad siguió sin invertirse. *Today's Talk* volvió sobre el tema: el experto en lenguaje corporal y el detective de Homicidios opinaron sobre qué indicaba el comportamiento de Dennis durante su entrevista. Ambos coincidieron en que escondía algo, en que su lenguaje corporal revelaba una actitud a la defensiva y que se mostraba esquivo. Nunca contestaba directamente a ninguna pregunta. Actuaba como un político culpable. Procuraron no acusarlo de forma clara de ser el responsable de la desaparición de las chicas, pero las insinuaciones eran suficientes para desencadenar un acalorado debate en Internet. Mucha gente empezó a pedir que Dennis se sometiera a aquellas pruebas.

—Tal vez deberíamos irnos a Inglaterra una temporada —dijo Sam tras otro día encerrados en la habitación del hotel—. Ir a algún sitio donde no seas tan conocido, ¿sabes?

Ya estaba cansada de esconderse. Tenía unas ganas enormes de fumarse un cigarrillo.

—¡No debería tener que preocuparme por ser «conocido»! No he hecho nada malo.

—Lo sé. Pero a lo mejor podríamos tomarnos un descanso de todo esto. Han pasado muchas cosas, apenas hemos tenido tiempo para estar juntos.

—Estamos juntos todo el tiempo —dijo él.

—Quiero decir… Todo es entrevistas, sesiones de fotos y escribir tu libro. Podríamos irnos y centrarnos en nosotros un tiempo.

—No hago esto por gusto. ¿Qué otra cosa puedo hacer? Ni siquiera acabé el instituto. Y no es que tú tengas un trabajo.

—No te estoy criticando —dijo Sam, sin hacer caso del último comentario. Estaba sentada a su lado en el borde de la cama—. Digo que has hecho tantas cosas que a lo mejor es el momento de que tú y yo estemos solos y nos conozcamos sin todo este… ruido y drama.

—Ya nos conocemos. Lo sabes todo sobre mí —dijo Dennis.

Suspiró y se dejó caer en la cama.

—Me refiero a… en la intimidad —dijo, y se sonrojó. Dennis se tapó la cara con un brazo y gimió—. Lo siento, pero… ¡No es que no piense en eso! —Sam intentó controlar el temblor en la voz—. A veces, siento que no te atraigo.

Dennis se sentó y la abrazó mientras lloraba. Sam se sentía avergonzada. Ya no podían obviar ese tema: no había vuelta atrás. Tal vez Dennis le confesara que sí, que no la atraía y la dejaría. Sam sabía que no podría más que echarse la culpa a sí misma.

—No es tan sencillo —dijo cuando las lágrimas de su mujer le mojaron la camiseta—. Me han pasado muchas cosas. No estoy preparado para hablar de eso. Aún no. No es por ti. Voy a necesitar tiempo. ¿Lo entiendes?

Por un segundo, se sintió tan aliviada por que no fuera culpa suya que no pensó qué podían significar sus palabras. Le dijo que lo entendía y le besó con ternura en la sien. Se tumbaron juntos. La cama aún estaba perfectamente hecha. Sam descansó la mirada mientras él jugueteaba con el cabello, se lo enrollaba en el dedo, cada vez más fuerte, hasta que le dolió.

Al día siguiente por la mañana, cuando Sam se despertó, Dennis ya estaba levantado. Se estaba atando los cordones de las zapatillas de correr. Solo eran las cinco y media.

—¿Ya vas a salir? —preguntó Sam.

—Mi padre está en el hospital —dijo, sin darse la vuelta—. Se pegó un tiro en la cabeza. Se voló la mitad de los sesos. Lo encontró la enfermera y llamó a urgencias. Ahora está en el hospital, unas máquinas lo mantienen con vida a mi costa.

—Dios mío —exclamó Sam, y se sentó—. Den, lo siento...

—No pasa nada. No es que tuviéramos mucha relación.

—Aun así, lo siento. Oh, Den.

—Por lo menos, podría haber apuntado bien, ¿sabes? —Dennis emitió un sonido que estaba entre una risa y un bufido—. Da igual. Ahora me piden que vaya: el muy hijo de puta me tenía apuntado como su pariente más cercano. Tengo que firmar unos papeles si quiero que lo desconecten de las máquinas. Es increíble.

—¿Eso es lo que quieres? —preguntó Sam.

—Dicen que es poco probable que recupere la conciencia. Además, aunque pasara, dependería de esa mierda de máquinas durante el resto de su vida. Así que sí: es lo que quiero.

—¿Cuándo te...? —Sam volvió a mirar la hora—. ¿Cuándo has hablado con ellos?

—Hace una hora, más o menos, cuando he encendido el teléfono.

—¿Por qué no me has despertado?

—Parecías tranquila —respondió Dennis—. Tienes el sueño muy profundo.

Sam lo abrazó y le dijo que estaba ahí para lo que quisiera y necesitara.

—Necesito salir —dijo él, que se levantó y se puso un jersey grueso—. Solo quiero un poco de espacio para aclarar las ideas.

Regresó una hora más tarde, con las mejillas rojas del frío.

—Te he comprado una cosa —dijo él, con una sonrisa.

—No hacía falta —contestó Sam, desconcertada por el cambio de humor. Se preguntaba si Dennis estaba bien o si aquello era algún tipo de reacción psicológica.

—Cierra los ojos y abre las manos. ¡Vamos!

Sam obedeció.

—Den, ¿va todo bien? —Notó el peso de algo sobre las palmas de la mano, caliente de agarrarlo él.

—Ábrelo —dijo él.

Sam miró el objeto: era algo de plástico de un color vede luminoso. Parecía un mechero, pero más grande.

—¿Qué es?

—¡Es un cigarrillo electrónico!

Sam se echó a reír.

—Pero si yo no...

—Sé que has estado fumando, a veces lo huelo. Esto es como el tabaco. Pero, en vez de humo, es vapor.

—Sé lo que es, Den.

—¡Es sabor chocolate! Huele mejor. ¡Pruébalo!

Sam se lo puso en los labios. Se sentía ridícula: pensó en la oruga de *Alicia en el País de las Maravillas*.

—Madre mía. —Sam se puso a toser—. Es asqueroso.

La sonrisa de Dennis se desvaneció.

—Pues huele muy bien.

—Pruébalo —dijo ella, y se lo pasó.

Dennis dio una calada y se le torció el gesto del asco.

—¡Me pica la boca!

—¿Y si no fumo y ya está? —preguntó Sam.

Dennis tiró el cigarrillo electrónico a la papelera.

—Ese olor —dijo Dennis.

Sam empezó a decir que ya lo sabía, pero él la paró.

—Supongo que me recuerda a mi padre. Simplemente, lo odio.

Entonces Sam lo entendió. No quería ser la persona que se lo recordara.

Bajaron hasta el bar del hotel tras quedar de nuevo con Nick. No había manera de evitar el tema del viaje que tendrían que hacer a Red River.

—Primero tengo que arreglar lo de mi padre —dijo Dennis—. Luego supongo que tendremos que organizar algún tipo de funeral. Y no podemos dejar la casa ahí así. La gente nos desvalijará si no somos los primeros en llegar. Son como buitres.

—¿Cuánto tiempo necesitaremos? —preguntó Sam.

—¿Unos días? ¿Una semana? —dijo Dennis—. No queremos perdernos el estreno.

Nick llegó y se sacudió la nieve del abrigo.

—Cuando llueve, llueve a cántaros, ¿eh, chicos? Dennis, siento mucho lo de tu padre.

—No pasa nada —dijo Dennis, que le contó sus planes de visitar Red River y de volver a tiempo para el estreno de la serie.

Nick hizo un gesto de duda con los dientes.

—Si te soy sincero, no estoy seguro de que sea tan sencillo. He hablado con Jackson y ambos estamos de acuerdo en que es mejor que no vayas al estreno…, con todo lo que está pasando ahora mismo. ¿Y además lo de tu padre? Será mejor que seas discreto. No te interesa que parezca que no te importa su muerte.

—Pero es que no me importa —replicó Dennis—. Y todavía no está muerto. Tengo que ir hasta allí para firmar los papeles.

—Entiende lo que te digo: la gente podría pensar que es un poco frío que sigas con total normalidad, aunque el tipo fuera un poco, ya sabes…

—Gilipollas —dijo Dennis—. Es mi estreno. Debería estar presente.

—Tenemos que pensar en qué es lo mejor a largo plazo. Para ti y para la serie. Escucha —Nick se inclinó sobre la mesa y cogió a Dennis de la muñeca—, ¿por qué no te tomas un tiempo de descanso y dejas que, por el momento, yo me ocupe de tu imagen pública?

168

RED RIVER

21

*L*ionel estaba en una habitación individual. Tenía la cabeza vendada, como si fuera el Hombre Invisible. Le salían tubos de las fosas nasales y del cuello. Una bomba provocaba que el pecho se le inflara y se le desinflara con un leve silbido y un pitido. Las enfermeras cerraron la puerta tras ellas. Sam y Dennis observaban aquel cuerpo cogidos de la mano. Ella se dio la vuelta, algo mareada. Antes odiaba a Lionel, pero ahora tenía una sensación de culpa: se le veía tan indefenso, sin ni siquiera poder respirar por sí solo. Se preguntaba qué le había impulsado a hacerlo. ¿Por qué ahora? ¿Era por la liberación de Dennis? ¿Podía un padre odiar tanto a su hijo? Imaginó la oscuridad de esos últimos momentos: Lionel solo, con la pistola en la mano. Esperaba que Dennis tuviera razón al decir que probablemente Lionel estaba borracho y no sabía lo que hacía.

—¿Cuánto tiempo tenemos que quedarnos aquí? —preguntó Dennis—. Me aburro y tengo hambre. Podríamos comer algo antes de ir a la casa. ¿Hay algo bueno cerca?

—Lo averiguaré —dijo Sam, aunque no habían pasado por ningún sitio donde pudiera comer en el trayecto desde el aeropuerto.

A medida que fueron dejando atrás cafeterías y restaurantes de comida para llevar, Sam iba teniendo más hambre: el estómago le rugía y tenía retortijones. Habían desayunado en el avión, llegaron a media mañana y fueron directos al hospital con la esperanza de que Dennis pudiera firmar el papeleo rápidamente. Esperaban estar de camino para la hora del almuerzo.

—¿Qué quieres? —preguntó Sam, procurando no toparse con Lionel en su visión periférica.

—Busca algo sano.

Sam buscó en Google «restaurante, sano».

—Hay una cafetería vegana a unos…

—No. Sano y con carne. Tengo hambre, necesito algo de verdad. —Dennis se acercó a las máquinas y miró por detrás, estudió los distintos cables y funciones. Le dio un golpecito a la bolsa de plástico que colgaba de lo alto de un poste y lo vio balancearse adelante y atrás—. ¿Nos vamos? No le veo sentido a esto.

—Den…, sé que no os llevabais bien, pero haz como si te importara. Quedémonos cinco minutos más.

—Vale.

Él empezó a caminar por la habitación. Sam observó las colchas lisas donde deberían estar las piernas y se estremeció. Pensó que seguramente había perdido la otra pierna antes de… Se volvió hacia la ventana y observó a la gente que fumaba en el aparcamiento. También ella quería irse de allí.

Al cabo de unos minutos, volvieron a la sala de enfermeras y asintieron apesadumbrados cuando les preguntaron si estaban preparados. Un enfermero le entregó a Dennis una carpeta con los formularios legales que debía firmar. Él escribió su nombre y firmó con una barra diagonal con el bolígrafo. Un médico le dio la mano y los llevó a los dos a la habitación para desconectar las máquinas. Los pitidos y ruiditos cesaron: todo quedó en silencio. El hombre movió el estetoscopio en el cuello, se lo colocó bien y comprobó el pecho de Lionel. Consultó el reloj con la cabeza mirando a otro lado. Al cabo de un rato, se volvió hacia ellos y asintió.

172

Dennis le dio la mano, sereno. El doctor los dejó solos. Tardaron otros quince minutos en irse.

El restaurante sano más cercano estaba a unos cuarenta minutos. Dennis se comió una barra de proteínas y aplacó el rugir de su estómago. El navegador los llevó por un camino equivocado y los obligó a retroceder. Dennis se puso de un humor de perros. Incluso algo cruel.

—Estás *rabiambriento* —dijo Sam.

—¿Qué?

—*Rabiambriento*. Es cuando estás rabioso de hambre.

—*Rabiambriento* —repitió Dennis.

Sam pensó en los neologismos que se le habían pasado (*rambiambriento*, falocéntrico, *youtuber*, LOL, micromachismo, postureo) y volvió a sentirse mal por, de vez en cuando, perder la paciencia. Mientras él había estado ausente, el mundo había cambiado y, con él, había surgido un nuevo lenguaje.

Cuando llegaron al restaurante, ambos estaban rabiosos de hambre. Fue un alivio que les dieran mesa enseguida. El restaurante era un espacio diáfano. La cocina estaba limpia y tranquila detrás de la barra; en todas las mesas, había un centro de hierba de trigo: un bote con hojas frescas que se erguían rectas. La carta estaba llena de esa comida insípida y limpia que sacaba de quicio a Sam. Se estaba muriendo de hambre. Ella quería grasa: hamburguesa, patatas fritas y aros de cebolla. Desde que Dennis tenía nutricionista, apenas comían juntos. Sam solía optar por bocadillos de ternera salada y porciones exageradas de pizza. En definitiva, por todo lo que sabía que no debería comer.

Por su parte, Dennis estaba en su salsa. Pidió filete y huevos pochados, así como varias guarniciones de mezcla de verdura, boniato asado y un cuenco de arroz integral al vapor.

—Yo tomaré… el filete y la ensalada de *quinua* —dijo Sam, vacilante.

Dennis soltó un bufido e intercambió una sonrisa de suficiencia con el camarero, que disimuló la risa con una tos y se llevó las cartas.

—¿Qué? ¿Qué?

—Se pronuncia «quinoa» —dijo Dennis, al tiempo que sacudía la cabeza—. ¡No *quinua*! ¡Es tan divertido!

A Sam se le encendieron las mejillas mientras esperaba a que Dennis se calmara, pero no paraba de reírse. Se quitó las gafas para secarse las lágrimas.

—No es tan divertido —masculló Sam—. ¡No es tan divertido, joder! ¡Para! —Había alzado la voz y los clientes se volvieron a mirar, con una sonrisa incierta ante una broma de la que querían ser partícipes—. ¿No estabas en el corredor de la muerte hace como unos cinco minutos? —gritó ella de pronto—. ¿Cuándo te convertiste en semejante esnob?

La risa de Dennis enmudeció al instante y todo el restaurante quedó en silencio. Él se limpió las gafas en la camisa y se las volvió a poner, de espaldas a ella. El camarero volvió con una jarra de agua helada y el zumo de Sam.

Al salir, el joven que les había servido los detuvo en el aparcamiento con un ejemplar de *Men's Health* abierto. Dentro había media docena de fotografías de Dennis, con los músculos duros, haciendo unas flexiones o congelado en el aire, saltando. El título decía: «Entrenamientos con el peso corporal que se pueden hacer en una celda del corredor de la muerte… o en una habitación de hotel». Debajo había una breve entrevista. Durante un rato, Dennis no dijo nada y hojeó las páginas. Leyó las citas destacadas con una sonrisa.

—¿Cuándo ha salido esto? —preguntó, mientras firmaba una fotografía en blanco y negro que ocupaba toda una página.

—Ayer. Estoy suscrito, así que lo recibo enseguida.

El tipo parecía nervioso. Dennis volvió a contemplar las fotografías de nuevo, en silencio.

Sam le puso una mano en el bíceps con suavidad.

—Deberíamos irnos.

—Nos vemos —dijo Dennis, que le devolvió la revista con desgana.

La carretera se volvió irregular bajo las ruedas y tropezaron con un bache. Dennis le dijo a Sam que necesitaban comprar unos productos en la tienda. Así pues, fueron a la calle principal y aparcaron delante de una tienda de electrodomésticos.

Buscaron por todas partes. Al final, vieron una tienda con una señal del *Tribune* fuera. No había nadie, solo un viejo pastor alemán que se acercó con pesadez hacia ellos, jadeando en el calor de media tarde, con una pañoleta roja en el cuello.

—Es una ciudad de fantasmas —dijo Dennis.

Abrió la puerta y la campana sonó.

La pared del fondo estaba llena de revistas; el estante superior, con los colores chillones del porno, medio oscurecidos por una plancha de plástico encima.

—¡No pensaba que aún vendieran esas cosas! —dijo Sam, entre risas.

—¿El qué?

—¡Eso! —Sam señaló hacia arriba.

—Siempre las han vendido aquí —murmuró Dennis.

—Pero ¿quién compra porno hoy en día… con Internet?

—¿Y yo qué sé?

—Solo digo que… ¿Por qué te ofendes tanto? De lo anticuado que es, este sitio tiene algo.

175

—¿En qué puedo ayudarles?

Sam dio un salto. El hombre estaba tan cerca de ella que sintió su aliento en el cabello.

—Solo estamos mirando —dijo ella.

—Estamos a punto de cerrar, así que, si no les importa, vayan mirando hacia fuera. —Hizo una señal hacia la puerta.

Sam consultó la hora en el teléfono y vio que eran las cuatro menos veinte.

—Quiero comprar mi revista y unos productos, ¿pasa algo? —Dennis le sacaba unos quince centímetros al viejo.

La luz que entraba por la ventana que tenía detrás le hacía parecer una sombra, alargada en el sol vespertino, anodina y oscura.

—No tenemos lo que buscas. Puedes probar en algún sitio fuera del pueblo.

—¿Seguro que no tiene el número de este mes de *Men's Health*? Es bueno, salgo yo. —Enseñó los dientes.

—Aquí no vendemos esa mierda. Ahora, me temo que estamos cerrando. Que tengan un buen día.

Cuando el hombre se dio la vuelta dispuesto a irse, Dennis dio una zancada adelante.

—Tenemos todo el derecho a comprar aquí y donde queramos —dijo.

—El mismo derecho que tengo yo de no atender a quien quiera. Esta es mi tienda.

—Déjalo, vámonos —suplicó Sam.

Fuera, el perro estaba de pie con las patas contra el cristal.

—Dennis, no queremos problemas y no queremos que vengas por aquí a crearlos. Todos sentimos lo de tu padre, pero tienes que vender ese terreno y largarte del pueblo. Aquí no hay sitio para ti.

Desde detrás del mostrador, oyeron una riña que les hizo darse la vuelta. Una mujer salió del cuarto trasero y dejó la puerta abierta. Llevaba en la mano un pequeño revólver plateado.

—¿Va todo bien, Bill? —preguntó.

—Vamos, por favor, por favor, vámonos. No importa —dijo Sam, que empezó a dirigirse a la puerta.

Se planteó dejar a Dennis ahí y se preguntó si se sentiría culpable si le disparaban. Nunca había deseado tanto algo como salir de aquella tienda.

—Bien. Bien —dijo Dennis. Tenía las manos en la cintura, con los dedos abiertos—. Nos vemos por aquí, Bill.

Sam dio un salto cuando el perro le rozó las pantorrillas y se escabulló por el suelo de madera. Notó el calor del sol en las mejillas mientras salía al aire asfixiante. Detrás, Dennis se reía.

—No me extraña que estas tienduchas estén al borde de la extinción —dijo, y cerró la puerta del coche con una fuerza desmedida.

177

Sam se quedó quieta un momento en el asiento del conductor, cerró los ojos e intentó que dejaran de temblarle las manos en el regazo.

—¿Y? —dijo Dennis al cabo de un rato—. ¿Walmart?

22

Sam se sintió bien en las carreteras vacías que salían de Red River. Sin embargo, cuando salieron al tráfico que rodeaba los centros comerciales y los polígonos de fuera de la ciudad, se sintió abrumada por el color y el movimiento. El pánico se apoderó de ella. El mundo se borró tras las lágrimas que intentaba ocultarle a su marido.

Una vez aparcado el coche, Sam fue a los baños del Walmart a recomponerse. Cuando volvió, Dennis no estaba. Tras unos minutos estresantes recorriendo los pasillos, lo encontró en la sección de hogar, metiendo almohadas y mantas en dos carritos.

—¿Qué es todo eso? —preguntó.

—Para el tiempo que pasemos aquí. No creo que haya nada. ¿Dónde están los colchones inflables?

—¿Nos quedaremos en la casa? —Sam intentó parecer serena, pero le salió la voz aguda de los nervios.

—¿Qué hay de malo? Solo serán unas semanas. Además, pensaba que estabas «harta de vivir en hoteles».

Sam no supo qué contestar. Recordaba cómo era la casa, el olor a enfermedad y a podredumbre. Se preguntó dónde se había pegado un tiro Lionel, si alguien había ido a limpiar o si el suelo estaría manchado por restos de masa encefálica.

—La casa está un poco… desordenada —dijo. Le dio

vergüenza, como si en cierto modo lo estuviera criticando a él, aunque llevara veinte años sin pasar por allí.

—Siempre ha estado desordenada —dijo, y se volvió hacia los estantes.

—No, quiero decir que... huele raro y... —No sabía cómo preguntar por el suicidio de su padre sin sonar ofensiva.

—¿Y?

—Nada —dijo ella.

—La limpiaremos un poco. Estaremos bien. Nos habremos ido antes de que te des cuenta.

Sam ya sentía el mismo desasosiego que la primera vez que fue a aquella casa, pero quería apoyar a Dennis, aunque no entendía por qué deseaba volver allí. Tal vez estuviera en la fase de negación. Estaba convencida de que, en cuanto llegaran, él querría irse a un hotel. Aún no se daba cuenta de lo mal que estaba.

179

—¿Sabes cocinar? —le preguntó Dennis, mientras le daba la vuelta a los carritos y empujaba uno hacia ella.

—¿Qué? —Sam apenas le prestaba atención, pensando en el hotel en el que esperaba alojarse esa misma noche.

—Cocinar. ¿Sabes?

—Supongo —respondió—. Algo sé.

—No me inspiras mucha confianza —dijo él, entre risas.

—Ya sabes lo que quiero decir —replicó ella, y le empujó con actitud juguetona—. No soy Gordon Ramsay, pero...

—¿Quién? —preguntó él.

Sam lo agarró del brazo y se puso a hablar de Gordon Ramsay mientras él llenaba un carrito de comida. ¿Tendrían que tirar todo eso cuando llegaran al hotel? Decidió que no importaba. De momento, se alegraba de no estar discutiendo. Si Dennis quería creer que se iban a quedar en la casa esa noche, ella lo dejaría.

Υ

La casa parecía aún peor que la última vez. En el poco tiempo que había estado vacía, habían pintado las paredes blancas descascarilladas con las palabras en rojo: «ASESINO», «INFANTICIDA». Dennis cogió las llaves de la bolsa que le habían entregado en el hospital con los efectos personales de su padre y se dirigió a la casa. Sam se quedó junto al coche.

—Pintaremos encima mañana —le gritó Dennis, que señalaba la pared.

Sam cambió el peso del cuerpo y se frotó los brazos desnudos. Aquella casa ponía la piel de gallina. Tras unos cuantos viajes de ida y vuelta a la casa, Dennis se paró a preguntar a Sam si le iba a ayudar. Ella asintió; cogió una bolsa con cada mano y caminó hasta el porche antes de dejarlas junto a los peldaños y aquella rampa desvencijada y hecha a mano. En cuanto puso sus pies sobre ella, se dobló.

—De acuerdo. —Dennis suspiró—. ¿Ahora qué pasa?

—No sé qué hay dentro. O sea…, ¿dónde murió?

—¿Qué?

—¿Dónde murió?

—Ah —dijo Dennis, que suavizó el tono. Sonrió y le cogió la mano—. ¿Quieres decir dónde se disparó? Ahí. —Señaló un cobertizo de metal con la puerta oxidada en un lado de la propiedad. Las telarañas se extendían por los rincones y temblaban con la brisa.

—¿De verdad? —preguntó Sam, y apretó la mano de Dennis.

—Sí, de verdad. Supongo que es porque es ahí donde lo hizo mi madre. A lo mejor fue por sentimentalismo, o porque no quería liarla dentro, ¿quién sabe? —Sam miró hacia el garaje, viejo y destartalado. Parecía que, si lo empujabas con un dedo, se vendría abajo—. ¿Te sientes mejor?

180

Sam asintió, sin energía.

—¿Quieres atravesar el umbral en brazos? Nunca lo hemos hecho.

—¡No! ¡No, peso demasiado!

Dennis puso cara de desesperación.

—No pesas demasiado, vamos.

Ella hizo amago de salir corriendo, pero Dennis la agarró por la cintura antes de que pudiera irse. Sam intentó zafarse con una risita, mientras él le daba la vuelta, con una mano sobre el brazo antes de darle la vuelta cogiéndola por debajo de las piernas y llevarla a la casa. Sam no se sintió pesada. Se sintió como siempre quiso sentirse, como esas chicas que siempre tenían frío o se desmayaban con el calor vespertino: delicadas y vulnerables. Se rio con sinceridad. Era un sonido que llevaba tanto tiempo sin oír que no reconoció. Fue una risa escandalosa, como un graznido de ganso que hacía eco en los kilómetros de bosque que los separaban del resto del mundo.

Una vez dentro, Dennis la volvió a poner de pie y la besó con ternura.

—Solo serán unas semanas, te lo prometo.

Dennis volvió al coche a buscar las últimas cosas mientras Sam echaba un vistazo, aún con la sensación de estar haciendo algo que no debería.

El polvo flotaba en el salón entre los rayos de luz que se colaban por los huecos de las persianas. Dentro, el aire estaba enrarecido. Fue del salón al dormitorio principal: estantes abarrotados de basura cubierta de polvo; la cama con una almohada plana y amarillenta en la cabeza; una cómoda repleta de botellas de medicamentos. Todas las paredes estaban recubiertas de madera, cosa que hacía que la casa pareciera oscura incluso a plena luz del día. Cuando levantó la vista, Sam vio las siluetas de insectos muertos dentro de las pantallas de las lámparas. Al final del pasillo estaba el antiguo cuarto de Dennis, con la puerta cerrada. Pasó por el lavabo y miró por la rendija de la puerta.

En la cocina, el fregadero estaba lleno de agua estancada; una cucaracha trepaba por un plato sucio. El linóleo que tenía bajo los pies se estaba soltando y se desprendía de los armarios. Había una ventana rota tapada con cinta adhesiva. Sam se tapó la nariz y la boca con una mano e intentó abrir la puerta trasera, pero se quedó trabada en el marco. No había nada al otro lado, solo las malas hierbas detrás de la casa.

—No es fantástica, lo sé —dijo Dennis tras ella mientras dejaba unas cajas llenas de productos de la limpieza. Empujó la puerta trasera, retrocedió y le dio una patada. Se abrió de repente y retumbó contra el marco—. ¿Te importaría empezar por aquí? Yo voy a ordenar la sala de estar, a hacer espacio para montar nuestra cama. —La acercó hacia sí con los brazos puestos en su cintura, y apretó la boca contra la suya—. Te quiero —le susurró a los labios.

Cuando estuvo a solas, Sam cerró los ojos, se apoyó en la encimera y sonrió. Tal vez quedarse allí no fuera un completo desastre. Dennis estaba distinto desde que habían llegado, como si algo en su interior se hubiera relajado. Quizá fuera que por fin estaban solos. Sam pensó en los kilómetros de árboles que los rodeaban, en el espacio y en el tiempo que, por fin, tenía para ellos dos solos.

No tenía sentido limpiar la vajilla que abarrotaba la cocina. Así pues, se puso unos guantes de goma y lo tiró todo en bolsas de basura industriales; disfrutó con el ruido que hacía cada cosa al chocar con la última. Quitó el tapón del fregadero: el agua rancia era absorbida y dejaba los restos de comida podrida en una pila medio derretida en el fondo. Se sintió sucia. Necesitaba ir al lavabo, pero le daba miedo ver cómo estaba el retrete. Después de quitar las migas y Dios sabe qué más de armarios y superficies, echó un chorro de lejía por todas partes hasta que le quemaron los ojos y se le inundaron de lágrimas. Tuvo que salir al patio trasero a tomar el aire.

Fuera, se limpió los ojos con la muñeca y se secó las lágrimas. El mundo volvió a parecer borroso, pero notó que algo se movía en un lateral de la casa. Sintió que el miedo se apoderaba de ella como si fuera agua fría; llamó a Dennis a gritos mientras volvía a la cocina a trompicones, aún medio cegada por los vapores químicos.

—¿Qué pasa? Vaya, esto tiene mucha mejor pinta, bien hecho.

—Había alguien ahí fuera, en el lateral de la casa —dijo Sam.

—¿De verdad? —Dennis frunció el ceño. Su tono era firme pero preocupado. Salió y echó un vistazo—. ¿Han dicho algo?

—No. Creo que estaban escondidos. No lo he visto bien porque tenía los ojos llorosos.

—¿Estás segura?

Sam vio que empezaba a dudar de ella. Estaba segura.

—Sí, ha sido espeluznante.

—Probablemente fueran los críos que pintaron con espray la casa. No es nada. Llámame si me necesitas. Estás haciendo un gran trabajo aquí. —Le guiñó el ojo.

Sam volvió al trabajo, fregó las zonas pegajosas y roció todas las superficies con una última capa de desinfectante. Una vez terminado el trabajo, miró alrededor, orgullosa de la transformación. Nunca lo había intentado tan a fondo en su propia casa. Mark siempre se quejaba del enorme montón de ropa sucia que dejaba en el cuarto de invitados. Pensó en que su fregadero siempre estaba lleno de platos sucios con salsa de la pasta, en que la basura estaba cons-

183

tantemente desbordada. Si lo dejaba el tiempo suficiente, Mark inevitablemente acababa arremangándose, entre suspiros, y se ponía a limpiar, como si acudiera a su rescate. Ahora disfrutaba del calambre que tenía en los brazos de frotar y de saber que era ella quien salvaba a otra persona. Le sentaba bien, como si creciera.

Para cuando Sam terminó era de noche. Fue a buscar a Dennis. En el suelo de la sala de estar se estaba inflando un colchón de matrimonio; el cable cruzaba la habitación hasta la pared. Casi todos los viejos muebles habían desaparecido; solo quedaba el sofá y una lámpara contra la pared del fondo, una butaca deshilachada y el televisor en una unidad en el rincón. El resto había quedado amontonado en el patio. Sam no veía rastro de Dennis ni lo oía. Lo llamó unas cuantas veces sin obtener respuesta. «Se acabó lo de estar solos juntos», pensó.

184   Sam entró en el lavabo con aprensión. Echó un vistazo por detrás de la puerta y registró aquel cuarto centímetro a centímetro. Estaba tan asqueroso como pensaba. Fue a la cocina a coger lo necesario y se puso manos a la obra.

23

*A*l anochecer, el aire se llenó del ruido de las cigarras; las polillas rebotaban contra los cristales de las ventanas. Sam recorrió la casa y notó que los tablones se doblaban bajo sus pies. En el pasillo, encima de una mesa llena de cartas sin abrir y debajo de un teléfono manchado de nicotina colgado de la pared, encontró un módem y un *router*. Sintió un alivio instantáneo. Mientras tecleaba la contraseña del wifi en el teléfono, oyó que la puerta trasera chirriaba contra el suelo. Se quedó helada. Por el rabillo del ojo vio a un hombre en la cocina y el ruido de unas botas pesadas contra el suelo.

—¿Dennis? —gritó ella—. ¿Dennis? ¿Eres tú?

—Sí —respondió él.

Sam se llevó una mano al pecho para sentir cómo se le calmaba el corazón.

—¿Dónde estabas? —le dijo, pero él no contestó.

Al pasar por su lado de camino al lavabo, se paró y le dio un beso en la cabeza. Cerró la puerta y Sam oyó el ruido de la ducha.

Cuando salió, solo llevaba los calzoncillos puestos y una toalla en la mano. Sam preguntó si estaba listo para comer; luego, cuando se dirigía a la cocina, le volvió a preguntar:

—¿Dónde estabas? También he limpiado el lavabo.

—Me he dado cuenta, gracias —dijo Dennis—. He ido a ver quién merodeaba por aquí. Sabía que te inquietaba, así que he ido a comprobarlo. No te preocupes: no he encontrado nada.

—Gracias, es un detalle. —Sam sonrió para sí misma y sacó del armario las sartenes recién compradas—. El horno estaba estropeado, así que he tenido que hacerlo todo en la cocina. Algunas cosas se han enfriado; otras se han hecho demasiado.

Era la comida preferida de Dennis: pollo, arroz integral y brócoli. Comida seca y aburrida. Funcional. «Come para vivir, no vivas para comer», le gustaba decir a Dennis. Sam masticó y tragó, mientras se convencía de que era bueno para ella.

Dennis se lo comió todo en unos minutos, le dio las gracias y se sentó en el sofá a leer el *Men's Health* que había comprado en Walmart. Sam se sentó con las piernas cruzadas en el regazo. De vez en cuando, oía un rasguido. Le parecía que venía de todas partes. «Ratas», pensó, hasta que algo que sonaba como el llanto de un niño le hizo saltar y enterrar la cara en la axila de Dennis.

—Calla —dijo—. Creo que es en el sótano. ¡Solo es un animal! No te preocupes. Suéltame, sal... Voy a ver.

Ella lo siguió hasta el patio. Vio que se metía boca abajo bajo la casa y estudiaba con la mirada los árboles de alrededor, por si alguien los vigilaba. Algo pasó por su lado a toda prisa y le rozó la pierna. Sam soltó un grito.

—¡Madre mía, es un mapache, joder, un mapache! Espera...

La chica volvió a subir al porche, muerta de vergüenza. El llanto había parado y Sam se preguntó qué hacía Dennis aún allí abajo. Le oyó hablar en voz baja, en susurros.

—Aquí abajo hay una gata. Tiene gatitos... ¡Eh, ahí! ¡Hola! Seguramente se ha peleado con ese mapache. No parece herida... Sam, ve a buscar una lata de atún.

Ella volvió con un cuenco con atún y otro con leche.

—Déjalo ahí. Necesitamos que confíe en nosotros. No puede salir fuera. Pero ¡nada de leche! No pueden tomar leche.

Dennis vertió la leche en la hierba alta y le devolvió el cuenco. Entró, fue a buscar unas toallas viejas y las colocó debajo del porche, como para hacer una suerte de cama de gato casera.

—Yo tenía un gato genial. Era como esta: callejero. Cuando lo encontré, tenía un ojo muy infectado. Lo alimenté y le dejé ir y venir. Al final se quedó. Tuve que curarle el ojo porque no podíamos permitirnos un veterinario. Se lo desinfecté. Vaya, me arañó todo lo que pudo. Aun así, valió la pena: el pus se secó y desapareció la hinchazón. Creo que se quedó medio ciego, tenía el ojo lechoso. Lo llamé Ted. Siempre se estaba peleando, con gatos, con comadrejas, con lo que encontraba.

—¿Cuántos años tenías?

—¿Siete? Lo tuve hasta los catorce años. Lo atropelló un coche ahí mismo. Quienquiera que lo atropellara lo dejó ahí. Fui a ver y vi que la cola sobresalía en la hierba. Estaba estirado y rígido, con toda la piel arrancada en un lado de la cara; le faltaba una oreja. Donde antes tenía los ojos, solo había agujeros. Creo que los pájaros se los comieron. De haber sabido quién lo atropelló, lo habría matado. ¿Cómo pudieron dejarlo ahí y ya está? ¡Enfermos! La gente está enferma.

Sam pensó en su viejo gato, Tiger, y en cuántas veces había desaparecido. Recordó cómo se preocupaba hasta que aparecía un día después como si no hubiera pasado nada. Odiaba preocuparse por él. Se sentía resentida. Era duro querer tanto a algo con vida y mente propia, que podía entrar y salir sin dar explicaciones. Cuando murió, casi se sintió aliviada. Ya apenas pensaba en él. Ahora le

187

preocupaban la gata y sus gatitos del sótano: ¿tenían frío? ¿Y si llovía? ¿El mapache volvería? ¿Los mapaches comían gatitos?

Aquella noche durmieron mal, en un duermevela, pensando en si la gata seguiría ahí cuando se despertaran. Por la mañana, fueron a ver el sótano de nuevo y vieron que la gata continuaba acurrucada con sus gatitos. Salieron del pueblo para volver a los hipermercados y compraron cajas de comida de gato, de crías de gato (aunque eran tan pequeños que aún tardarían semanas en necesitar la comida). También se hicieron con camas de gato y juguetes que tintineaban. Regresaron a casa y sacaron la comida de la gata, así como un cuenco de agua fresca. Dennis hizo lo mismo por la tarde. Esperaron en el porche, hablando en voz baja para no asustar a la madre.

—Odio pensar que pasa toda la noche ahí abajo —dijo Dennis.

—Yo también. —Sam apoyó una pierna en el regazo; le encantaba esa nueva faceta de su marido.

—A veces, mi padre me echaba de casa y me decía que no volviera. Tenía que dormir bajo el porche. Había serpientes y arañas. En ocasiones, encontraba huesos de animales que se arrastraban hasta aquí para morir. —Sam no sabía qué decir—. No puedo dejar a la gata ahí abajo.

—¿Qué haremos cuando nos vayamos? ¿Nos la llevaremos con nosotros?

—Creo que sí. Tendremos que ver adónde vamos.

Se quedaron callados un rato.

—De verdad necesito poner en marcha algunas cosas. —Dennis señaló el patio con un gesto—. Los contenedores que alquilé llegarán mañana y pronto tendré que hacer algunos recados en el pueblo.

—¿En el pueblo? —preguntó Sam, angustiada al recordar el incidente en la tienda.

—No te preocupes, no hace falta que vengas. Siempre puedo pedir un taxi. Además, no causaré problemas. Solo son trámites para el funeral.

Después de cenar, Dennis se puso una sudadera y le dijo que se iba a correr. Ella intentó distraerse recolocando las cosas en la maleta; las sacaba y las volvía a meter dobladas. De vez en cuando, salía a ver a la gata. Seguía escondida. Sam se agachaba en el porche, se tumbaba boca abajo y chasqueaba la lengua para llamar su atención sin asustarla. El animal se acercaba a ella, vacilante: estiraba el cuello hacia los dedos de Sam y los olisqueaba con delicadeza; el aire que salía de su hocico le hacía cosquillas en la mano. Sam intentó acariciarla, pero ella retrocedió para proteger a sus crías, que no paraban de gemir. Sam estaba ansiosa por contarle sus progresos.

Al cabo de dos horas, Dennis seguía sin volver a casa. Estaba oscureciendo y todos los ruidos eran sospechosos, como si un peligro se cerniera sobre ella. En el lavabo, dejó la puerta entreabierta para poder ver por el pasillo y oír si Dennis volvía. Mientras se lavaba, vio, a través de la ventanita congelada de detrás del baño, una sombra que se movía. Se volvió para verla bien y distinguió la silueta de una cabeza que se agachaba; a continuación, el ruido de pasos sobre el contrachapado de madera eliminado que se acumulaba en el lateral de la casa. Se ciñó las bragas a los muslos. Estaba helada y no sabía qué hacer. Cerró la puerta del lavabo de una patada, se subió la ropa interior con una mano y pasó el cerrojo con la otra. Buscó el teléfono para llamar a la policía, pero no lo tenía: casi lo pudo ver en el reposabrazos del sofá. Apagó y encendió la luz. Luego metió una toalla bajo la puerta. Pero eso solo se hacía en caso de incendio, ¿no? Nunca había aprendido qué hacer si se encontraba con un intruso.

189

Sam no sabía exactamente cuánto tiempo llevaba en el lavabo, con la espalda contra la pared y los ojos saltando de la ventana a la rendija de debajo de la puerta, esperando ver la sombra de unos pies que se acercaban. Pero fue el tiempo suficiente para que se le entumecieran las piernas y se le empezara a agarrotar la espalda. Pensó en un cuchillo contra la garganta, en el clic de un gatillo, en un puñetazo en la mejilla, en la sensación de un hueso que se rompe.

De repente, oyó el ruido de la puerta trasera: su graznido oxidado. Contuvo la respiración al oír unos pasos que se acercaban. Luego alguien se puso a toquetear el pomo y a intentar abrir la puerta a empujones. Ella se metió en el hueco que había entre el retrete y el lavamanos. Cerró los ojos con fuerza.

—¿Sam? —Era la voz de Dennis—. ¿Estás ahí dentro?

Ella descorrió el pestillo y se abalanzó sobre él. Olía a hierba y a algo más, algo metálico que hizo que le rechinaran un poco los dientes. Se separó de él y le contó lo de la silueta en la ventana. Estaba segura: allí había alguien.

—Eso es ridículo. Sal, necesito darme una ducha —dijo Dennis.

—En serio, había alguien mirando —insistió Sam, consciente de cómo debía de sonarle.

—No había nadie. Vamos, quiero darme una ducha.

—No quiero estar sola.

—Pues quédate, no me importa. —Dennis se quitó la camisa húmeda, los pantalones y un par de zapatillas que le dieron en la sesión de fotos para la revista.

—¿No llevabas las viejas cuando te has ido? —preguntó.

—¿Qué?

—Las zapatillas... viejas..., cuando te has ido..., las blancas.

—No.

Se bajó los calzoncillos y se los quitó por los pies, abrió la mampara de cristal y abrió el agua. Sam observó cómo movía su cuerpo y cómo el jabón le caía por la espalda. Se dio la vuelta para coger el champú y ella se apoyó para poder verlo mejor.

—No mires —dijo él.

—No estoy mirando.

—Mentirosa.

Sam sonrió.

—Pásame la toalla —dijo, al tiempo que estiraba el brazo por el lateral del cristal.

Se la dio y casi olvidó el miedo que había sentido hacía un momento. Ahora pensaba en sexo, en agarrarlo, en acercarse a él y hacer que la deseara.

—Es como estar en la cárcel otra vez, con algún raro observándome en la ducha —dijo, mientras se ponía la ropa limpia.

—En serio, te lo prometo: había alguien fuera.

—Vale, te creo.

—¿No te da miedo?

—No. Probablemente son unos niños que vienen a ver la casa de los Danson. Pensarán que está encantada o algo así.

—¿Y si es alguien que aún cree que eres culpable? ¿Y si quiere hacernos daño?

—Te estás poniendo dramática.

Dicho esto, recorrió la casa habitación por habitación para demostrarle que estaban vacías. Luego cogió una linterna y fue a mirar en el patio. Sam le siguió. Nerviosa, miraba por encima del hombro. Dennis dio unas patadas en la madera debajo de la ventana del lavabo y le preguntó si era el mismo sonido que había oído antes. Ella dijo que no..., a lo mejor..., tal vez... podría sonar distinto desde dentro.

191

—Mmmm... —Dennis dirigió la linterna hacia el desagüe e hizo un ruidito con la lengua al ver la cantidad de restos que había acumulados; la tubería de plástico se hundía por el peso de las hojas—. ¿Sabes qué necesitas?

—¿Qué?

—Necesitas ver que no hay nada de qué asustarse por aquí. No es espeluznante, ni está maldito, ni lleno de mala energía. —La abrazó por la cintura y le dio un beso en la nariz—. Vamos. —Tiró de las piernas y se puso a Sam sobre los hombros.

Ella se reía y le golpeaba en la espalda con actitud juguetona.

—Vamos al garaje —dijo.

Sam dejó de reír. Tenía el hombro de Dennis clavado en el esternón; le costaba respirar.

—No, no, por favor, no quiero ir ahí —dijo ella.

—Tienes que vencer el miedo. Es irracional.

—No, de verdad que no quiero. Me estás asustando, no es divertido, por favor.

Intentó empujar y liberarse de él, pero Dennis la tenía cogida por las piernas y la zona lumbar; solo podía moverse en convulsiones.

—¡Por favor, por favor!

Sam se echó a llorar. Dennis abrió la puerta del garaje y atravesó el umbral con ella. La dejó en el suelo y le dio un empujón que la hizo tambalearse unos pasos antes de perder el equilibrio y caer al suelo con un ruido sordo. Dennis ya estaba fuera; lo último que vio fue su silueta al cerrar la puerta metálica y dejarla a oscuras.

—¡Por favor! ¡Dennis! —Estaba sollozando y dando golpes contra la pared.

—Solo es un poco de sangre —gritó él—. No hay nada más. Pero supongo que es mejor que no toques las paredes.

—¡Dennis, por favor!

Nunca había gritado así, no sabía que dentro de ella se escondía aquel grito. Le subió por la garganta y reverberó contra las paredes metálicas que la rodeaban. Cuando tenía pesadillas, nunca podía gritar.

Cuando su vista se adaptó a la oscuridad, empezó a ver contornos: herramientas colgadas de las paredes, utensilios de jardinería envueltos en sábanas, cosas que guardaban un parecido horrible con un cadáver, un cuerpo sentado en una silla, la forma de un disparo sobresaliendo por un lado, la cabeza ladeada, muerta, hacia otro lado.

—¿Aún sigues ahí? —Sam se quedó cerca de la puerta—. ¿Dennis?

Finalmente, la puerta se abrió. Ella pasó por su lado y le dio un fuerte golpe en el pecho. Dennis soltó un ruidito. Deseó pegarle aún más fuerte, pero siguió corriendo hacia la casa. Una vez dentro, empezó a tirar cartas y los cojines del sofá al suelo, por toda la sala. Buscaba las llaves. Oyó que Dennis iba tras ella y se puso a buscar más rápido, le caía el sudor por el cuello. Luego entró en la cocina, se tiró al suelo y se abrazó las rodillas.

—Eh —dijo, en voz baja—. Solo era una broma. ¿Estás bien?

—¡No! —Sam lo miró y se fue apartando de él.

—No pensaba que te fueras a poner tan histérica —dijo, como si fuera culpa de ella.

—¡Te he pedido que pararas! ¡Estaba gritando!

—Las chicas gritan. —Se encogió de hombros—. Pensaba que estabas jugando.

—¡Pues no! —Sam no sabía si creerle—. ¿Por qué sigues…? ¿Por qué no dices que lo sientes y ya está?

—Lo siento —dijo con un suspiro.

Sam sintió otro acceso de rabia: ¿es que no entendía por qué estaba enfadada? ¿O es que no le importaba?

—No lo dices en serio.

—Me c… Lo siento, ¿vale? Supongo que me he pasado.
Sam cedió y se dejó abrazar.

—No debería haber dicho lo de la sangre y esas cosas.
Ha sido un mal chiste.

—¿De verdad ahí dentro está así? —Sam comprobó si
tenía manchas en las manos y la ropa.

—No, no se suicidó ahí dentro. Nunca habría… Fue
contra la pared del garaje. Ya lo limpiaron.

—Entonces ¿por qué me engañas?

—No lo sé… Estabas histérica… Solo estaba bromeando. No pensaba que de verdad creyeras que se había sui-
cidado ahí dentro. Pero te comportabas como si la casa
estuviera encantada o algo así. Es que, quiero decir, esto
para mí es… real. No es la casa del terror de una feria am-
bulante o algo así.

Dennis apartó la mirada, con la mandíbula tensa. Parecía que se iba a echar a llorar. Estiró un brazo para tocarle
la cara y la giró con suavidad para que la mirara.

—Den, lo siento. No pienso eso. No. Sé que es real para
ti. Pero vi a alguien, de verdad. No era un fantasma. Era
una persona. Creo que alguien nos está observando.

—De acuerdo. —La besó, y mantuvo los labios un momento antes de apartarse—. Si de verdad estás tan preocupada, yo cuidaré de ti.

Dennis le preparó un té verde. Ella lo odiaba, pero se lo
bebió igualmente: solo para demostrarle que agradecía el
gesto. Dennis le acarició el pelo y la arrulló hasta que se
fue relajando y quedando dormida. Oyeron un maullido
fuera, se miraron y salieron corriendo a la puerta. Dennis
le indicó con un gesto que se quedara atrás. Caminaba despacio y con el máximo sigilo. Abrió la puerta milímetro a
milímetro. Se agachó y la gata se acercó, indecisa. Bajo la
luz del porche, Sam comprobó que era pequeña, con el pelaje gris y largo, y la barriga blanca.

194

—Se ve que la han cuidado —dijo Dennis, mientras le peinaba el pelo con los dedos—, hasta que se quedó embarazada. Probablemente, alguien la atropelló ahí fuera y la dejó en la cuneta.

—No entiendo cómo la gente puede hacer cosas así —dijo Sam.

—La gente hace cosas peores —repuso él.

La gata se estiró contra su mano. Frotó la cara contra el puño de Dennis y se dio la vuelta, con la cola erguida hacia el cielo. Sam le llevó un cuenco de comida. La observaron mientras la devoraba. Cuando revisaron el porche, vieron que había colocado a sus crías en la cama de gato. Estaban juntas, acurrucadas como si fueran calcetines en forma de bola.

Sam y Dennis llevaron dentro la cama con los gatitos, con la esperanza de que la madre los siguiera. Al principio, la gata estaba nerviosa, maullaba y caminaba despacio. Finalmente, se calmó y tomó algo de la comida que habían dejado al lado de la cama. Hubo ruido toda la noche: los chillidos de los gatitos, el susurro de esos animalillos al moverse por la casa, cómo su madre los volvía a reunir en la cama.

24

*D*ennis se levantó con el sol. Abrió la puerta de nuevo para que la gata pudiera salir y entrar a su antojo. Golpeó el cuenco con una cuchara para llamarla a desayunar y observó cómo comía. No podía borrarse la sonrisa del rostro.

—Eres muy bueno en esto —dijo Sam—. Serías un gran padre.

Dennis torció el gesto. Ojalá no hubiera dicho eso.

La madre volvió a la cama para alimentar a los gatitos. Uno luchaba por entrar en el grupo, pisaba a los demás con torpeza, descoordinado y enano.

—Es el más pequeño —dijo Dennis—. Espero que crezca pronto.

En vez de salir a correr como todas las mañanas, se quedó en casa y recorrió el suelo con un puntero láser, disfrutando de los movimientos frenéticos de la gata al perseguirlo.

—Tenemos que ponerle un nombre —dijo.

—¿Borrón?

—Jamás. ¿Atún?

—Tal vez.

—Atún.

La mañana fue lenta y calurosa. Dennis puso juguetes viejos y ropa en diversas bolsas de basura. Las dejó en un rincón. Sam propuso llevarlo todo a Goodwill, pero Dennis rechazó la idea: le enseñó los adornos descascarillados y las axilas amarillentas de las camisetas.

—¿Quién iba a querer esta mierda? —preguntó sin esperar respuesta.

Oyeron el sonido de un motor. Dennis se secó la frente.

—Deben de ser los contenedores.

Llevaba una bolsa pesada en cada mano; tenía los brazos en tensión del esfuerzo excesivo. Sam miró por la ventana y vio un coche patrulla con tres hombres dentro. El conductor era un joven de treinta años; los otros parecían tener setenta y muchos. No llevaban uniforme. Uno de los mayores le sonaba. Cuando cruzaron las miradas, Sam se dio cuenta de que era el oficial Harries. Tenía el rostro demacrado. Estaba hinchado y tenía mala cara. Era como si hubiera bebido mucho. Dennis dejó las bolsas de basura junto a la puerta principal y se quedó apoyado en el marco de la puerta mientras ellos cruzaban despreocupadamente el patio hasta la casa.

—Buenos días, Dennis —saludó el agente Harries.

—Dios mío, agente Harries, ¿es usted? Casi no le he reconocido.

—Sí. Y estos son los agentes Gacy y Cole.

Algo en el tono de Harries hizo que Sam se tensara. Intuyó que no traían buenas noticias.

—Sam, ven. Estos tipos eran policías cuando iba al colegio.

Sam apareció por detrás y esperó a ver qué pasaba.

—¿Sabes por qué estamos aquí, Dennis? —preguntó Harries.

—¿Quieren autógrafos? —respondió él.

—¿Dónde estuviste anoche, Dennis?

—Aquí. De hecho, nos alegramos de que hayan pasado, porque Sam estaba un poco asustada. Creemos que alguien merodea por los alrededores. Que mira por las ventanas. ¿Saben algo de eso?

—¿Estuvo aquí toda la noche, señora? —preguntó el más joven, el agente Cole.

Sam asintió.

—¿Está segura?

—Estoy segura, sí —respondió ella a media voz. Se aclaró la garganta y repitió, procurando mostrarse segura—: Estuvo conmigo, aquí, toda la noche.

—¿De qué va esto?

Dennis estiró los brazos por encima de la cabeza y se agarró a la parte superior del marco de la puerta. Sam oyó el sonido de la madera, que se rompía con el peso.

—Bill Landry nos ha llamado esta mañana a primera hora. Ha encontrado a su perra muerta, destripada. Estaba muy alterada. Nunca había visto nada igual.

Dennis ladeó la cabeza.

—¿Qué significa «destripada»?

—Degollada, partida por la mitad. Parece cosa de un animal.

—Entonces… ¿lo hizo un animal?

—No, no lo hizo un animal, Dennis. Hemos mirado en los alrededores y había un cubo de la basura quemado con el cráneo del perro dentro. Bill dijo que había tenido una discusión contigo hace unos días, en su tienda.

—¿Se refiere a cuando su esposa nos amenazó con una pistola porque intentamos comprar una revista? Sí, eso pasó.

—No es así como lo cuenta él. Dice que tú le amenazaste. —Hizo una pausa—. ¿Mataste a la perra, Dennis?

Sam observó la espalda de su marido. Se le tensaron los hombros por debajo de la camiseta.

—Es como en los viejos tiempos, ¿no? —respondió Dennis—. Por supuesto que no he matado a ninguna perra.

—¿Estás seguro? —insistió Gacy.

—Claro, he estado aquí todo el tiempo, intentando arreglar las cosas de mi viejo. Tengo que largarme de aquí antes de que enloquezca, como todos vosotros.

—Por lo visto, este tipo de cosas te persiguen, Dennis. Sería fantástico que lo arreglaras todo lo antes posible y te largaras antes de que la gente se enfade.

—Estáis bloqueando la entrada y espero unos contenedores. Será mejor que os vayáis antes de que llegue el camión. Queréis que me largue, vale. Pero antes tengo que hacer esto.

—No has cambiado nada, Dennis —dijo el agente Harries—. Nos vemos.

—Ha sido un placer.

Dennis se dio la vuelta y entró en casa.

—Señora —dijo Harries, mientras retrocedía. Sam esperó a que siguiera hablando—. No sé hasta qué punto conoce a Dennis o su situación…

—Lo sé todo —dijo ella.

—Hay mucha historia por aquí… En fin, yo me preguntaría por qué quiere volver a un lugar donde todo el mundo le odia, cuando podría estar donde quisiera.

Sam se contuvo y no le dijo nada al agente Harries de la casa, de que la habían estado limpiando y arreglando. Y es que, en realidad, ni ella misma entendía por qué tenían que estar ahí. Disponían del dinero suficiente para encargárselo a otros. La casa en sí carecía de valor, la madera se estaba pudriendo y el techo goteaba. Era mejor derribarla y dejar que la hierba creciera.

Cuando Harries se dio la vuelta para irse, preguntó:

—La perra… ¿Por qué creen que fue Dennis?

Harries suspiró.

—No es la primera vez que le pasa algo así a alguien que le ha tocado las narices a Dennis. Simplemente, me parece demasiada coincidencia. —Miró por detrás de Sam y asintió. Ella se volvió y vio a Dennis en la ventana, quieto y tenso, con una mirada intensa en el rostro—. Si lo piensa y recuerda que no estuvo con usted anoche, llame a la comisaría.

Harries le dio una tarjeta.

Sam la aceptó a regañadientes.

—Estaba conmigo —repitió, con la mirada clavada en él—. Toda la noche.

Harries sonrió.

—Sois todas iguales —dijo mientras se acercaba al coche.

Sam no le hizo caso. Se mantuvo firme, a la espera de que el policía mirara hacia atrás. Intuía que no podría resistirse a lanzar una última amenaza o insulto antes de irse. Sin embargo, no lo hizo. Harries se inclinó y se metió en el coche con la lentitud propia de su edad y cerró la puerta. Sam los estuvo observando hasta que se fueron.

Cuando ella entró en casa, Dennis le preguntó qué le había dicho Harries.

—Quería preguntarme otra vez dónde estuviste anoche.

—¿Qué te ha dado?

Sam sacó la tarjeta del bolsillo y se rio.

—¿La tiro?

—Haz lo que quieras —respondió él, que siguió metiendo todo lo que había en los estantes en bolsas de basura.

—Sé que no harías algo como eso de lo que te acusaban —dijo Sam—. Pero…

—Pero… —Dennis paró y el polvo se elevó por encima de la cabeza. Cayó encima de su pelo.

—Anoche no estabas aquí.

—Sí que estaba.

—No toda la noche. Saliste a correr.

—Por aquí. ¿Cómo iba a llegar al pueblo y volver sin coche?

—Claro. Lo sé.

—¿Quieres que te dé un premio por mentir o algo así? Estaba aquí. Salí a correr por el bosque, nada más. Solo me están incordiando, como siempre. Probablemente, un coche atropelló al perro… Algo así, joder.

—Pero han dicho que la cabeza…

—Mienten. Intentan asustarte.

—Supongo… —dijo Sam.

—¿Supongo? ¿Es que acaso no me crees?

—Claro que te creo —respondió Sam.

—Pues no lo parece. ¿Sabes? O estás de su parte, o de la mía.

—Estoy de tu parte.

De pronto, se sintió fatal, como si le hubiera traicionado.

—Eres mi mujer —dijo él suavizando el tono—. Necesito que confíes en mí.

—Solo es que me han asustado —replicó ella—. Siempre estaré de tu parte.

25

Sam necesitaba escapar, así que fue en coche al pueblo. Paró en una tienda donde escogió dos llamativas rosquillas glaseadas y un café helado. Les hizo una fotografía y la subió a Instagram con las etiquetas «paleo», «comida limpia», «salud». Sonrió para sus adentros y comió, pringosa, saciada y un poco mareada.

Pensó en Dennis y en Atún. Recordó la ternura con que él la había llamado y cómo se puso a los gatitos en la palma de la mano. Acercó la nariz a la cabeza para acariciarlos. No, nunca podría hacerle daño a un animal. Entonces pensó de nuevo en la silueta que había visto, en ese alguien que merodeaba por la casa. Estaba segura. Había notado esa mirada clavada en ella incluso antes de verle los ojos: como unas uñas que se arrastraran poco a poco espalda abajo. ¿Cuántos tarados había en este pueblo?

Dos semanas, decidió. Luego se iría.

Cuando regresó a la casa, había tres contenedores amarillos alineados en la fachada. Uno ya estaba medio lleno de bolsas negras y muebles rotos que habían amontonado en el patio el día anterior. Dennis había pintado encima del grafiti del lateral de la casa. No obstante, las letras rojas se veían bajo la pintura blanca. También había un camión de plataforma que no reconoció, así como un niño de unos diez años, flaco y con las rodillas sucias, sentado en los escalones con cara de malas pulgas. Nada más bajar del coche, Sam oyó una risa áspera de fumador. La voz de Dennis sonó fuerte. Luego la bajó. El niño ni se molestó en mirarla cuando pasó por su lado. Se sorbió un moco y lo escupió sobre la hierba.

—¡He vuelto! —le gritó Sam a Dennis.

No contestó. Sam oyó las risas de dos personas cómplices. Evidentemente, una era de mujer. Dennis estaba en la cocina, con la ropa salpicada de pintura blanca, apoyado en la encimera con una botella fresca de Pellegrino en la mano. Frente a él, con la espalda encorvada y la entrepierna mirando a su marido, Sam vio a Lindsay Durst.

—¿Qué tal? —dijo la mujer.

—Ah, eh, ¿cómo estás? —respondió Sam, procurando mantener un tono alegre.

—Bastante bien, bastante bien. Es increíble volver a ver a este tipo. No pensaba que fuera a regresar aquí corriendo.

—Conociste a Lindsay, ¿verdad? ¿Cuando grababais? —preguntó Dennis.

¿Por qué fingían que nunca habían hablado de ella? Sam apretó los dientes y sonrió.

—¡Sí! —Lo dijo en un tono demasiado fuerte y estridente. Tenía que echar el freno—. Nos conocimos un poco. Me alegro de verte.

Notaba las bolsas en sus manos. Le sudaban las palmas y el plástico empezaba a cortarle la piel. Se quedó ahí quieta, aturdida, viendo cómo Lindsay y Dennis compartían una sonrisa. Bajó la mirada hacia los pies de Lindsay, que llevaba sandalias y las uñas pintadas de color cereza. Sam vio el pulgar curvado hacia dentro, feo y deformado. Debió de notar los ojos de Sam, porque tiró el pie hacia atrás, donde no pudiera verlo.

—¿Quieres dejar eso? —preguntó Dennis, señalando con un gesto los nudillos blancos con las asas de las bol-

203

sas alrededor. Ella bajó las bolsas—. Aquí no. Aquí estamos ocupados. ¿Por qué no las llevas al salón?

Sam salió de la cocina, abochornada. Se imaginó a Dennis y a Lindsay intercambiando una mirada, burlándose en silencio de ella. Se imaginó una sonrisa en el rostro de Lindsay. Luego, otra sonrisa malévola, enmascarada por la belleza de Dennis. Al otro lado de la ventana, el niño estaba haciendo marcas en los tablones de madera con una piedra afilada.

Sam volvió a la cocina e interrumpió la conversación.

—¿Ese de ahí fuera es tu hijo?

—Sí —dijo Lindsay, como si nada—. No podía dejarlo solo en casa. Tiene gripe… No está haciendo nada —añadió.

—Sí, déjalo, está bien —dijo Dennis.

—Yo… —Sam sintió que tenía la boca seca—… solo preguntaba. ¿Por qué no entra?

—Ah, no —dijo Dennis—, lo tocaría todo, y ahora mismo es contagioso. Tengo demasiadas cosas que hacer como para ponerme enfermo.

Lindsay se encogió de hombros.

—Le sentará bien un poco de aire fresco.

Sam se quedó quieta. El silencio que se hizo la llevó a pensar que querían estar a solas. Al final, dio media vuelta y salió.

—Eh, ¿estás bien ahí fuera? —le preguntó Sam al crío.

El chico se dio la vuelta, sobresaltado.

—¿Tienes hambre? ¿Quieres tomar algo?

El niño asintió

—¿Qué quieres? ¿Comida o bebida?

—Las dos cosas —dijo, y se limpió la nariz con el brazo.

—Puedo hacerte un bocadillo, si quieres.

—Lo que sea —contestó él, mientras clavaba una piedra en la madera.

Estaba sucio y sus modales eran pésimos. Más tarde se lo diría a Dennis. Por otro lado, lo del bocadillo solo era una excusa para volver a la cocina. En cuanto entró, su marido y Lindsay dejaron de hablar.

—No estarás haciendo algo para Ricky, ¿verdad? —preguntó la mujer—. No para de comer. Es como un contenedor de residuos. Si no te andas con cuidado, se comerá todo lo que tengas.

—¿Come carne? —preguntó Sam.

Lindsay se echó a reír.

—Eh, sí.

—¿Es alérgico a algo?

—Nada, que sepamos.

Lindsay observó cómo Sam preparaba un bocadillo con rodajas de pavo y queso suizo. Sacó de la nevera un refresco orgánico de cola hecho con jugo de cactus, el único refresco que Dennis aceptó sin poner caras cuando Sam lo cogió. Se los llevó a Ricky. El niño miró el bocadillo, la lata y a Sam; luego negó con la cabeza.

—No como de eso marrón. —Empujó el plato de papel con un dedo.

—No tenemos nada más.

Le pasó el refresco, pero el niño le dio vueltas en la mano y arrugó la frente al ver aquel logotipo desconocido.

—¿Qué es esto?

—Es una Coca-Cola, pero hecha de cactus y algo más. Está bien, de verdad. —Sam dejó el plato de papel y el bocadillo en el suelo. Se sentó al lado del crío. Él arrugó la nariz y empezó a devolverle la lata mientras ella decía—: O eso, o agua. Dennis no nos deja tener Coca-Cola de verdad en casa.

—¿Por qué no?

—Dice que está llena de sirope de maíz.

Ricky se encogió de hombros.

205

—Pero me encanta. Siempre la compro cuando salgo.

Se quedaron callados. Llegaron risas amortiguadas desde la cocina. La lata siseó cuando Ricky la abrió y le dio un sorbo, vacilante.

—Sabe como la *light*. —Ricky parecía decepcionado.

—Sí, no es genial. Pero es mejor que nada.

—Supongo.

El niño bebía dando unos tragos largos. Hacía muecas al tragar. Tenía la punta de la nariz roja y en carne viva. Se la limpió con el dorso de la mano.

—¿Cuánto hace que estás enfermo? —le preguntó Sam al final.

—No lo sé. Toda la semana.

—¿Has ido al médico?

—No —contestó él con un bufido—. Ni siquiera sé qué hacemos aquí. Esto da miedo. —Acto seguido levantó la vista hacia ella—. Perdón.

Sam suspiró.

—Yo también creo que da miedo.

—Todo el mundo lo piensa. Una vez estuve aquí con mi hermano Aaron. Retó a su amigo a subir y tocar el garaje, pero no se atrevió. Y eso que una vez se comió un gusano.

—¿Un gusano?

—Sí. Hace lo que sea si le retas.

—Parece un poco bruto.

—Lo es. —Ricky soltó una risita. Sam oyó el ruido ronco del líquido en el pecho. Tras un breve acceso de tos, preguntó—: ¿De verdad hizo todo eso?

Miró a Sam con los ojos desorbitados de esperanza y horror, como si estuviera deseando oír una historia de fantasmas, pero sin pasar miedo.

—¿Dennis? —preguntó Sam—. Nunca hizo nada. Por eso ya no está en la cárcel.

—En el colegio, la gente dice que aquí hay cuerpos. Que

si pudieran encontrar los cuerpos no habría salido de la cárcel, pero que los escondió muy bien.

—No hay nada de eso aquí. Esa gente solo intenta asustarte. La policía estuvo registrando la casa. Buscaron por todas partes. Aquí no hay nada. Nadie podría esconder los cuerpos tan bien.

—¿Y ahí fuera? —Señaló el bosque, tan denso por el follaje que Sam era incapaz de imaginar lo vasto que era.

—También buscaron allí.

—¿Y si…? —Se paró y negó con la cabeza—. Hay gente que dice que se las comió.

Sam lo miró a los ojos.

—Eso no es verdad. ¿Te da miedo?

Ricky volvió a encogerse de hombros.

—No hay por qué tenerle miedo. Dennis no ha hecho nada. Nunca lo haría. —Sam pensó en cómo demostrarle que todo eso eran solo historias y leyendas—. Además, estoy casada con él. Si fuera malo, lo sabría. Jamás haría daño a nadie.

Ricky la miró y asintió ligeramente.

Sam se llevó el bocadillo, que el chico no había tocado, y volvió dentro. Se detuvo a escuchar la conversación de la cocina.

—¿Te acuerdas del señor Jeffries? —dijo Lindsay—. Bueno, tenía un videoclub en el pueblo, pero la policía hizo una redada en… ¿el 97, el 98? Y tenía todo tipo de cintas ilegales: de niños, animales, violaciones.

—Ah. Ya lo sabía.

—¿En serio? De todos modos, salió en 2002. Vivió una temporada en Fiddler Park y ahora ha vuelto al pueblo. Nadie le da bola. ¿Ves lo que quiero decir?

—Siempre fue un tío raro.

—Y ahora está por ahí. La gente no le aguanta. Y tú eres una especie de pa…, de pa…

—¿Paria?

207

—¡Exacto! Dios mío, intentaba hacerme la lista. ¡Qué vergüenza!

—Me gusta ver que lo intentas.

—Ah, gracias. —Tenía la risa envejecida de los años de fumadora.

Sam entró en la cocina como si no hubiera nadie, sujetando el bocadillo delante, casi a modo de escudo.

—¡Eh, Sam! ¿No se lo ha comido? —dijo Lindsay.

—No. —Lo tiró a la basura—. No creo que esté lo bastante bien para estar fuera, de verdad. ¿No deberías llevarlo al médico?

—¿Por la gripe? Estará bien dentro de dos días. Solo intenta librarse del colegio el máximo tiempo posible. He de asegurarme de que no se divierta demasiado; de lo contrario, nunca conseguiré que vuelva. Como Aaron. ¿Te he hablado de Aaron, Dennis? Dios mío, se parece mucho a ti. Lo expulsaron dos semanas por pelearse y por enviar a la mierda a la profesora. Pero ella lo estaba maltratando. Yo le dije que, si algún adulto le ponía la mano encima, tenía que rebotarse: solo los de su propia sangre podían ponerle la mano encima.

Dennis sonrió.

—Le puse el nombre por ti. No el primer nombre, claro. —Lindsay se rio de nuevo—. Solo el segundo. Se llama Aaron Dennis.

—¿Aaron Dennis Durst? —preguntó Dennis, con las cejas levantadas.

—Sí. —La chica se volvió hacia Sam—. Den era muy importante en mi vida. Siempre les digo a los niños que es su tío, pues era como un hermano para mí. Bueno, más o menos. —Lindsay le guiñó el ojo.

—Eres lo peor. —Dennis negó con la cabeza y dejó que Lindsay le diera patadas y puñetazos juguetones—. Eres horrible, Linds. En serio, lo peor.

Lindsay se limpió unas lágrimas imaginarias de debajo de los ojos y el maquillaje (abundante) se le corrió ligeramente. Sam vio que le encantaba ser el centro de atención y de las bromas.

—Bueno —dijo Lindsay al final, sin aliento—, deberíamos irnos. Nos vemos el domingo por la noche, ¿no?

—¿El domingo? —preguntó Sam.

—Van a estrenar el primer episodio de la serie —dijo Dennis, irritado—. Ya lo sabes. Se suponía que era el estreno.

Intentó hacer caso omiso de la sonrisita de Lindsay cuando aquella mujer se colgó el bolso al hombro. Sam vio lo andrajoso y desgastado que estaba. Un puñado de anillas enormes con animales de felpa oscilaba del asa.

—Ah, y no te preocupes —le dijo Lindsay a Dennis, mientras le daba golpecitos en la nariz con el dedo índice—. No se me ha olvidado.

Dennis no contestó, pero Sam lo sorprendió diciéndole algo por gestos. Disimuló cuando se dio cuenta de que lo había pillado.

Cuando Dennis la acompañó a la puerta, con la mano en la zona baja de la espalda de Lindsay, Sam se dijo que aquella intimidad se basaba en una historia de la que ella jamás formaría parte.

209

26

*E*n cuanto se alejó el ruido del motor, Sam le preguntó a Dennis:

—¿De qué iba eso? —Se tocó la nariz y luego hizo una caricatura despectiva de Lindsay. Sabía que no estaba bien hacerlo, pero no le importaba.

—Ha estado cuidando de algunos objetos personales míos mientras no estaba. Para que mi padre no pudiera venderlos. ¿Te parece bien?

Dicho esto, se fue a la habitación de al lado para seguir desmontando la casa. Sam se paró a escuchar los sonidos de los muebles cuando los rompía y los hacía pedazos. No sabía si se equivocaba o no. Mark siempre decía que era muy insegura, que era una paranoica, posesiva y desagradable. Se imaginó como una persona distinta, ese tipo de mujer que se reía, decía «oh, calla» y daba empujoncitos juguetones a los hombres, en vez de enfurruñarse y discutir. ¿Por qué no podía ser ella esa persona? Quizá debería intentarlo.

Dennis estaba en su antigua habitación. Permanecía casi intacta, como si Lionel la hubiera conservado no tanto por sentimentalismo, sino por curiosidad. Era una suerte de morboso museo del que seleccionaba objetos que vender cuando iba apurado de dinero. Sam observó a su marido mientras recorría los estantes que había en lo alto de la habitación. La basura estaba tan junta que tuvo que aguantarla con una mano mientras con la otra cogía algo que había quedado suelto.

Sin volverse hacia ella, Dennis preguntó:

—¿Qué quieres?

—Lo siento.

—Vale.

—De verdad. No confío lo suficiente en ti. Para mí es difícil verte con Lindsay porque… nosotros no somos así, supongo.

—No sé por qué estás celosa de ella.

—No estoy celosa, pero veo cómo bromeáis entre vosotros… y tenéis tanta historia…

Dennis suspiró y bajó de la cama.

—Solo somos amigos, ¿de acuerdo? Creo que te caería bien si la conocieras. No sois tan distintas. Le gusta la aprobación de los hombres…, como a ti. Ya sabes.

Sam le miró a la cara por si veía alguna señal de que estuviera bromeando, pero no la encontró.

—Hazme un favor. —La cogió de la mano y ella se inclinó hacia él y apoyó la cabeza en el hombro de Dennis—. Comprueba si la pintura está seca y ya podemos añadir otra capa.

—¿Qué sentido tiene esto, Dennis? —preguntó Sam.

—¿El qué?

—Tanto limpiar y pintar. ¿Qué estamos haciendo aquí? ¿Estás pensando en vender la casa? —No podía imaginar que nadie quisiera vivir allí. Nadie de la zona querría comprarla.

—Aún no lo sé —contestó él, irritado—. Es lo que se hace. Cuando alguien muere, uno se encarga de lo que dejan. No te vas y ya está. No dejas que todo se pudra y te olvidas. Además, no quiero vivir con ese grafiti en la pared, joder. ¿Tú sí?

Sam no quería.

—Lo siento —dijo ella—. Lo entiendo.

Fuera hacía un calor asqueroso. Los mosquitos se pegaban a la piel húmeda de Sam en las gotas de sudor. Se dio una bofetada en el cuello. Le quedó el manchurrón negro de un insecto en la palma de la mano. Pasó la punta del dedo por encima de la pintura: aún estaba húmeda. Como no quería volver dentro a limpiar, se sentó en el porche a soñar despierta con su próximo destino con Dennis. Ojalá fuera Nueva York…, aunque él no querría. Tal vez una casa en los cañones, en Los Ángeles, con una piscina infinita que les encogiera el corazón del frío al meter un pie. Puede que se iluminara de color verde al caer la noche. Se abrazarían juntos y escucharían cómo el agua se movía a su alrededor.

Era posible cambiar. Tenía que serlo. «No eres mala persona. Quieres ser buena», se dijo. Si fuera mala, no se despertaría de noche y recordaría el grito de Mark, el cristal destrozado y ese ruido horrible.

En el porche, estaba dando sorbos a una botella de agua con gas cuando algo pasó volando junto a su oreja y rompió la ventana de detrás. Por un segundo, se quedó quieta. ¿Qué demonios había sido eso? Luego una piedra pequeña golpeó su hombro y le rodó por el cuerpo. Otra rebotó en el insecticida eléctrico. Sam se tapó la cara con las manos, entró en casa corriendo y llamó a Dennis. Le escocía el punto del brazo donde le había dado la piedra, se le puso rojo.

—Hay alguien ahí fuera otra vez, tirando piedras. ¡Me han dado!

Dennis no estaba en su cuarto. Sam pasó por la habitación de su padre, la cocina, el lavabo, pero allí no había nadie. Oyó la puerta trasera antes de que Dennis avanzara decidido con una escopeta al hombro y una cinta con la bandera americana impresa. Estiró un brazo hacia ella y le indicó con un gesto que se quedara junto a la pared, callada. Quitó el seguro de la escopeta y salió por la puerta principal. Todo fue como un sueño hasta que un par de disparos le hicieron dar tal salto que se golpeó en la cabeza contra la pared que tenía detrás. Se tapó las orejas con las manos, preparada para nuevos disparos, pero no pasó nada.

Dennis reapareció y apoyó la escopeta contra la pared.

—Niños —dijo.

Sam esperó a que siguiera hablando, pero fue a lavarse las manos en la cocina.

—¿Qué ha pasado? —le preguntó, con la voz temblorosa.

—He disparado un par de veces al aire. Han salido corriendo de los matorrales. Seguramente se han meado en los pantalones.

—¿De dónde ha salido eso?

—¿La escopeta? Por fin he encontrado el alijo de mi padre. Nunca tuvo licencia, pero tiene diez como esa en un arcón que hay debajo de la cama. ¿Te daba miedo? Pues no temas más: no volverán a fisgonear. —Le dio un abrazo—. Ve a lavarte. Tenemos que ir a la tienda. Luego podemos salir a cenar.

El gato pequeño de la camada aún no se alimentaba bien. Dennis compró leche de fórmula para gatos y una jeringuilla para darle de comer antes de cenar. Decidió que iban a quedarse con él y con Atún. Al resto intentarían ubicarlos antes de irse. Sam sabía que Dennis estaba siendo amable con ella. Insistió en ir a un sitio de hamburguesas, pese a odiarlo. Pidió una hamburguesa de pollo sin mayonesa (aunque se la sirvieron con mayonesa). Separó del pollo la lechuga mustia empapada en mayonesa y la envolvió en una servilleta.

—Puedes devolverla —dijo Sam, que se sentía culpable, como si fuera culpa suya.

—No pasa nada —dijo él—. De verdad, no te preocupes por eso.

El camarero volvió con una guarnición de brócoli, blando y demasiado cocido. Dennis se llevó una decepción, pero no se quejó. Incluso habló de dónde podrían vivir cuando todo terminara. Sonrió con educación cuando Sam describió la casa de Nueva Inglaterra con la que siempre había soñado. Sabía que se sentía mal por haberla asustado. Así pues, le dijo que estaba un poco más tranquila sabiendo que esos niños no volverían a merodear por la casa.

Al regresar, Sam lo estuvo observando mientras él sujetaba al gatito; era tan pequeño que podía llevarlo en una mano. Respiraba con pequeños resoplidos, minúsculas inhalaciones seguidas de una exhalación breve y dura. Sam adoraba la ternura con la que Dennis trataba a ese animal tan frágil. Era maravillosa la paciencia con la que le daba leche de fórmula con la jeringuilla y le limpiaba el morro con el puño de la camisa. No sabía quién había matado aquel perro, pero estaba segura de que no había sido Dennis.

—Este no tiene un futuro muy prometedor —dijo él, que se acercó el gatito a la cara; le rozó la cabeza con la nariz.

—¿Llamamos a un veterinario?

—Ya veremos cómo está mañana. —Lo dejó entre sus hermanos. Sam notó que era mucho más pequeño y que se movía menos que los demás. El gatito se acurrucó y siguió respirando con dificultad—. Espero que mañana esté mejor.

Sam se cepilló los dientes y se miró en el espejo las pecas que le habían salido después de un día al sol.

—Oh, Dios… —dijo Dennis por detrás.

—¿Qué? —Sam se dio la vuelta y escupió, tapándose con la mano.

—Estás utilizando mi cepillo de dientes…

—¿Sí? Perdón.

Le dio la vuelta. Era verdad. Lo limpió y lo volvió a poner en su sitio.

—¿Y ahora qué se supone que debo usar?

—Usa este, lo siento, ¿vale?

—Es asqueroso, no puedo usarlo.

—No seas ridículo. Estamos casados, no es para tanto.

—Saca comida de entre los dientes. Tenemos que volver a la tienda a comprar uno nuevo.

—¿Qué?

—Sigue abierta. Está abierta toda la noche. Vamos.

—Estoy demasiado cansada, llevo todo el día trabajando…

—Has trabajado durante unas dos horas. Y no es que hagas mucho más. ¿A qué te dedicas? Aparte de a hacer fotografías de todo lo que comes y colgarlo en Internet.

Sam se lo quedó mirando. Ese día, se había esforzado. Había estado tranquila, no había criticado nada y había colaborado en todo. Dennis había disparado un arma. ¡A unos niños, por el amor de Dios! Pero ella nada: no había refunfuñado en absoluto.

—¿Me odias? —dijo Sam al final.

—¿Eh?

—A veces, siento que me odias.

—Mira, olvídalo. Es que hoy estoy agotado.

Dennis sacó el cepillo de dientes y lo puso un rato debajo del agua. Sam, de pie detrás de él, pensó que le costaba tanto disculparse como a ella. En vez de discutir, lo agarró por la cintura y se excusó por haber usado su cepillo de dientes. Dennis gruñó algo y Sam fue a acomodarse en el colchón inflable del salón.

Cuando él apareció unos minutos después en el salón, siguió callado, aunque la tensión anterior se había evaporado. Sin decir nada, se quitó las gafas, las dejó en la mesita, se acercó a ella con torpeza y la atrajo hacia sí. Se besaron

215

con suavidad: Sam oía su respiración y el sonido del colchón debajo de ellos. Deslizó una mano por debajo de los pantalones de Dennis, pero él se apartó con brusquedad.

—Lo siento —dijo.

Se besaron y lo intentaron de nuevo. Ella deslizó la mano por su cuerpo.

—No, no lo hagas —dijo él, que se apartó.

—Solo…

—Para. Aún no.

Se echó de costado, de espaldas a ella.

Casi le dolía lo mucho que lo deseaba. Se acopló a su espalda, él la cogió de las manos y puso los brazos de Sam rodeando su cuerpo. Una parte de ella quería preguntarle qué pasaba. Pensó en él en la cárcel, con dieciocho años y guapo. Pensó en esos meses entre los presos comunes, antes de que lo enviaran al corredor de la muerte. ¿Pasó algo entonces? ¿O fue antes? Recordó cómo odiaba a su padre. Sam imaginó las noches, los pasos de aquel borracho por el pasillo, acercándose. Lo abrazó con más fuerza. No, no le podía preguntar eso.

Al final, Dennis se relajó y ella se durmió contra él. Cuando se despertó, no estaba. Se dijo que se quedaría despierta hasta que volviera, con los ojos cerrados… Pero se quedó dormida. Se despertó por la mañana y lo vio tumbado a su lado. Olía a la calle. Al tacto, notó la camiseta un poco fría.

$\mathcal{A}$ la mañana siguiente, Sam le preguntó dónde había estado por la noche, pero él hizo un gesto como para quitarle importancia.

—Necesitaba salir, no podía dormir.

Cuando Dennis salió a correr, ella se puso el portátil en las rodillas (aún en la cama) y buscó noticias en la zona de Red River. El perro muerto era la historia más destacada. Decían que había fallecido en un robo, pero no explicaban nada sobre la cabeza ni que hubiera muerto destripado. Sam pensó que la policía mentía, como había dicho Dennis. El informe insinuaba que habían golpeado al animal con un bate de béisbol. Sam no pudo seguir leyendo. Eso era demasiado. Se tumbó boca arriba y pensó en Dennis: imaginó sus manos dentro de su vestido, los dedos apartándole la ropa interior…

—Tenemos un día ajetreado —gritó él al entrar en la casa—. He de organizar el funeral. Debemos llenar esos contenedores para que los recojan; luego será mejor que hagamos algo, para cuando Lindsay venga… Por lo del estreno. —Fue a la ducha antes de que Sam pudiera contestar.

Volvieron a su rutina: Sam empezó a limpiar las habitaciones que Dennis había ordenado, retirando telarañas con un trapo y usando un viejo cepillo de dientes alrededor de los interruptores amarillentos. Por mucho que limpiara, todo parecía manchado: la suciedad y la miseria impregnaban las superficies. Toda la madera estaba blanda y pegajosa al tacto. Era como si se hubiera frotado la piel hasta quedar cubierta de la misma capa invisible de mugre.

El sonido de un coche la sobresaltó. Esta vez eran dos: el agente Harries y el mismo policía joven, ataviado con un uniforme marrón planchado de forma inmaculada. Sam salió antes que Dennis. El joven la saludó con un gesto del sombrero y una sonrisa superficial.

—Buenos días. ¿Está su marido en casa?

Dennis apareció por detrás y le apretó el hombro con una mano: un estremecimiento de placer y angustia le recorrió la espalda.

—¿Qué pasa ahora, chicos?

Sam pensó que era por la noche anterior. Observó a los tres hombres. ¿Qué haría o qué diría si le preguntaban dónde había estado Dennis?

—Nos han informado de disparos por aquí hacia las cuatro y media de la tarde de ayer. ¿Sabéis algo de eso?

Sam respiró aliviada.

—No. —Dennis se encogió de hombros—. ¿Tú has oído algo, cariño?

—Nada. —Sam levantó los hombros en un gesto medido, con las palmas hacia arriba. Hasta ella se dio cuenta de que era una reacción muy absurda.

—Unos niños estaban bastante asustados. Dijeron que disparaste unas cuantas veces al aire cuando los pillaste husmeando por aquí.

—Parece que podría haber sido mucho peor. ¿Y qué pasa con el derecho a proteger tu propiedad? Tal vez deberían andarse con más cuidado con dónde se meten. Por aquí hay gente que se toma esas cosas muy en serio.

—¿Tienes licencia para esa arma? —preguntó el policía joven.

—Estoy hablando hipotéticamente, claro. Aquí no hay armas. A lo mejor esos niños se perdieron. Podrían haber estado en otra casa de por aquí.

—Por aquí no hay más casas. En kilómetros a la redonda.

—Bueno, a lo mejor solo se están inventando historias.

—Podemos conseguir una orden —dijo el agente Harries—. O nos puedes dejar entrar y nos llevaremos el arma. Sé que tu padre podría tener más que la que usó para dispararse.

—Mirad, nos encantaría dejaros entrar, pero hoy estamos un poco ocupados. ¿Mejor en otra ocasión?

—Entonces volveremos a vernos. Cuidaos. —Harries miró a Sam y le hizo un pequeño gesto con la cabeza.

Cuando se fueron, Dennis empezó a golpear la pared de la casa con la palma de la mano, una y otra vez, hasta que la ventana rota escupió una esquirla de cristal que fue a parar en el porche.

—¿Ves? Solo quieren que vuelva a la cárcel. No pueden dejarme en paz.

—A lo mejor deberíamos arreglarlo todo lo antes posible y largarnos. Mira cómo te estresa.

Dennis se alteró. Soltó una retahíla de recados que había que hacer antes de que lo echaran del pueblo. Le dijo a Sam que no le estaba apoyando y comenzó a desmontar la cama de su viejo cuarto con una ferocidad renovada, refunfuñando para sus adentros sobre funerales, ataúdes y malditos curas. Empujó el bastidor de la cama hacia abajo con la bota, lo partió en dos y apartó los pedazos a un lado. Sam los recogió y los llevó a los contenedores, que estaban casi llenos. Se paró un momento a pensar de nuevo en cómo había cambiado su vida en un año, en lo distinta que podría haber sido.

Solía pensar que si Mark hubiera mostrado interés y disponibilidad desde el principio, ella no le habría presionado tanto. No tenían casi nada en común. Recordaba con amargura las horas que pasaba viendo cómo él jugaba a *Call of Duty*, hablando a unos auriculares mientras ella, a su lado, corregía exámenes sobre su regazo. Desde luego, Mark no era Dennis: era regordete y anodino. Había mil millones como él caminando por la calle con sus camisetas de películas desteñidas, *Tiburón*, *La guerra de las galaxias* y *Regreso al futuro*. Tipos de pelo castaño y corto diciéndoles a las mujeres que no querían una relación seria. Pero ella sabía que, en realidad, solo estaban esperando a que se les cruzara algo mejor en su camino. Y pasaría, porque las mujeres eran unas tontas. Pensaban que un hombre como Mark las apreciaría más. Creían que por ser soso y feo las querría, solo porque ellas le querían a él. Pensaban que con eso bastaba. Sin embargo, no funcionaba así. Incluso los gordos aburridos creían que tenían derecho a más.

220   Con Dennis se sentía más segura. La mayoría de las mujeres parecían invisibles para él. Aunque fueran guapísimas y se contornearan como gatas en celo cuando hablaba. Solo Lindsay parecía tener un efecto en Dennis. Lindsay, con el rímel corrido, con la cara marcada por las arrugas, con ese olor a tabaco rancio que dejaba al pasar. Compartían una historia. Era algo viejo, enterrado por el paso de los años. Aun así, Sam lo sentía. Lo percibía igual que percibía en una estación el tren que estaba a punto de llegar. Aquello era una energía que le recorría los huesos.

Sam se dirigió a la parte trasera de la casa y se sentó en un viejo congelador oxidado en forma de arcón. Miró hacia el bosque oscuro. Era un mundo completamente distinto. Pensó en cómo se había criado Dennis, en que su vida se había detenido durante más de veinte años, allí en el corredor de la muerte. A veces olvidaba que no era algo que se solucionara, un relato que debiera desenmarañar. Se trataba de una persona conflictiva y confundida. Como ella.

—¿Estás lista para salir a cenar? —preguntó Dennis.

Ella dio un respingo.

—Claro.

Él le tendió la mano para ayudarla a levantarse. Sam cogió el bolso y buscó las llaves.

—Aquí —dijo él, agitándolas con un dedo—. En serio, ¿qué harías sin mí?

28

$\mathcal{L}$indsay llegó el domingo por la tarde mientras Dennis y Sam estaban poniendo los platos de palitos de zanahoria y de humus para el estreno del primer episodio. Sam pensó que era la primera vez que hacían algo propio de un matrimonio normal. Era el tipo de escena que recordaba de su infancia. Solía observar desde la escalera cómo sus padres, en aquellas ocasiones especiales, ponían bandejas de comida envueltas en papel de film. Sin embargo, la ilusión se quebró cuando Lindsay hizo sonar el claxon en la entrada hasta que Dennis salió corriendo para hablar con ella a través de la ventanilla.

Cuando volvió, llevaba algo en una bolsa marrón. Tintineaba. Dennis miró dentro y suspiró antes de volver a guardarlo. Cuando entró, Lindsay dejó dos paquetes de seis cervezas y le dio un fuerte abrazo a Dennis. Por encima de su hombro, la chica abrió los ojos y miró a Sam un segundo antes de volver a cerrarlos.

Dennis se separó y atravesó rápidamente el salón. Sus pasos desaparecieron en la derecha, hacia los dormitorios de la parte trasera de la casa. Sam siguió colocando cuencos de frutos secos y edamame en la mesita, alrededor del Mac-Book de Dennis. Era el estreno del primer episodio de *El chico de Red River*. El resto de la serie se estrenaría al viernes siguiente. Carrie había llamado para disculparse por que no pudieran asistir al estreno. Sam sabía que lo decía en serio. El resto del equipo de producción apenas había llamado desde el incidente en el programa *Today's Talk*. Qué rápido se habían cansado de su mascota del corredor de la muerte.

Dennis regresó sin la bolsa que Lindsay le había dado y se sentó en el sofá, entre ellas dos. Vieron el avance juntos. Dennis tenía el gatito gris, el que estaba enfermo, envuelto en una toalla de manos; unas gotas de leche de fórmula le colgaban de la barbilla.

—¿Crees que sobrevivirá? —preguntó Lindsay, que estiró un dedo para acariciarle la frente.

—Tal vez —respondió Dennis.

—Si mañana no está mejor, lo llevaremos al veterinario —dijo Sam, que le limpió la barbilla con una esquina de la toalla.

—Bueno, si buscáis casa para los demás, yo puedo quedármelos. Tener unos gatitos sería genial. Así los chicos aprenderían qué es la responsabilidad.

—Quedan cuatro para escoger. Ve a verlos.

—¿Sabes cuáles son machos? No quiero que lleguen a casa embarazadas.

—Ni idea.

—De todas formas, tienes que esterilizarlos, sean lo que sean —dijo Sam.

—No tiene sentido si son machos —respondió Lindsay, que echó la cabeza hacia atrás y se metió unos anacardos.

—Sí tiene sentido —dijo Sam—. Todo el mundo tiene que esterilizar a sus gatos. Así funciona. De lo contrario, otra gata va a llegar a casa preñada, y la abandonarán, como a esta.

Lindsay puso cara de impaciencia. Sam se sintió más que molesta (y con razón, se dijo). De pronto, pensó que aquella era su causa. Se comportó como si aquello fuera en lo que siempre había creído.

223

—No puedes quedarte con las crías. Es evidente que no eres lo bastante responsable.

—¡Ja! ¡Que te den! Entonces iré a buscarlos a la tienda de animales, joder. Lo siento, Dennis, no soy lo bastante responsable para tus gatitos.

—Bueno, en realidad, tiene algo de razón —dijo Dennis, y la sonrisita desapareció del rostro de Lindsay—. Lo siento, Linds, pero tú eres el problema.

Estuvieron viendo la serie en silencio un rato. Sam se llevó una decepción con el primer episodio, pues se centraba sobre todo en los detalles del caso. No aparecía nada sobre su relación ni ninguna imagen de las que ella había grabado con Carrie. De pronto, la cara de Dennis de pequeño llenó la pantalla. La imagen era intermitente y descolorida, como todos aquellos viejos vídeos caseros.

—Dios mío, Dennis —dijo Lindsay en un susurro—. Estás tan joven… —Se inclinó un poco más hacia el portátil, como si fuera a estirar el brazo para tocarlo—. Es tan…, es tan… —Lindsay rompió a llorar. Se tapó la cara con las manos.

Sam no sabía adónde mirar.

—No llores, Linds —dijo Dennis.

Se metió al gatito bajo un brazo y con el otro abrazó a Lindsay.

—Lo siento, lo siento mucho. Esto es una tontería —dijo ella; el llanto le salía en forma de hipo.

—Ahora estoy aquí, ¿no? —dijo Dennis.

Sam se recriminó haber sido tan desagradable con Lindsay respecto de los gatos. Ojalá supiera qué decirle.

—Lo sé —dijo Lindsay—. Solo me ha superado por un segundo. Cuando pienso en cuánto tiempo pasaste… —Bajó la cabeza de nuevo y siguió llorando.

Sam buscó pañuelos que ofrecerle, pero no tenían. Salió del salón, volvió con un rollo de papel higiénico y se disculpó mientras se lo daba a Lindsay.

—No pasa nada. Gracias —dijo ella—. Me siento tan avergonzada...

—No tienes por qué —replicó Sam con sinceridad—. Yo hago este tipo de cosas todo el tiempo, ¿verdad, Dennis?

—No miente —dijo él—. Llora por todo.

Lindsay soltó una risa forzada.

—Es una locura, ¿no? Pensaba que nunca volverías. Y aquí estás.

En la pantalla, aparecieron los créditos; música de piano deprimente de fondo, unas imágenes en blanco y negro de Holly Michaels, el río y la foto policial de Dennis. Lindsay y Sam aplaudieron. Dennis sonrió.

—Será un gran éxito —dijo Sam.

—¿Qué ha dicho la gente? —preguntó Lindsay—. Ya sabes, en Twitter.

Sam había evitado estar mirándolo todo el día; le molestó que Lindsay sacara el tema. Dennis cogió el teléfono y se puso a leer las reacciones. Tal y como esperaba Sam, había mucha negatividad.

—Solo es el primer episodio —dijo—. Han usado muchas imágenes antiguas. Supongo que la gente esperaba algo nuevo. Espera a que emitan el resto de la serie.

—¡Escuchad este! —dijo Dennis—. «Es la historia más blanca que se ha contado jamás.» ¿Qué significa eso?

—No hagas caso —dijo Sam.

—Vale, pero ¿qué tiene que ver ser blanco con nada? —preguntó Lindsay—. Lo siento, pero eso es racista.

—¿Verdad? —dijo Dennis.

—No del todo —dijo Sam—. Espera, ¿qué estás escribiendo?

Dennis estaba escribiendo furioso con el teléfono.

—Nada —dijo.

—¡En serio, no contestes! —le suplicó Sam.

—¿Por qué no?

Miró la pantalla un momento y pulsó un botón.

—¿Qué has dicho? —preguntó Lindsay, con una risita.

—Le he preguntado qué tiene que ver ser blanco con esto.

—Bórralo —dijo Sam—. No lo entiendes. No está diciendo que…

—¡Ha contestado! —dijo Dennis—. Pone: «Revisa tus privilegios».

—No sabe explicarlo porque es una chorrada —dijo Lindsay.

—Tú di que entiendes lo que dice, pero… ¿qué estás escribiendo?

—«Era el niño más pobre del pueblo, mi padre me pegaba, ¿y soy un privilegiado?»

—Oh, Dios —exclamó Sam.

—Pero tiene razón. ¿No crees que tiene razón? —dijo Lindsay—. ¿Esta mierda te parece un privilegio?

Dennis siguió escribiendo. Sam cogió su teléfono y leyó que colgaba:

—«Un año fui el único blanco de mi bloque en el corredor de la muerte. No es un privilegio».

La chica contestó:

—«Eso es exactamente. Por favor, sal de mi hilo».

Dennis tuiteó:

—«En mi pueblo, no hay privilegios para blancos, deja de decirlo. Si no te gusto, no veas #ElChicodeRR».

—Dennis —dijo Sam, que estaba perdiendo la paciencia—. ¡Tienes que borrar eso! ¡Ahora!

—Ni lo sueñes. Puedo tener mi opinión sobre la mierda que dicen.

—¡Es que no lo entiendes! —dijo Sam.

—Creo que eres tú la que no lo entiendes —replicó Lindsay—: Dennis salió de la nada.

Υ

Lindsay se fue cuando se acabaron las cervezas, aburrida de ver a Dennis inclinado sobre el teléfono. Asqueada, Sam la vio entrar tambaleándose en su camioneta destartalada, camino de las oscuras carreteras secundarias, diciendo adiós con el claxon.

—Es lo que hace la gente aquí —murmuró Dennis, sin levantar la vista.

—¡Podría matar a alguien!

—Seguramente, a otro borracho.

—No quiero volver a ir en coche de noche por aquí. No si todos están así de borrachos.

—Como quieras.

Carrie lo llamó varias veces, igual que Nick. Pero Dennis los rechazó a todos y siguió defendiendo su postura. Cuanto más luchaba, más perdía, pero no se daba cuenta. Era como un hombre sediento bebiendo agua del mar. Y Sam no podía hacer nada por pararlo.

Dennis siguió durante la noche hasta que agotó la batería. Lanzó el teléfono por el salón. Salió rebotado del colchón inflable y se metió debajo del mueble de la televisión.

—Consúltalo con la almohada —dijo Sam, mientras se frotaba los hombros—. Mira, por la mañana no te parecerá tan mal.

Esperaba que fuera cierto, que todo pasara o que Nick supiera encontrar las palabras adecuadas para arreglar aquella locura nocturna.

Dennis cogió el gatito y se lo puso bajo el brazo.

—No es que no entienda lo que quieres decir —dijo Sam—. Sin embargo, me parece que tampoco entiendes lo que te están diciendo. En cierto modo, ambos tenéis razón. No tienes por qué tomártelo como algo personal. No te conocen.

—No me lo tomo como algo personal —contestó, molesto.

Dennis se puso en pie y fue al lavabo. Sam le siguió para consolarle. Se sentó en el borde de la bañera y vio correr el agua de la pila. Parecía cansado. Sam sintió una ola de amor cuando él besó al gatito en la cabeza y se lo puso en el bolsillo delantero de la sudadera con capucha.

—No pasará nada —mintió—. Mañana la gente estará loca con otra cosa y ya nadie se acordará de todo esto.

Dennis sonrió cansado y puso el cepillo de dientes debajo del agua.

—Te quiero —dijo Sam.

—Yo también te quiero.

Sam volvió al salón y empezó a quitarse el maquillaje. Inspeccionó los poros y las cejas con un espejo de mano. Se arrancaba los pelos descarriados a medida que los encontraba. Miró el teléfono y se preguntó por qué tardaba tanto Dennis.

—¿Den? —gritó—. ¿Vienes a la cama?

No contestó.

—¿Dennis? —Se levantó y miró hacia el lavabo. La puerta estaba entreabierta. Llamó con un nudillo—. ¿Dennis? —Empujó para abrirla. El lavamanos estaba lleno y el grifo goteaba. Dennis estaba de pie, de espaldas a ella, de cara a la bañera—. ¿Qué haces? —preguntó Sam, que le tocó el hombro con suavidad.

Dennis dio un respingo y algo cayó en la bañera con un ruido sordo.

—¿Qué…? —Sam retrocedió. El gatito estaba quieto, con el cuerpo flojo, inerte—. ¿Qué ha pasado?

—Se ha muerto —dijo Dennis—. Lo estaba sujetando y…

—Pero parecía que estaba bien. Quiero decir…

228

—Su respiración empeoró. Lo tenía abrazado y él se resistía. Al final, simplemente..., paró.

Sam intentó mirar el cuerpo, pero Dennis se movió delante de ella.

—¿Está mojado? —preguntó ella.

—¿Qué? No lo sé. Es mejor que no lo mires.

—¿Simplemente dejó de respirar?

—Sí, al cabo de un rato. Le costaba respirar... y al final... dejó de hacerlo.

Algo no cuadraba. El gatito estaba empeorando, pero no había pensado que ocurriría tan rápido. A menos que estuviera más enfermo de lo que se había imaginado.

—Me siento fatal —dijo Sam, que sintió que unas lágrimas acudían a sus ojos.

—Hemos hecho todo lo que hemos podido —replicó Dennis—. Estas cosas pasan.

La abrazó y le dio la vuelta, para que no estuviera de cara a la bañera. Sam notó el codo de su sudadera contra la mejilla: estaba húmedo. Se estremeció.

—¿Crees que hemos sido egoístas? ¿Al intentar mantenerlo con vida tanto tiempo? Me preocupa que sufriera.

—¿Qué otra cosa podíamos hacer? —preguntó él.

—El veterinario podría haberlo dormido —dijo Sam.

Dennis la soltó y la miró. De pronto, tenía la cara tensa de la rabia.

—¿Dormirlo? —dijo—. ¿Por qué iba a ser eso mejor?

—Por lo menos, no habría sufrido —dijo Sam, dudosa.

—¿Cómo lo sabes? ¿Cómo sabes que no le haría daño? ¿Dejarías que me durmieran?

—No estoy diciendo eso...

—No sé si duele. No sabes si habría sido mejor que...

«¿Que qué?», pensó Sam. ¿Qué había ocurrido? Miró el cuerpo en la bañera, pero Dennis la atrajo hacia sí y la abrazó con fuerza.

—Siento que no pudiéramos salvarlo —dijo—. Lo enterraremos mañana. Vete a la cama. Encontraré un lugar donde dejarlo hasta entonces.

Dennis la besó, la empujó fuera del lavabo y cerró la puerta. Sam pensó que estaba comportándose como una paranoica. Solo se sentía alterada. Sin embargo, algo en aquel silencio detrás de la puerta cerrada le producía escalofríos. Se imaginó al gatito. Lo había visto un instante, con los ojos vidriosos y el pelaje resbaladizo contra su diminuto cuerpo, con el agua acumulada alrededor de la cabeza.

29

$\mathcal{A}$ la mañana siguiente, cuando Dennis salió a correr, se sintió ligera, como si alguien le hubiera estado absorbiendo el estómago toda la noche. Había tenido una sucesión de pesadillas que parecían no tener fin. Vio a Dennis sujetando al gatito bajo el agua. Luego lo vio sujetando a un perro por el cogote mientras aullaba, con la hoja de un cuchillo en la tráquea. Finalmente, vio a Dennis encima de Lindsay, sujetándole las manos por encima de la cabeza y mirándola a los ojos.

Necesitaba ver el gatito, el cuerpo, saber que se equivocaba, que tenía el pelo seco y los ojos cerrados. Se repetía que era absurdo creer que Dennis lo hubiera ahogado, aunque lo hubiera hecho para acabar con su sufrimiento. Sin embargo, buscó en la casa y no vio ni rastro del animal. Registró todos los rincones del lavabo para ver dónde podría haberlo escondido Dennis, mientras ella estaba desvelada, escuchando y repasando la escena una y otra vez en su cabeza.

Aquella mañana, mientras recorría las habitaciones, vio la bolsa de papel marrón arrugada que Lindsay le había llevado. Estaba colocada con cuidado entre sus viejas pertenencias, en su cuarto de la infancia. Era como si la hubiera dejado en su sitio. Sam sabía que no debía mirar, pero no podía resistirse. Si Lindsay llevaba todos esos años guardándoselo, seguro que no pasaría nada si ella le echaba un vistazo. Abrió con cautela la bolsa de papel. Dentro había una caja metálica, verde por el óxido. Parecía una tartera militar. Tintineó al levantarla. Estaba cerrada. Metió las uñas en la ranura e intentó hacer palanca. Al ver que no funcionaba, le dio un golpe contra la pared y gruñó de la frustración. Volvió a meterla en la bolsa de papel, que se rompió. Luego la volvió a guardar entre el resto de las cosas. «Que le den. A él y a sus secretos. Que le den a Lindsay. Que les den a los dos», pensó.

Cuando se calmó, sintió remordimientos. No quería ser así. No deseaba ser la esposa loca que husmeaba en las cosas de su marido, con paranoias sobre gatitos ahogados y aventuras con exnovias. Paró. ¿Por qué esa maldita tendencia a destrozar todo lo que la hacía feliz?

La bolsa estaba rota. Eso no podía ocultarlo. Así pues, volvió a envolver la caja con sumo cuidado y la dejó en su sitio. Empezaría de nuevo. Cuando Dennis le preguntara por ella, sería sincera, pasarían página y seguirían adelante.

Sin embargo, cuando oyó que Dennis volvía, se le encogió el estómago y le entró el pánico. No paraban de venirle excusas a la cabeza, pero ninguna parecía creíble. No podía esperar a que él lo descubriera. Debía ser ella quien lo afrontara. Cuando acabó los estiramientos, Sam oyó que iba a la cocina y abría la nevera. Se armó de valor, avergonzada y compungida. Cuando se encontraron en el pasillo, Dennis estaba bebiendo un trago largo de una botella de Smartwater, con la cabeza hacia atrás.

—Yo... —dijo Sam.

El teléfono de Dennis sonó en el salón. Él lo desconectó del cargador y contestó.

—Carrie, lo siento, iba a llamarte...

Sam soltó un fuerte suspiro y entró en la cocina para poder oír la conversación. Oyó que Dennis intentaba defenderse, pero al final se calló. Qué envidia sentía por Carrie, capaz de comunicarse con él de ese modo. Al final, Dennis se puso a hablar de nuevo.

—Tienes razón, la he cagado. Lo siento —dijo—. Supongo que debería aceptar que no ven las cosas como yo. —Su voz se acercó—. Vale, hablamos pronto. Sí, tú también. Sam —dijo, y le pasó el teléfono—, Carrie quiere hablar contigo.

—¿Estás tan cabreada con él como yo? —preguntó Carrie.

—Fue… una noche rara —respondió Sam, que se aseguró de que Dennis no llegara a oírla—. Intenté pararlo, pero no cedía. —Sam pensó en cuánto podía contarle de la noche anterior.

—Es tan testarudo cuando quiere —dijo Carrie—. No es lo mejor para la serie, para serte sincera, pero…

—¿Cómo fue el estreno? —preguntó Sam.

—Hubo protestas. Fue una especie de espectáculo de mierda. Probablemente, casi mejor que Dennis no estuviera. Bueno, eso pensaba hasta que vi Twitter.

—Lo siento mucho —dijo Sam.

Parecía que todo estaba saliendo mal.

—No importa. Dennis está fuera y sois felices, ¿no?

—Sí —respondió Sam, sin entusiasmo—. Sí, en general estamos bien. Quiero decir… Bueno, odio este sitio, si te soy sincera. Estoy sola, y esa chica, Lindsay, está aquí todo el tiempo.

—Ay… —gimió Carrie.

—Tienen esa relación rara de hermanos, pero también parece que coqueteen. —Se daba cuenta de cómo sonaba eso, pero necesitaba hablar con alguien—. O a lo mejor son imaginaciones mías. Pero está aquí. Todo el tiempo. Estuvo aquí anoche, irritándole con ese maldito tuit.

Sam le explicó lo ocurrido. Se detuvo en la parte en la que Lindsay volvía a casa borracha y en coche.

233

—Por si te consuela, Dennis me ha dicho que tiene muchas ganas de irse de Red River. Dice que está ansioso por empezar de cero en algún sitio. Contigo. Solo quiere que seas feliz.

—¿Eso te ha dicho?

—Claro. Siempre que hablo con él, solo habla de ti. Oye, tengo que irme. Pero iré al funeral. Entonces podremos hablar más.

—Gracias. Solo quiero hablar con alguien normal. La gente aquí es... —Sam no sabía cómo decirlo—. Da igual, hablamos en el funeral.

Cuando colgó, Sam fue a ver a Dennis. Estaba en el salón, con la bolsa de papel en las rodillas, arrugada y rota. Sam empezó a explicarse, pero él la interrumpió.

—En veinte años, Lindsay nunca me preguntó qué había dentro. ¿Sabes por qué? —preguntó Dennis.

—¿Porque confía en ti? —Sam recordó la víspera y sintió náuseas.

—No. Porque quiere que confíe en ella. ¿Tú no quieres?

—Claro que sí —respondió Sam.

—¿Crees que aquí dentro hay algo que necesito esconderte?

Hizo tintinear la caja, sacó una llavecita del bolsillo e intentó girarla en la cerradura. La llave ya no encajaba, pues la cerradura estaba bloqueada por el óxido. Así pues, cogió un destornillador, lo metió en la ranura de la caja y se puso a hacer palanca en la tapa. Finalmente, la abrió.

—Aquí tienes —dijo Dennis.

Dentro había fotografías: de él de bebé, de su madre, de sus abuelos. Estaban las escrituras del terreno, un talón de entradas de cine, un pequeño crucifijo plateado con una cadena rota y una agenda. Fue sacando poco a poco cada objeto y lo dejó en el cojín del sofá vacío que tenía al lado. Cosas sin valor real: solo eran cosas que echaría de menos.

234

Ni siquiera fue capaz de disculparse. Se arrodilló en el suelo, a su lado, y recogió las fotografías: había una de su madre con él en brazos en el hospital; otra de él cuando no tenía más de cinco años, descalzo en la entrada de la casa. Por último, había una instantánea de él de adolescente, con un brazo rodeando a una joven Lindsay, que llevaba un top y pantalones acampanados, con el pelo recogido en dos trenzas africanas de chica blanca. Sam sonrió. Había alguien más, un chico con la cabeza apoyada en el hombro de Dennis; tenía el pelo largo y fino, así como un bigote ralo de adolescente.

—¿Quién es ese? —preguntó Sam.

—Howard —respondió Dennis, que le arrebató la fotografía de la mano. La miró un momento antes de volver a guardarla en la caja.

—Era una fotografía bonita —dijo Sam—. Parecíais felices.

—Creo que lo éramos —replicó él—. No me acuerdo.

235

30

*D*ennis quería enterrar al gatito en un lugar apartado de la casa, en el bosque que se extendía al otro lado de la valla. En cuanto acabaron de comer, entró en el salón con una caja de zapatos en la mano. Metió la caja en una bolsa y se la dio a Sam mientras él se preparaba para salir. Casi no pesaba. Sam recordó lo pequeño y frágil que era. Se le revolvió el estómago y se alegró de que Dennis volviera a coger la bolsa. Fueron hacia los árboles. Dennis le dijo que quería enterrarlo junto a su antiguo gato, Ted, en un lugar que significara algo.

La tierra se hundía bajo los pies. Sam notó que las suelas de los zapatos desaparecían en una capa de musgo y hierba que lo cubría todo. Dennis le dijo que se quedara justo detrás de él mientras tanteaba la tierra con una rama larga; tocaba zonas donde había agujeros a saber de qué profundidad o las raíces de los árboles con las que tropezar. Todo estaba cubierto por un manto verde.

Llevaban andando más de media hora. Cuando miró por encima del hombro, Sam ya no vio la casa ni señal alguna de civilización. Dennis le dijo que no se preocupara: sabía por dónde iba. Paraba de vez en cuando para orientarse. Sam se dio cuenta de que, si la dejaba allí, no sabría cómo encontrar el camino de vuelta.

Empezaron caminando en diagonal. Se mantuvieron a

la derecha y luego dieron un giro brusco a la izquierda, antes de bajar por una pendiente escarpada y seguir recto de nuevo. No había rasgos distintivos desde la pendiente. Pronto, Sam empezó a sentirse paranoica: seguro que la abandonaba allí al anochecer; se caería y quedaría atrapada en un agujero; moriría en un agujero sin fondo.

El aire era sofocante, tan húmedo y claustrofóbico como el vestuario de una piscina. Aun así, caminaba en silencio detrás de él. Tenía la ropa pegada al cuerpo. Daba sorbos a una botella de agua tibia. Una mancha de sudor recorría la camiseta de Dennis en la espalda mientras pasaban entre árboles caídos y follaje espeso.

—Casi hemos llegado —dijo al final—. Me acuerdo perfectamente.

Sam no creía que nadie pudiera recordar algo tan caótico como aquello. Pero Dennis se sentía en casa. Ella miró alrededor, desorientada. Dio un traspié y se torció el tobillo, atrapado en una maraña de raíces. El dolor fue inmediato. Soltó un grito.

Dennis se volvió hacia ella.

—¿Qué pasa?

—El pie. Creo que me he roto el pie.

—Mierda. ¿Por qué no te has quedado detrás de mí? —Dejó caer la rama y le quitó el zapato—. No pasa nada, solo tengo que comprobar si de verdad te lo has roto o si es un esguince.

Le agarró el talón en la mano y movió el pie a la derecha. Ella se apartó por instinto. Dennis le sujetó el pie para que no cayera al suelo. Repitió el movimiento a la izquierda. Sam volvió a gritar.

Se sentaron en el suelo un rato. Dennis le pidió a Sam que evaluara cuánto le dolía, en una escala del uno al diez. Al final, notó que el dolor remitía un poco. Él le buscó otra rama para que la usara de bastón y la conven-

237

ció para seguir los diez minutos que quedaban hasta la tumba de Ted.

—Solo es un esguince —dijo—. Si estuviera roto, no estarías de pie y caminando.

A cada paso, Sam sentía una punzada de dolor en la pierna que le llegaba al torso. La rama se le astillaba en la mano. Casi lloró del alivio cuando finalmente Dennis dijo:

—¡Es aquí!

En el siguiente claro, Sam vio una lona de plástico azul envuelta alrededor de un árbol. Debajo había una piedra plana con una inscripción pintada en azul: «Ted, 1990». Alrededor había objetos decorativos colgados como los que recogería un cuervo: pedazos de cristal de una botella verde que oscilaban en una cuerda; un gato de cerámica descolorido; siluetas hechas con ramitas dobladas y atadas con alambre, estrellas, corazones, diamantes. Dennis se agachó al lado de la piedra y arrancó las hierbas que habían crecido alrededor.

A Sam le dolía el tobillo. Buscó un lugar donde sentarse. Cuando retrocedió un paso, notó el borde de algo bajo el talón. Bajó la mirada y vio la esquina de otra losa, cubierta de un enredo de lo que parecían venas: pedacitos de matorrales, de color granate y verde. Pasó el dedo del pie por encima de la piedra y apartó las plantas para ver una fecha, también escrita con pintura: «1987». Empezó a ver más figuras de cristal, que despedían destellos cuando reflejaban la luz. Sam se movió por aquella zona, intentando encontrar un lugar donde sentarse; tropezó con otras losas, cada una con una fecha; otras tenían palabras como «perro» o «rata» escritas con pintura y parecían fundirse con la superficie de la piedra; otras tenían detalles grabados en las rocas y las letras rellenas con más pintura. En aquel entorno natural, le llamó la atención pequeños signos de interferencia humana. Aquello casi parecía un santuario. Se estremeció.

—¿Dennis? —Sam se apoyó en un árbol para aliviar el peso del tobillo derecho—. ¿Qué es todo esto?

Miró alrededor como si lo viera por primera vez.

—¿Todos eran… mascotas?

—No. Solo animales que veía por ahí.

—¿Animales muertos?

Dennis estaba dando patadas a un pedazo de madera del tamaño de un escritorio. Cuando cayó, salieron corriendo insectos en todas direcciones; aplastó algunos con la bota.

Dennis se encogió de hombros.

—Todo merece su propia tumba. Hasta mi padre, ¿no? —Le sonrió.

Ella lo miró, insegura. A primera vista, diría que debía de haber unas treinta tumbas.

Debajo de la madera había una rudimentaria caja de herramientas, también infestada de insectos. Sacó una vieja y oxidada pala de jardinería. Encontró un sitio en el suelo, cerca de la tumba de Ted, y se puso a cavar. La tierra estaba blanda, esponjosa como un pastel. Sam vio cómo sacaba con meticulosidad la suciedad y la amontonaba al lado del agujero. Al final se dio golpes en los vaqueros para limpiarse las manos y recogió la caja de zapatos. Quitó la tapa y se quedó mirando al gatito un rato. Sam se dio la vuelta. Había visto el cuerpo del animal retorcido y rígido, con la cara desfigurada como si se preparara para un puñetazo y no quisiera volver a verlo. Oyó cómo la suciedad golpeaba contra la tapa de la caja de zapatos y miró hacia atrás. Dennis hizo un ruido con la nariz y se la limpió con el dorso de la mano. ¿Estaba llorando?

Le pidió que lo ayudara a buscar una piedra, pero, después de cojear por aquel terreno traicionero un rato, decidió descansar y prepararse para el largo camino de regreso. Encontró un tronco caído, se sentó y miró el teléfono: sin cobertura. Intentó oír qué hacía Dennis, pero nada. Tardó lo suficiente en volver como para que ella se preguntara si es que acaso la había abandonado en aquel lugar.

Volvió cargando una roca con las dos manos. No era plana, como las demás, pero la superficie era lisa. La enterró hasta que solo sobresalía de la tierra la parte plana. Sacó un bote de laca de uñas de Sam del bolsillo. Ella lo observó mientras pintaba en rojo chillón «2015» y luego «S+D». No sabía si sentirse halagada o aterrorizada.

Dennis pasó un rato doblando y atando ramitas, enrollando alambre en las junturas. Sam miraba el cielo, que empezaba a ponerse gris entre los árboles. La lluvia solo haría que el camino de vuelta fuera aún más duro. Ojalá acabara rápido: solo quería llegar a la casa y tomarse un analgésico. Pronto oyó un suave ruido de truenos y unas gotas gruesas de lluvia le cayeron en las mejillas: rodaron por su rostro como si fueran lágrimas.

—Mierda —dijo Dennis.

Retrocedió un paso para mirar la tumba; luego dio palmaditas en la tierra que había junto a la lápida del gatito. Finalmente, tapó la caja de herramientas con la plancha de madera y, con señas, le indicó a Sam que lo siguiera.

Sam caminaba despacio e intentaba no pisar demasiado fuerte con el pie derecho.

—¿A qué distancia estamos? —preguntó alzando la voz, para que la oyera por encima de la lluvia que azotaba las grandes hojas de las palmeras que los rodeaban.

—Más de una hora —le contestó él con un grito.

—¿Por dónde queda la carretera? ¿Podríamos ir a otro sitio?

Dennis negó con la cabeza y señaló el bosque que tenían delante.

—Por ahí solo hay bosques durante kilómetros. Por ahí volvemos por donde hemos venido. Y por ahí están los manglares y el lago, demasiado cerca de la zona de los osos.

—¿Osos? —dijo Sam con la voz temblorosa.

—Por aquí no se ven muchos, pero sí: hay osos. Será mejor que nos ciñamos a esta ruta.

Lo más cerca que Sam había estado de la naturaleza eran los complejos turísticos en los que pasaba las vacaciones familiares cuando era pequeña. Iban en bicicleta de alquiler por un camino con muchas señales y hacían pícnics bajo una secuoya. Costaba imaginar un bosque en Gran Bretaña lo bastante grande como para perderse; imposible encontrar un espacio tan extenso como para caminar durante dos horas y llegar a un lugar que se había mantenido intacto durante veinte años.

Dennis se volvió hacia ella.

—¿Puedes hacerlo?

—No lo sé —dijo ella—. No creo.

Dennis suspiró, se dio la vuelta, se agachó y se dio una palmadita en la espalda. De pronto, Sam sintió vergüenza. No tenía ganas de subirse encima de él. No quería sentirse así de vulnerable. Pero Dennis no hizo caso de sus dudas. Puso los brazos debajo de las piernas de Sam y empezó a levantarla. La obligó a cogerse a él para evitar caer hacia atrás. Al final, Sam estaba arriba, rodeándole con las piernas, intentando no asfixiarlo con los brazos.

Aquello los retrasó. El sol se estaba poniendo cuando llegaron a casa, retiraron la valla rota y atravesaron por los escombros esparcidos por el patio trasero. Dennis la dejó en el suelo cuando el terreno ya era plano. Mientras él estiraba la espalda, ella entró renqueando en la casa y se quitó el zapato.

241

Tenía el tobillo inflamado; un leve moratón se estaba extendiendo como una mancha de tinta en el agua. Incapaz de meterse en la ducha sola, le pidió ayuda a Dennis, que la ayudó sin mirarle el cuerpo. Cuando salió, él le dio una toalla con la mirada gacha. Eso la hizo sentir aún peor.

El dolor no remitió con un Tylenol. No podía tumbarse al lado de Dennis en la cama: con cada movimiento, le subía el dolor por la pierna.

De noche, Sam le despertó.

—Debe de estar roto. Tengo que ir al hospital…

Dennis dijo que era mejor esperar al día siguiente, para que el tobillo se desinflamara. Sin embargo, por la mañana, había empeorado.

—¿Debería llamar a una ambulancia? —preguntó—. No creo que pueda coger el coche.

—No tengo permiso de conducir y ya sabes que la policía local busca cualquier excusa para acosarme. Pero no puedes llamar a una ambulancia por un esguince en un tobillo. ¿No puedes usar el pie izquierdo? —dijo Dennis, que bajó al recibidor y volvió con las llaves del coche. Le explicó que no podría ir con ella porque tenía que ver a la gente que se encargaba del funeral—. No te preocupes, Lindsay me llevará.

Antes de que Sam se fuera, Dennis le pidió que no le contara al médico dónde se había hecho daño.

—Ese sitio en el bosque es mi sitio, ¿sabes qué quiero decir? Eres la única persona con quien lo he compartido. No hace falta tener a gente husmeando por ahí intentando vender una historia sobre mí. ¿Puedes decir que te hiciste daño mientras trabajábamos en la casa?

Sam aceptó, adormilada por la falta de sueño y con ganas de irse.

Lo de conducir no era una buena idea. Solo podía usar el pie izquierdo, por lo que a la hora de cambiar de pedal, del freno al acelerador, tenía problemas. Además, sentía el pulso en el pie derecho.

Al cabo de una hora, estaba de nuevo en el hospital donde habían visto morir a Lionel. En urgencias había más ruido. Rellenó los formularios sobre el regazo, con la mano temblorosa. La llamaron mucho más rápido de lo que esperaba. Se sintió culpable al ver a un niño pequeño acurrucado contra su madre, con el pelo pegado en la frente por la fiebre.

El médico le dijo que no estaba roto, pero que era un esguince grave, con los ligamentos dañados. Se lo sujetó bien con una malla y le dijo que reposara todo lo que pudiera.

—Vuelve dentro de ocho semanas si sigues teniendo molestias —dijo, mientras escribía una receta.

Se lo contó a Dennis por teléfono, envuelta en una burbuja de vicodina, apoyada en una muleta a la entrada del hospital. Hacía meses que se le había caducado el seguro; el impacto de la factura médica solo quedó amortiguado por el bote naranja de calmantes que le dieron, junto con una receta para dos recambios. La agencia de alquiler tendría que recoger el coche en el aparcamiento del hospital, y ella tendría que buscarse la manera de volver a casa. Por un minuto se horrorizó al pensar en Lindsay yendo a recogerla, pero Dennis dijo:

—Te enviaré un taxi.

Colgó sin decirle cuándo llegaría. De camino a casa, se quedó medio dormida y soñó con irse de Red River. Cuando aquello terminara, pensó, Dennis sería distinto. Había algo en aquel lugar que parecía cambiarlo. De hecho, Sam notaba que la estaba cambiando incluso a ella.

31

Con Sam incapacitada, Dennis dependía en gran medida de Lindsay para ir a la tienda y organizar el funeral. Sam gestionaba su frustración tomando vicodina cada cuatro horas: aquellas pastillas emborronaban todo a su alrededor y la dejaban adormilada y en paz.

El día del funeral de Lionel, decidió que se tomaría la dosis cuando estuviera en el coche fúnebre. Esperaba que una suerte de ola opiácea la librara de la ceremonia. Dennis llevaba un traje hecho a medida; se lo habían regalado uno de sus primeros días juntos. Nunca se lo había puesto. Con él, parecía otra persona. Se volvió tímida a su lado. Con torpeza, intentó atarle el nudo de la corbata mientras él se colocaba un mechón rebelde de pelo rubio en la nuca. A Sam aún le sorprendía lo guapo que era, incluso después de tantos meses juntos. Aquella punzada de deseo seguía doliéndole cuando le rozaba la mano.

Fuera, el cielo lucía un gris inquietante. Había varias alertas por huracán y la casa temblaba a la expectativa. Una corriente de aire se colaba por las grietas y huecos de las ventanas y el tejado. Sam no sabía cómo había aguantado tantas tormentas. Tal vez aquella la echara por tierra. Así podrían irse. Dennis no creía en las alertas por huracán. Ya hablarían después del funeral.

Mientras esperaban fuera el coche fúnebre, Dennis miraba fijamente hacia delante mientras masticaba un chicle de canela. Sam se inclinó y le besó, le picaron los labios por la canela.

El coche llegó, tarde. El encargado del funeral salió del asiento del copiloto, les abrió la puerta y les dio la mano cuando subieron. Sam miró por encima del hombro el ataúd que había detrás. Se preguntó cómo podía ser tan absurdamente pequeño, hasta que recordó que Lionel estaba amputado. Aliviada porque fuera un ataúd cerrado, sacó una pastilla del bolso y tomó una de las botellas de agua que había en el coche. Dennis la miraba por el rabillo del ojo. En una curva, el coche saltó y sufrió una sacudida sobre la carretera irregular; las flores de detrás se descolocaron y se estropeó aquella disposición tan perfecta. Al atravesarse un bache, se oyó un ruido y un golpe suave: fue como si el cuerpo de Lionel se hubiera movido y la cabeza se hubiera golpeado contra el extremo del ataúd. Sam sintió náuseas. Abrió un poco la ventanilla pasando por encima de Dennis y se inclinó hacia el aire fresco, respirando en bocanadas superficiales.

El conductor se deshizo en disculpas al final del trayecto: sus coches fúnebres no estaban preparados para tales carreteras, dijo mientras el director recolocaba las flores. La iglesia era diminuta, blanca, con una gran cruz de madera colgada en la entrada. Sam vio a Carrie y a unos cuantos miembros del equipo de grabación hablando entre sí. Había unas cuantas personas a las que no había visto nunca, así como algunos agentes de policía de uniforme.

—Joder... —murmuró Dennis, y tendió la mano cuando Carrie se acercó a saludarle.

Dylan se tambaleaba detrás de ella sobre unos tacones que se hundían en el suelo blando.

—Cerdos de mierda. No me lo puedo creer. Es el funeral de tu padre —dijo Carrie—. Bueno, da igual, ¿estáis bien?

Le dio un fuerte abrazo a Sam.

—Me alegro de veros —dijo Dylan—. Siento que no sea en las mejores circunstancias.

—Me alegro mucho de que estéis aquí —dijo Sam.

Ver a gente que le importaba le hizo saber lo sola que había estado.

—¿Qué te ha pasado en la pierna? —preguntó Carrie.

—Me hice un esguince en el jardín —respondió Sam.

—¡Pobre!

Sam hizo un gesto hacia la muleta y puso cara de llevarlo bien. Lo cierto es que casi estaba disfrutando de estar así. Había cosas buenas: los «me gusta» que consiguió al colgar una fotografía del tobillo en Facebook; cómo Dennis le daba la mano cada vez que se ponía en pie; el ritual de vendarle el tobillo todas las mañanas; admirar el moratón teñido con todos esos amarillos y púrpuras; cómo iba cambiando día a día; las pastillas.

246

—Duele de verdad. Es duro cuando estoy de pie, como ahora, pero la medicación me ayuda con el dolor.

Detrás de ellos, el grupo de gente al que Sam no conocía miraba a Dennis con una expresión hostil.

Dennis saludó a los asistentes antes de llevarlos hacia la iglesia. Carrie, Sam y Dylan se sentaron en primera fila. Detrás se sentó otra gente: personas que debían de conocer a Lionel o el resto del equipo. A Sam le deprimió ver todos los asientos vacíos.

El reverendo entró encabezando el ataúd. Llevaba una Biblia roja contra el pecho. Quienes llevaban el ataúd era gente de la funeraria, desconocidos que asintieron con solemnidad a Dennis cuando dejaron el féretro en un mostrador barato junto al altar. Lo rodeaba una cortina roja, pero las ruedas doradas sobresalían por debajo.

El reverendo empezó. Dennis tomó asiento al lado de Sam y la cogió de la mano. Ella lo miró, Dennis se volvió hacia ella y le dijo:

—¿Qué?

Sam se llevó su mano a la boca y la besó.

Hubo algunas oraciones, luego Dennis se levantó para el panegírico.

—Gracias a todos por venir —dijo, mientras leía una hoja doblada que llevaba en las manos. Levantó la vista y sonrió antes de agachar la cabeza de nuevo. Leyó con firmeza—. Mi padre era un alcohólico que quemó casi todas sus naves mientras estaba vivo. No era un hombre fácil. Si supiera que yo estoy pronunciando este panegírico, probablemente volvería a pegarse un tiro. —Hizo una pausa para reír, pero la iglesia estaba en silencio. Al lado de Sam, Carrie y Dylan le sonrieron. Él continuó—: Bueno, no teníamos una gran relación, pero era la única familia que me quedaba. Así pues, obviamente, ya sabéis, esto no es fácil. No sabía ni quién vendría hoy. Solo podía invitar a unas cuantas personas. Sin embargo, tengo la suerte de contar con amigos y con una esposa a los que les importo lo suficiente como para estar aquí. Así pues, gracias.

Sam dijo sin voz «te quiero». Él asintió.

—Lo único que se me ocurre es esto: no era un tipo fantástico, no era un hombre amable, cabreaba a la mayoría de la gente y nunca conseguía nada. Pero —Dennis se subió las gafas en la nariz— era el único padre que tenía. Gracias.

La gente tosió y se removió en sus asientos. Luego se iniciaron algunas conversaciones al fondo de la sala. El reverendo añadió unas pocas frases sobre que los padres son irreemplazables y acerca de que es difícil expresar con palabras la pérdida que sentimos cuando nuestros padres se van. Los susurros persistían en las filas del fondo.

Poco después, de nuevo en el patio de la iglesia, los agentes de policía empezaron a moverse. Miraban a aquellos curiosos que se habían acercado al funeral. Era como si esperaran un ataque. Sam estudió las caras en busca de Harries, pero no reconoció a nadie. Fue un alivio.

—Ni siquiera sabía que esa gente lo supiera. No he comunicado nada a la prensa —dijo Dennis.

—Mirones —soltó Carrie.

—No les hagas caso —coincidió Dylan.

El encargado del funeral y los portadores del ataúd lo llevaron a un lado de la fosa abierta en el pequeño cementerio cercano a la iglesia. La multitud se acercó y empezó a corear algo.

—¿Qué coño dicen? —preguntó Dennis.

Todo el mundo estiró al cuello para ver qué ocurría.

A medida que la multitud se fue acercando, empezaron a distinguir las palabras.

—¿Dónde están las chicas? ¿Dónde están las chicas?

Una mujer sujetaba una fotografía de Lauren Rhodes por encima de la cabeza. Debajo, decía: «¡Los padres de Lauren enterraron un ataúd vacío!».

—Increíble —dijo Carrie—. ¡Putos tarados!

—¿Dónde están, Dennis? —gritó un hombre—. ¿Dónde están enterradas?

La policía observaba, pero no avanzó para impedirlo.

—Ya estoy harto de esta mierda —dijo Dennis, que empezó a caminar hacia ellos.

—¡Dennis! ¡Para! No hagas una tontería —exclamó Carrie, que salió corriendo tras él.

Sam vio que Dennis se acercaba al hombre que estaba al frente del grupo y empezaba a señalarle en la cara. Evidentemente, el tipo estaba asustado: retrocedió instintivamente. No obstante, se esforzó por encararse con Dennis, animado al ver que los policías se acercaban a ellos.

Carrie empezó a empujar a Dennis hacia atrás. Le rogaba que lo dejara. Un agente de policía se puso entre los dos hombres; el tipo cayó hacia el grupo. Dennis se puso a discutir con el agente, hasta que la policía formó una línea entre los manifestantes y los asistentes al funeral. Carrie y él volvieron a la tumba. Dennis le hizo un gesto con la cabeza al reverendo, que se puso en pie, nervioso: le temblaban las manos cuando puso la Biblia delante. Sam intentó coger de la mano a Dennis, pero él la retiró y cerró las manos en un puño a los lados.

Dennis había reservado una mesa en un restaurante en las afueras de Red River. Lindsay apareció cuando todos estaban sentados para comer y pidió un vodka doble y una Coca-Cola *light*. Carrie se inclinó y preguntó:

—¿Quién aparece en la fiesta pero se salta la ceremonia?

—¿Eso no es en las bodas? —dijo Dylan.

—Creo que está poniendo las bebidas a nuestra cuenta y probablemente luego se irá a casa en coche... —dijo Sam.

Carrie y ella se sonrieron.

—Dios mío... —dijo Lindsay, tan alto que todo el mundo se quedó quieto con los cubiertos a medio camino hacia las bocas abiertas—. Mirad —dijo, al tiempo que señalaba hacia la ventana.

Todos los que estaban en la mesa se volvieron. Un hombre estaba mirando por el cristal. Era delgado y desgreñado. Llevaba el pelo largo, aunque tenía unas cuantas entradas. Cuando Dennis alzó la vista, el hombre saludó despacio.

—¿Ese no es... Howard? —preguntó Lindsay.

Dennis empujó la silla hacia atrás y se levantó. Estaba pálido. Se excusó y el grupo observó en silencio mientras él pasaba por delante de las ventanas fuera del restaurante. Al ver a Howard, le tendió la mano, pero él no la aceptó. Carrie apartó la mirada, incómoda. Se puso a hablar en voz baja con Dylan. Sam sentía que no debería mirar, pero observaba con la misma fijación que Lindsay, intentando en vano leerles los labios. Resultaba evidente que Howard estaba enfadado por algo, pero ¿por qué? Dennis se quedó quieto mientras el otro despotricaba. Finalmente, Howard le dio un empujón y se fue rápidamente mientras Dennis se tambaleaba unos pasos. Se metió las manos en los bolsillos y miró hacia el restaurante.

Sam y Lindsay se apresuraron a mirar sus platos, aunque estaba claro que las había pillado mirando. Volvió al poco rato, con una capa de humedad sobre la piel y los ojos rojos. Cuando le preguntaron qué pasaba, Dennis les dijo que no era nada. No obstante, Sam notó que le temblaba la mano cuando cogió su bebida. Desde el otro lado de la mesa, Lindsay le lanzó una mirada que parecía decir muchas cosas.

—¿Cuánto tiempo os quedáis? —le preguntó Sam a Carrie cuando salieron del restaurante.

—Volvemos esta misma noche… La tormenta… No podemos arriesgarnos.

—Pero ¡tenéis que venir a visitarnos! —añadió Dylan.

—Sí, claro. Pero, bueno, aún nos quedan cosas que hacer en la casa… —dijo Sam.

Carrie miró a Dennis, que estaba al lado de la camioneta de Lindsay. Ambos estaban hablando acaloradamente.

—Siempre puedes venir sola, ya lo sabes.

—Creo que ahora me necesita. Lo está pasando mal.

—Yo solo pienso en lo que necesitas tú. Aquí la situación… no es ideal. No tienes buen aspecto.

—¡Estoy bien! Son los calmantes. Estoy cansada.

—No quiero que te preocupes por unos cuantos tarados, ¿vale? Hacen mucho ruido, pero son una minoría. Recuérdalo.

—Ya lo sé —dijo Sam, aunque no compartía su opinión.

—Gracias por venir —dijo Dennis por detrás—. Ha

sido genial veros a las dos. Os lo agradecemos de verdad. ¿Seguro que no os queréis quedar?

Alrededor el cielo estaba de un color gris apagado. Dylan se apartó el pelo de la cara de un soplido y se le enredó en el cuello como si fuera una cuerda.

—Tendremos suerte si, con este tiempo, no nos cancelan el vuelo —dijo Carrie—. Se supone que este huracán será de los fuertes.

Dennis se echó a reír.

—Siempre dicen eso, y luego queda en nada. La gente de California tendríais que sufrir las inclemencias del tiempo de vez en cuando.

—De todos modos, vamos tirando, Dennis —dijo Carrie, y le dio un abrazo.

—Acabaremos pronto lo que tenemos que hacer aquí. Luego iremos a visitaros. Lo prometo.

Sam se preguntó qué quería decir eso de «acabaremos». A medida que pasaba el tiempo, cada vez tenía menos claro qué sentido tenía su estancia en ese lugar. Había esperado que, una vez pasado el funeral, Dennis viera lo inútil que era limpiar la casa para intentar venderla. Fuera lo que fuera lo que estuvieran haciendo allí, por lo visto solo él sabía cuándo terminaría.

251

Dennis ayudó a Sam a subir a la camioneta, metió las muletas en el maletero y se sentó a su lado. Sam quedó casi pegada a Lindsay mientras conducía. Durante el camino de vuelta a casa, apoyó la cabeza en el hombro de Dennis y se quedó medio dormida.

—Parece bastante ausente. ¿Qué está tomando? —preguntó Lindsay, que ni siquiera intentó bajar la voz.

—No lo sé. Calmantes. Déjalo, Linds. Se hizo bastante daño en la pierna.

—Lo que tú digas. Solo preguntaba.

Sam notó que Dennis le apretaba el hombro con la mano. Oyó el ruido del motor mientras recorrían el resto del trayecto en silencio. Los baches en la carretera la despertaron, pues el tobillo lesionado rebotaba en el suelo de la furgoneta.

En la carretera cercana a la casa, vio trozos de hierba y basura esparcidos por el jardín. El viento arrastraba envoltorios y cartones por encima de la hierba. El desorden hacía que la casa pareciera abandonada, como si sus habitantes se hubieran ido corriendo.

—Mierda —dijo Dennis, que abrió la puerta y se volvió para ayudar a Sam a bajar—. ¿Entras un minuto? —le preguntó a Lindsay.

Sam se tambaleaba en sus brazos.

—Claro. —Lindsay sacó otro paquete de seis cervezas de la furgoneta y le ofreció una a Dennis y a Sam.

Él negó con la cabeza y ella se encogió de hombros.

Se sentaron en el porche. Lindsay dejaba la ceniza de su cigarrillo en la lata vacía de cerveza mientras se bebía la siguiente.

—Howard. ¿No es increíble? —dijo al cabo de un rato.

—Pensaba que no volvería a verlo —dijo Dennis.

—Yo lo he visto por ahí. Nunca saluda. Siempre está con su padre. Es patético.

—¿Viven juntos? —preguntó Sam.

—Hasta hace poco —respondió Lindsay—. Dos hombres adultos. Nunca hubo ninguna mujer. Jamás tuvieron compañía.

—¿Y ahora dónde vive? —preguntó Dennis.

—En el parque de caravanas, donde estaba la vieja fábrica. ¡Mierda! —Lindsay puso los pies encima del banco y se abrazó las rodillas.

Sam se arrimó a Dennis.

—¿Qué? —dijo él, mientras vigilaba si había intrusos en el jardín.

—¡Mira el tamaño de esa cabrona! —Lindsay señaló al suelo, a una gran araña marrón.

Sam soltó un chillido y puso los pies encima del banco. Lindsay se rio hasta que le entró un ataque de tos. Dennis le cogió el cigarrillo de entre los dedos y se inclinó hacia la araña. Le tocó el cuerpo y el bicho se quedó pegado a la punta ardiente del cigarrillo; se le retorcían las patas mientras intentaba escapar. Dennis la observó. Luego se llevó el cigarrillo a los labios (con la araña aún retorciéndose en la punta) y le dio una calada. Las patas de la araña se curvaron hacia dentro, crispadas. Al final, se quedó quieta.

Sam lo miró paralizada. Dennis soltó el humo por la boca y la nariz. Se fijó en la araña: quemada, negra, encogiéndose.

—Total, Den —dijo Lindsay. Él sonrió y le ofreció el cigarrillo—. ¡Puaj! No, gracias, joder.

Sam se sentía fatal. Cuando Dennis le dio otra calada al cigarrillo, ya no pensaba en los últimos estertores de la araña. Dennis no había tosido al inhalar el humo. Era como si hubiera fumado toda su vida y ella no lo supiera.

De pronto, se sintió muy sola. Le pareció despertar en una vida nueva. Como si, de repente, apareciera en medio de una historia que no podía entender.

32

Aquella noche sopló un fuerte viento. Balas de lluvia golpearon las ventanas.

Dennis se puso a asegurar los contenedores del patio delantero. Colocó enormes lonas de plástico encima de montones de basura que podrían salir volando de la pila y golpear contra la casa. Los gatitos maullaban sin cesar. Su madre estaba sentada, con las orejas hacia atrás, emitiendo un leve gruñido al ver que la puerta se balanceaba en el marco.

Desde el garaje, Dennis sacó dos enormes depósitos de agua, amarillentos y llenos de polvo. Los limpió en el lavabo y los llenó de agua del grifo.

—Supongo que la tormenta ha subido de categoría —dijo, elevando el tono por encima del temporal que golpeaba contra las paredes—. Tal vez sería mejor pasarla en el refugio.

A Sam no le gustaba cómo se abrían y se cerraban las contraventanas con el viento, o la manera en que la lluvia azotaba las ventanas, así que no cuestionó lo que decía Dennis. Se limitó a asentir y dejó que la llevara a la puerta trasera. Bajaron unos escalones y quedaron empapados en cuanto salieron fuera, con la ropa pegada a la piel. El ambiente estaba enrarecido. Se notaba la tormenta. Pero algo más.

Al final de los escalones, Dennis apartó de una patada unas hierbas para dejar al descubierto una trampilla de madera que conducía debajo de la casa. Levantó la portezuela y miró en la oscuridad, incapaz de distinguir nada dentro.

—¡No hay electricidad! —gritó Dennis—. Necesitamos linternas. Voy a llevarte abajo y luego iré a buscar las cosas.

—No quiero entrar ahí —dijo Sam.

—¿Quieres morir aplastada cuando esta vieja casa se venga abajo?

—Pensaba que habías dicho que estas tormentas nunca son tan graves.

A lo lejos, Sam oía el crujido y los gruñidos de los árboles que se doblaban por el viento. Volvió a mirar a Dennis.

—Confía en mí. Estarás más segura ahí abajo.

Dentro, el aire era fresco y húmedo. Cuando se le adaptó la vista, vio los detalles alrededor: un catre a un lado, un sofá reventado y basto al otro, así como un gran balde de plástico en el rincón más lejano.

—Te traeré algo de abrigo. ¿Qué más necesitas? Podríamos estar aquí toda la noche —dijo Dennis.

—Mis pastillas —respondió ella, más rápido de lo que pretendía—. Y, bueno, el Kindle. Eh…

Dennis se estaba impacientando mientras esperaba al pie de la escalera, listo para irse.

—¿Puedo ponerme tu jersey? El que me gusta, el gris.

—Claro, lo que quieras. ¿Algo más?

—Date prisa, por favor. Esto da miedo.

—Claro.

Al salir, Dennis cerró la puerta. Sam se vio sentada en medio de una oscuridad tan densa que no se veía la mano delante de la cara. Se obligó a respirar despacio. Se le ocurrió que Dennis nunca había hablado del refugio. Por un segundo, se preocupó: «¿Y si no salgo nunca?».

Se puso en pie y estiró los brazos por delante. Dio pasos diminutos intentando notar la escalera con las manos. Si pudiera llegar hasta ella, tal vez pudiera abrir la puerta.

Tocó la pared. Notó la suavidad del hormigón bajo las puntas de los dedos. La escalera no estaba. Se sintió desorientada. Le pudo el pánico. No sabía que le dieran miedo los espacios oscuros y cerrados. Pensó que nunca había estado en uno así. Las paredes eran gruesas. El sonido de la tormenta que caía encima era un susurro. Si Dennis cerraba la puerta desde fuera, nadie sabría jamás que estaba ahí, por mucho que gritara. Pero ¿por qué pensaba esas cosas?

Finalmente, la puerta se abrió y Dennis volvió con una bolsa. Llevaba una linterna a la que dio cuerda con una manivela; zumbaba como un avispón.

—¿Qué hacías? —le preguntó Dennis mientras la ayudaba a volver al sofá.

—Me he puesto un poco histérica —dijo, avergonzada.

Esta vez dejó la puerta abierta cuando bajó las cosas: botellas de agua, una caja de comida, la caja de los gatitos (que maullaban), su madre (que se retorcía enfadada), una caja donde hacer sus necesidades y, por último, un saco de arena de gato. Sam dobló la ropa mojada y se puso lo que le había traído Dennis: su jersey, que olía a él y que le colgaba por encima de las manos y la hacía sentir pequeñísima. Se subió el cuello hasta la nariz e inspiró.

—Para de estirarlo —dijo.

Sam miró la hora en el Kindle. No le gustó comprobar que aún le quedaban dos horas y media para tomar otra vicodina. Dennis se cambió la ropa mojada, de espaldas a ella. Cada vez que Sam se movía en el sofá, los muelles oxidados que había debajo chirriaban.

—Estate quieta —dijo Dennis.

Los gatitos exploraban la sala con torpeza. Por su parte, Atún parecía enfurruñada, a medio camino de la escalera, con las orejas gachas. Sam miró de nuevo la hora. Se sintió triste e irritada. Decidió tomarse otra pastilla.

Dennis estaba poniendo arena de gato en el balde.

—Si tienes que hacer algo, hazlo aquí. Luego pon arena de gato encima, ¿de acuerdo?

Sam asintió, aunque ya estaba decidida a no beber durante la noche. Por suerte, las pastillas la estreñían: eso la salvaba de una situación tan desagradable como defecar en un rincón mientras Dennis se quejaba desde el otro lado del cuarto.

—Esto me da escalofríos —dijo Sam.

—Te acostumbras —replicó Dennis—. Mi padre me encerró aquí una vez. Me pillaron cogiendo cosas en la residencia de ancianos. Cuando se enteró, me pegó y me dejó aquí. Pasé un día entero, sin luz, sin nada.

Por encima de ellos, el mundo parecía haber desatado su rabia. En aquel cuarto silencioso y sin aire, Sam sentía como si todo fuera a explotar.

De vez en cuando, le llegaban señales de la horrible vida que llevaba Dennis antes de conocerla. Se sintió fatal por no poder hacer nada para borrar todo lo ocurrido. No, peor que eso, se odiaba por cómo ella arruinaba su nueva vida: cuando no confiaba en él, cuando iniciaba una discusión, cuando intentaba que fuera alguien que no era, cuando se empeñaba en que hiciera algo que no quería.

—Lo siento —dijo ella.

—¿El qué?

—Presionarte. Intentar forzarte a…, ya sabes…, cuando no estás preparado.

—Samantha.

—No. Siempre te estoy presionando… o empiezo discusiones. Siempre lo hago, siempre.

—No pasa nada…

—¡Sí que pasa! ¡Siempre estropeo las cosas! No sé qué me pasa.

—No te pasa nada.

—Algo pasa. Soy una persona horrible. He hecho cosas horribles, pero creo que esto es aún peor.

257

—¿Aún peor que qué? —preguntó él.

Ella negó con la cabeza, deseando no haber dicho nada. Sin embargo, al mismo tiempo, tenía ganas de contarlo todo por fin. De confesarse con alguien que no le iba a mentir.

—¿Peor que qué?

—Yo... Cuando Mark rompió conmigo...

—¿Tu exnovio?

—Discutíamos... mucho. Estaba celosa. Me manipulaba, ¿sabes? En un momento, me decía que me quería; luego me decía que no deseaba tener una relación. ¡Así durante tres años! Cuando lo pienso ahora, ni siquiera sé si le quería. Es como si estuviera loca. Una noche, yo conducía después de cenar. Se suponía que él iba a pasar la noche en mi casa, pero empezó en plan: «No sé si debería quedarme, creo que necesito un tiempo separados...». Me lo decía después de toda una noche de: «¿Qué pasa?», «Nada», «¿Qué pasa?», «Nada». ¿Sabes? Me lo estaba diciendo en el coche... Me había tomado una copa de vino y estaba cansada. Le pregunté: «¿Por qué? ¿Por qué ahora?». Y él me dice: «No puedo seguir haciéndote daño». ¿No te parece increíble? Es como si me hiciera un favor. Yo estaba en plan: «Vale, vale». Y él me pide que le deje en su casa. Aún vivía con sus padres. Siempre decía que estaba ahorrando, pero... era un auténtico niño mimado. A ella nunca le gusté. Me volvía loca. Así que lo dejé ahí. Pensaba que podía afrontarlo, pero..., cuando llegamos ahí..., bajó del coche como si le resultara fácil. Vi que nunca me había querido, que me había estado mintiendo todo el tiempo. Le seguí hasta la puerta, gritando. Supongo que le preocupaba que le oyeran los vecinos, así que me dejó pasar. Entré. Como sus padres no estaban en casa, grité con más fuerza.

»Entonces, no sé, subí a su habitación. Adoraba su estúpida habitación. Tenía un montón de juguetes. Figuras, cosas que pintaba él. Me puse a romperlas, en plan: «Dímelo,

sé sincero. Nunca me has querido, ¿verdad?». Y, al final, lo
dijo: «No te quiero, lo siento». Y va luego y añade: «Y he
conocido a alguien, ¿vale?».

»No me lo esperaba. Imagínate: estoy ahí de pie, buscando algo más que romper. Solo quiero hacerle daño...
Un poco. Cojo una botella de agua y la lanzo. Impacta en
el estante y estalla... Cristal por todas partes. Él se pone a
gritar, tapándose la cara. Yo entro en pánico. Intento apar-
tarle las manos, pero no deja que me acerque, como si yo
le diera miedo. Le cae sangre por el cuello. Yo no paro de
decir: «¡Lo siento! ¡Lo siento!». Pero él me dice que me
vaya. Dice que va a llamar a la policía. Le ruego que no
lo haga. No quería hacerle tanto daño, de verdad que no.
¡Solo quería que sintiera algo! Le prometo que me iré si
me deja verle la cara. No le puedo abrir el ojo izquierdo,
y hay mucha sangre. Le digo que tiene que ir al hospital,
pero no quiere ir conmigo. Llama a una ambulancia. Espero porque no quiero que llame a la policía. Me pide que me
vaya, de nuevo. Dice que si me voy y lo dejo en paz, si no
vuelvo a llamarle, dirá que fue un accidente. Así que me
fui. Conduje el coche hasta una esquina y me puse a llorar.
Esperé hasta que vi la ambulancia. Luego me fui.

Sam respiró. Sin embargo, ahora que había contado
toda la historia, no se sentía aliviada. Es más: se sentía sucia y equivocada.

—Al cabo de unos días, me llamó su madre. Dijo que iba
a quedarse ciego de ese ojo. Ella quería llamar a la policía,
pero él la paró. Creo que es porque le daba miedo. No por
otra cosa. No es que fuera que yo le importara o algo así.

Dennis se quedó en silencio. Finalmente, dijo:

—¿Ya está?

—Sí —contestó Sam confundida.

—Escucha. Lindsay intentó atropellarme con el coche
de su padre cuando le dije que solo quería que fuéramos

amigos. Lauren me tiró una botella de cerveza a la cabeza. Es lo que hacen las chicas cuando se cabrean.

—¿Lauren? —dijo Sam, que empezó a sentirse un poco mejor.

—Sí. Lauren Rhodes. Le dije que no quería ir a su baile. Dijo que quería ir, así que le dije que llevara a otra persona. Supongo que no era la respuesta que esperaba, pues me tiró aquella cerveza. Supongo que podría haberse roto y me podría haber pasado como a… ¿Cómo se llama?

—Mark. —Sam se rio muy a su pesar.

—Vale. No es para tanto. Solo fue un accidente.

—¿No crees que esté loca? —preguntó ella.

—Creo que todas las chicas están un poco locas —dijo.

Sam quería creer tal cosa. Desde que había pasado aquello, solo había sentido vergüenza y culpa. Ahora, por fin, se sentía algo en paz, aliviada.

—Nunca me habías hablado de Lauren —dijo al cabo de un rato.

—En realidad, no hay mucho que decir. En aquella época, apenas nos conocíamos. No sé por qué se flipaba tanto.

Sam pensó en qué aspecto debía de tener Dennis por aquel entonces. Y pensó en Lauren. En ellos dos: la animadora y el jugador de fútbol. Tenía sentido. Podía entender por qué Lauren estaba loca por él.

—Da igual. Después de que… No puedo hablar de eso sin que la gente lo convierta en un escándalo.

—Espera… ¿Lindsay intentó atropellarte?

Cuando Sam se rio, Dennis se desplomó en el sofá a su lado y la atrajo hacia sí.

—Tan cierto como que respiras —bromeó. Le dio un abrazo y la besó en la cabeza. Estaba tiritando—. Tienes frío —dijo.

La abrazó más fuerte, movió los labios hacia el cuello y le mordió la piel. Le subió las manos por los muslos y por debajo de la ropa. Ella se quedó quieta, se dejó llevar, sin presionarle. Dennis le besó en la oreja, le agarró un pecho, pasó las uñas por la piel y bajó por la espalda. Ella giró la cara para que pudiera besarla. Él le mordió el labio con un exceso de fuerza. Sam se echó hacia atrás, pero él tiró de ella hacia delante. Ella le puso la pierna en el regazo. Entonces paró, Dennis dejó las manos quietas.

—¿Quieres tomar algo? —preguntó, al tiempo que se levantaba para coger una botella de agua del rincón.

—No —respondió Sam, excitada, con la sangre caliente corriendo por sus venas.

Dennis no volvió al sofá, se tumbó en el catre, de espaldas a ella. Estaba demasiado quieto como para que estuviera durmiendo. Sam escuchó los tenues sonidos de la tormenta. Se imaginó abriendo la escotilla por la mañana y encontrando el aire fresco y sereno…, pero sabía que no sería así. El aire estaría cargado, anunciando la próxima tormenta.

33

Cuando, a la mañana siguiente, Dennis abrió por fin la puerta del refugio la luz fue cegadora. Corrieron hacia la casa, desesperados por cepillarse los dientes y ponerse ropa limpia. Al principio, salía agua marrón del grifo; luego, clara. Sam dudó antes de poner el cepillo de dientes bajo el agua. Cansada y dolorida tras haber pasado la noche en aquel refugio húmedo, Dennis le sugirió que se tumbara en la cama que había en la habitación de su padre, en vez de en el colchón inflable. Era lo único que quedaba en aquel cuarto. Sam se resistió, pero Dennis hizo la cama con sábanas limpias. Como estaba demasiado cansada para discutir, aceptó. Antes de que se durmiera, le dejó una taza de té verde en el suelo, al lado de la cama. Sam estaba decidida a cogerle el gusto. En vez de cafés con cuatro terrones de azúcar, bebería los tés verdes insípidos que le gustaban a Dennis. Era purificador. Y ella necesitaba purificarse. Su interior estaba negro como el pulmón de un fumador. Los celos, el odio y el deseo estaban dominando cada poro de su persona.

Cuando se despertó, el té había sido sustituido por un vaso de agua y dos vicodinas, una encima de la otra. Se inclinó en el borde de la cama, las miró y cogió una entre los dedos. Recordaba vagamente la noche anterior.

Decidió que aquel día quería estar más lúcida. Pero le dolía la cabeza y tenía la pierna dolorida... Así pues, se llevó las dos pastillas a la boca. Ya se moderaría más adelante. Al tragar, una se le quedó en la garganta y no pudo reprimir una arcada. Con otro trago, logró que la pastilla bajara.

Desde que se había despertado, no había dejado de oír ese ruido de fondo: el sonido de la televisión. Concretamente, de un programa de entrevistas. Qué raro que Dennis estuviera viendo la tele. Además, ¿un programa de entrevistas? Entonces cayó en la cuenta de que tal vez Lindsay estuviera en la casa. Como buenamente pudo, salió de la cama y entró en el salón.

Por la puerta vio la cabeza de Lindsay de lado; tenía el pelo lacio pegado al material barato del sofá (por la electricidad estática). Estaba comiendo Doritos. Le dejaban las puntas de los dedos teñidas de polvo naranja.

263

Sam pensó en volver, pero antes de que pudiera hacerlo, Lindsay la vio.

—Joder, me has asustado. ¿Qué hacías?

Aquella mujer aún tenía ese deje de instituto: «¿Qué miras? ¿Tengo monos en la cara o qué?». Sam se sintió molesta. Tuvo ganas de devolverle aquella pulla, pero se contuvo.

—¿Dónde está Dennis? —preguntó.

—Corriendo, supongo. Me dijo que no te despertara. Que estabas enferma o algo así.

—Ya estoy bien.

—Gracias a Dios. —Lindsay levantó una ceja y volvió a su programa de entrevistas.

—¿Ha dicho cuándo iba a volver? —preguntó Sam.

—No. —Lindsay se volcó la bolsa en la boca para atrapar los restos y las migas del fondo. Su lata de cerveza tenía la marca de luna creciente naranja. Miró a Sam por el rabillo del ojo y suspiró—. Puedes irte, ya. No hay más que decir.

Sam se dio la vuelta, pero luego se contuvo.

—No tengo por qué irme. Esta es mi casa.

—¿Perdona? —Lindsay soltó una risa forzada, con los ojos rojos.

—Es nuestra casa, de Den y mía. Es mi marido. Así que no puedes decirme que me vaya.

Sam dio un paso hacia el sofá y se cruzó de brazos.

Lindsay dejó caer al suelo la bolsa vacía que tenía en la mano.

—Vale —le dijo, y se giró hacia la televisión—. No te vayas. Haz lo que te dé la gana. Me importa una mierda.

—¿Qué problema tienes? Conmigo, quiero decir. —Sam intentó controlar el temblor en la voz. Solo discutía con gente a la que conocía bien, personas cuyas acciones podía predecir.

—¿Mi problema?

—Sí. Siempre estás intentando entrometerte entre los dos. Entre Den y yo.

Lindsay puso cara de desesperación.

—¿Te refieres a tu marido?

—Pero no funcionará —dijo Sam—. Nos iremos pronto.

—¿Cuándo? —preguntó Lindsay, que de repente parecía insegura.

—Pronto —respondió Sam, deseando tener una fecha.

—Lo que tú digas. Dennis y yo tenemos historia. No importa adónde vaya, siempre vuelve.

Sam sintió ganas de borrarle esa sonrisilla de la cara.

—Vaya, qué raro. ¿Sabes? Anoche, de hecho, me contó que te volviste loca cuando te dejó claro que solo quería que fuerais amigos. —Nada más decirlo, Sam se arrepintió: era como una traición.

—¿Qué te dijo? —Lindsay se había levantado del sofá, ahora estaba tan cerca que Sam notaba su aliento, aquel olor a cerveza.

—Lo siento —dijo Sam, reculando.

—¿Qué coño te dijo? —insistió Lindsay, que agarró a Sam por el brazo—. Dímelo.

—Solo… bromeaba. Dijo que intentaste atropellarle con el coche, nada más. Le parecía divertido.

—Somos amigos. —Lindsay la agarró con más fuerza—. Prácticamente, somos familia. ¿Crees que ese matrimonio tuyo es más profundo que eso? No le gustas tanto, créeme. Lo he visto todo. Sé qué pasa cuando le gusta alguien y, ¿sabes qué?, no creo que le gustes.

—¿Qué significa eso?

—Significa que yo soy la que sigo aquí. Eso significa.

Sam intentó zafarse de ella, pero Lindsay le clavó las uñas en el antebrazo. Se quedaron heladas al oír la puerta trasera. Dennis había vuelto.

—¡Me estás amenazando! —dijo Sam, con la esperanza de que Dennis la oyera.

—Calla —masculló Lindsay—. No intentes sacar nada de esto. —La soltó.

Sam se frotó el brazo. Las uñas de Lindsay le dejaron unas marcas en la piel. La otra chica se sentó con los ojos clavados en la televisión, como si no hubiera pasado nada.

—Tienes que llevarme a Target y a Wholefoods —dijo Dennis mientras atravesaba la casa desde la cocina—. Ahora no, luego. Primero tengo cosas que hacer aquí. Me han llamado de…

Sam se miró el brazo. Pensó en salir corriendo hacia Dennis para enseñárselo. «Mira, mira lo que me ha hecho esa zorra, está loca.» Sin embargo, algo se lo impidió. La serenidad de Lindsay. Era como si hubiera activado un interruptor. Era como si todo aquello no hubiera ocurrido.

—Claro —le contestó Lindsay.

—Ah, hola —dijo Dennis al entrar en el salón—. Estás levantada.

Parecía decepcionado.

34

*A*quella tarde, antes de que se fueran a comprar, Dennis ayudó a Sam a ducharse y a vestirse. Le preparó un bocadillo y le sacó otras dos vicodinas.

—Te estás quedando sin pastillas. Iré a buscarte más a la farmacia —dijo.

Luego le dio un beso en la cabeza, mientras, de fondo, Lindsay hacía tintinear las llaves.

Cuando los faros de la furgoneta desaparecieron por la esquina y el ruido se desvaneció, Sam bajó rodando del sofá y se levantó apoyada en la muleta. Estaba aburrida y le podía la ansiedad. Fue cojeando de habitación en habitación, sola, buscando algo que la distrajera.

En la cocina vio el MacBook de Dennis por el rabillo del ojo. Al abrirlo sintió que se le encogía el estómago: estaba protegido con una contraseña. ¿Para qué necesitaba una contraseña, si no tenía nada que ocultar? Intentó olvidarse de ese pensamiento, pero, como le había pasado otras veces, la carcomía por dentro. «Estás aburrida. ¡Paranoica!», se dijo. Aun así, antes de darse cuenta, estaba sentada en la mesa de la cocina intentando averiguar cómo desbloquear el ordenador.

Probó con «CONTRASEÑA» y «contraseña» y «Contraseña». No esperaba que ninguna de esas opciones funcionara... Aun así sintió cierta decepción al ver que no lo hacía. Probó con su nombre y con variaciones de él. A medida que probaba y probaba, creció su inseguridad. Probó entonces con Lindsay; respiró al ver que la clave tampoco era esa. Luego lo intentó con el nombre de Dennis, con la fecha de su cumpleaños; probó con su nombre y su cumpleaños... Entonces, de repente, justo cuando iba a empezar a teclear de nuevo, logró entrar. En un momento de horror no recordaba lo que había escrito. ¿Había usado la D en mayúsculas? ¿Era solo su año de nacimiento? Luego lo recordó, cogió un trozo de papel de un sobre que tenía cerca y apuntó «Dennisdanson1975». Se metió el papel en el bolsillo de la chaqueta. Notó un leve dolor en el pecho al pensar en la falta de imaginación de Dennis.

En la pantalla estaba su libro. Es decir, las memorias que estaba escribiendo para su editor. El cursor parpadeaba en medio de un párrafo. Buscó su nombre en la página, pero se sorprendió leyendo:

268

> Los años que pasé de niño en el bosque, jugando solo y hablando sin nadie, en busca de compañía, me prepararon en muchos sentidos para la soledad del corredor de la muerte. En mi celda, recordaba cuando miraba hacia la naturaleza infinita, me acordaba de la sensación que me trasmitía: era tan insignificante...

Sam se prometió que lo leería cuando se publicara, minimizó la ventana y abrió el navegador. Estaba limpio. Revisó el historial de Dennis, pero no había nada. «¿Cuándo ha aprendido a hacer eso?», pensó.

En el escritorio había tres archivos, «Libro», «Libro2» y «Libro3», borradores de la autobiografía. En sus notas había una lista de sus contraseñas, que Sam apuntó en el dorso del sobre, por si acaso.

El anticlímax fue enorme. Sam volvió a abrir el archivo de Word y puso cara de desesperación al leer la frase: «Sabía que jamás podía dejar de creer en mí porque, en cuanto dejara de hacerlo, perdería de verdad mi libertad…». Cerró la tapa de un golpe. Miró alrededor, con la esperanza de encontrar otra cosa, algo que le diera una pista de qué pensaba Dennis, de quién era, de si Lindsay tenía razón y ella no le gustaba tanto. Revisó su archivo. Encontró cosas que al principio parecían tentadoras, pero que resultaron ser aburridas: un recibo doblado de los contenedores, una carta manuscrita de su editor de Nueva York, una libreta Moleskine vacía (salvo por su nombre y número de teléfono escritos en la primera página, y la promesa de una recompensa de veinte dólares por devolverla en caso de que se perdiera).

Sam fue a su antiguo cuarto y abrió cajones y armarios: todos vacíos…, hasta que vio la caja que Lindsay había estado cuidando todos esos años. La tapa estaba rota. Una goma elástica rodeaba la caja para que el contenido no se saliera. Sam la quitó y sacó las fotografías una por una. Las puso en el suelo cuando terminó de revisarlas. Esta vez fue distinto. En realidad, ya había visto todo aquello, así que eso no era exactamente fisgonear.

Cuando iba por la mitad, llegó a una página arrancada de una revista. Era una fotografía a página completa de ellos dos, de la sesión de fotos que se hicieron antes de que saliera libre. Dennis estaba detrás de ella con una camisa blanca, el cuello sin abrochar, las mangas subidas y los brazos apoyados en los hombros de Sam, sonriente. Se sintió fatal: triste y culpable.

Se puso a guardar las fotografías a toda prisa. Estaba poniendo la goma elástica en la lata cuando el quejido herrumbroso de la puerta trasera le heló el corazón. Intentó guardar la lata detrás de los juegos de mesa de nuevo y con el máximo sigilo, pero unos pasos vigorosos se acercaban a toda prisa al dormitorio: la habían pillado.

—Lo siento, estaba aburrida. Pensaba que aún no habíamos limpiado esta habitación y…

El hombre que apareció en el umbral era corpulento, tenía el pelo largo y grasiento. Cuando avanzó un paso, Sam vio la rabia de sus ojos.

Soltó un grito agudo como un cristal roto. Howard se tapó los oídos con las manos. Sam agarró la muleta y le dio un golpe en el estómago. Él se tambaleó a un lado y se encogió de miedo contra la librería. Ella se lanzó sobre el pie malo, impulsada por la adrenalina. Bajó los escalones del porche, la muleta se hundía en aquella hierba demasiado blanda. De vez en cuando, miraba hacia atrás, esperando ver que la seguía. Por un momento, pensó que le había hecho daño de verdad…, pero, bueno, esa era su intención. Así que… no pasaba nada.

La carretera estaba oscura. Sam no veía mucho por delante ni por detrás. Aun así, siguió caminando. Respiraba tan fuerte que era difícil saber si Howard se acercaba o no. Empezó a notar el latido en el tobillo, pronto tuvo que bajar el ritmo. Estaba convencida de que Howard estaba cerca. Casi anticipó cómo sería notar sus manos en la garganta… Sin embargo, no había ni rastro de él. Tuvo que caminar por el medio de la carretera, pues los laterales eran profundos charcos de barro. El camino no estaba iluminado, pero al menos había luna llena. Sam alzó la mirada hacia el cielo: nunca había visto tantas estrellas. Algo zumbó junto a la oreja. Dio un respingo, perdió el equilibrio y cayó sobre la cadera en la cuneta.

Se quedó un rato en el suelo. Tenía los bajos de las mallas empapadas de agua sucia. Sintió un cosquilleo en el cuello, se dio una bofetada, hundió la muleta en el suelo y se levantó. Soltó un grito que cortó la oscuridad. Siguió adelante, sin saber si Howard la perseguía o si estaba esperando a que volviera a la casa. Notaba el pulso aún más fuerte en el tobillo. Tenía la venda empapada.

Sam oyó el motor antes de ver un coche. Se quedó en el

centro de la carretera, esperando a que los faros emergieran en la oscuridad. Cuando estuvieron cerca de ella, la cegaron. Así pues, no vio quién era. A medida que el vehículo se fue acercando, hizo señales con el brazo que tenía libre. Levantó la muleta cuando le pareció que la camioneta no tenía intención de parar. Se acercaba demasiado rápido, hasta le pareció que aceleraba. Se quedó helada por la incredulidad antes de saltar con torpeza a la izquierda, sumergirse en la hierba y quedarse tumbada boca abajo. La camioneta viró, los neumáticos patinaron en el suelo y el motor se detuvo. Sam oyó unas risas que aumentaron de tono cuando bajó la ventanilla.

—¿Sam? ¿Qué haces? —Dennis se asomó por la ventanilla.

—¡No habéis parado! —Estaba sentada con las piernas estiradas.

—¿Qué haces aquí fuera? —El tono era más serio, rozaba la preocupación, pero no era exactamente eso.

—En la casa… Howard estaba en la casa. Estaba limpiando y…

El motor arrancó de repente, el coche avanzó y Sam se puso en pie como pudo.

—¡Espera! ¡No me dejes aquí!

Se fueron rápido, las luces desaparecieron a lo lejos. Sam se quedó quieta, horrorizada. Podría ser otra broma, pensó, pero a cada segundo que pasaba le parecía menos probable. Sintió tanto odio que hasta le dolió. A Lindsay le había parecido divertido fingir que la atropellaba. Lindsay, que se iba corriendo y la dejaba ahí a oscuras. Se preguntó si Dennis se había reído y le había dicho que era «lo peor».

La muleta le estaba haciendo daño en el brazo; con cada salto, le pinchaba y le amorataba la piel. Además, empezaba a dolerle la cabeza. Justo cuando se había resignado a recorrer a pie todo el camino de vuelta a casa, volvió a oír la camioneta, que se acercaba despacio. Los faros parpadearon

271

para indicarle que también la habían visto. El asiento del copiloto estaba vacío.

—Me ha dicho que venga a buscarte —dijo Lindsay.

—¿Dónde está? —Sam subió a la furgoneta.

—No lo sé. ¡Date prisa! Joder.

—¿Howard aún estaba ahí? Le he pegado.

—Obviamente, no lo bastante fuerte. Se ha ido.

—Bueno, ¿dónde está? No me estaba siguiendo por la carretera.

—Ni idea.

Lindsay hizo un giro de sentido y volvió a la carretera.

—Salió de la nada. No había rastro de ningún coche.

—Conoce este sitio igual de bien que Dennis. Tal vez mejor, ahora mismo. Hay un atajo desde el parque de caravanas, si no te importa ensuciarte.

—¿A través del bosque?

—Hay un atajo que evita que tengas que caminar por la carretera. Tardas la mitad, más o menos.

—Creo que nos ha estado observando —dijo Sam. Era la primera vez que lo admitía—. Oíamos ruidos. Incluso una vez vi a alguien que miraba por la ventana del lavabo.

—Sí, Howard da miedo.

—¿Es... un violador o algo así?

Lindsay se echó a reír.

—¿Pensabas que iba a violarte? Dios mío. A Dennis le encantará.

Sam contuvo la respiración. Se imaginó agarrando a Lindsay del pelo y arrancándoselo a puñados.

—¿Qué iba a hacer entonces? —preguntó Sam.

Lindsay suspiró.

—No le importas una mierda. Eso sí que te lo puedo decir. Siempre ha estado completamente obsesionado con Dennis. Como una especie de cachorro. Es enfermizo, de verdad.

—¿Obsesionado?

—Probablemente intentaba quedarse con algunas cosas suyas. Es algo que solía hacer en el colegio. Se llevaba cosas, sobre todo de Dennis.

—¿Qué tiene Dennis que pueda querer Howard? —preguntó Sam.

Lindsay se quedó pensativa.

—Era genial tener a Howard cerca porque hacía lo que quisieras. Su padre le daba mucho dinero, así que siempre compraba cerveza o gasolina… Lo que necesitáramos. Sin embargo, en cuanto Dennis empezó a tener una vida fuera de Howard, fue como si Howie no pudiera soportarlo. Lo quería solo para él. Tal vez nada haya cambiado.

35

Sam se sentía incómoda de nuevo en la casa. Pese a que tenía el mismo aspecto, con las luces encendidas y el televisor parpadeando en silencio, parecía un sitio distinto. Tenía la sensación de que lo habían movido todo de sitio un centímetro. Algo así. Caminó por el pasillo y miró en el antiguo cuarto de Dennis.

—Howard se ha llevado su caja de recuerdos —dijo Sam, al ver que faltaba entre las cosas que había esparcidas en el suelo.

—¿Su qué? —dijo Lindsay por detrás.

—La lata, la que cuidabas tú.

—Será mejor que Dennis lo atrape o se cabreará.

—Pero ¿por qué es tan importante? No hay nada especial ahí dentro —dijo Sam.

—¿Has mirado? —Lindsay tenía los ojos abiertos de par en par de la impresión.

—Dennis me lo enseñó —dijo Sam—. Son fotografías antiguas. Hay unas escrituras del terreno, pero no vale nada. —Sam se detuvo y observó a Lindsay, que tenía la mirada perdida y la cara tensa de la rabia—. ¿Nunca miraste?

—Nunca. Me pidió que se lo guardara. Me pidió que jamás la abriera y no lo hice.

—¿Nunca sentiste curiosidad?

Lindsay se encogió de hombros.

—Estaba cerrada.

Sam lo estuvo pensando. En las mismas circunstancias, ella no habría cumplido aquella promesa. Una vez condenado, ¿qué le impidió a Lindsay abrirla? La cerradura era endeble; Dennis la había abierto fácilmente con un destornillador. Pero ¿por qué tanto secretismo por algo tan inofensivo?

—Se lo prometí —repitió Lindsay, antes de ir a la cocina.

Estaba alterada, celosa de que Dennis le hubiera dejado ver a ella lo que había dentro. Cuando empezó a guardar de nuevo las cosas en los estantes, sonreía. Qué servil era Lindsay.

Dennis volvió. La puerta trasera dio un golpe contra la pared de la fuerza con la que abrió. Llevaba la caja consigo. Sam sintió un gran alivio hasta que vio lo alterado que estaba, con la piel pálida y los ojos rojos. Lanzó la caja al sofá. Lindsay se la quedó mirando antes de apartar la mirada.

—¿Qué ha pasado? —preguntó Lindsay.

—Nada —respondió Dennis.

Sam vio que tenía unas manchas de hierba en los vaqueros.

—Lo siento —dijo.

Dennis se desplomó en el sofá. Estaba temblando ligeramente.

—Las manos —dijo Sam, que le miró los nudillos: tenía la piel levantada y sombras de rojo y púrpura.

—No es nada —dijo él, ausente—. Son marcas de los dientes de Howard…

—Hay que limpiar eso —dijo Sam.

Dennis asintió despacio y se levantó.

En el lavabo, Sam dejó correr agua fría encima de las manos de su marido: la sangre le llegaba a las muñecas.

—Ven aquí —dijo él.

De repente, la atrajo hacia sí. Sam notó el sudor de Dennis en su piel.

—Me asustó —dijo, a modo de disculpa.

—Lo sé. —Dennis la besó en el pelo.

—¿Crees que era Howard quien miraba por la ventana? ¿El que merodeaba por aquí? —preguntó Sam.

—Estoy seguro —contestó, y la abrazó más fuerte. La besó de nuevo—. Ya pasó.

A la mañana siguiente, en vez de salir a correr, Dennis se quedó en casa. Le preparó una tostada a Sam y la untó con mantequilla de cacahuetes y arándanos. Le dejó la vicodina a un lado. Curaron las heridas de Dennis con un antiséptico.

—Creo que las bocas humanas son aún más sucias que las de un perro… o algo así —dijo ella, mientras le vendaba los nudillos, procurando que quedara lo bastante suelto para que pudiera doblar los dedos—. Hay que ir con cuidado para que no se infecte.

A Dennis le salieron morados en los brazos, como si Howard le hubiera agarrado con fuerza y lo hubiera sujetado. Sam pensó en la suerte que había tenido. La verdad, le daba miedo que volviera.

—Yo estaré aquí —la consoló Dennis.

Aun así, ella estaba tensa. Cualquier ruido le hacía dar un respingo. Además, tenía la sensación de que alguien estaba espiando todo lo que hacía.

A media mañana, un coche derrapó en la entrada. El agente Harries (que era el padre de Howard) bajó de él. Dejó la puerta abierta y el motor en marcha. Esta vez iba solo. Así pues, no hacía falta que fingiera que se sabía comportar.

—¡Danson! —chilló, aunque Dennis ya lo esperaba en

276

la puerta—. Como vuelvas a ponerle la mano encima a mi chico…, ¡será lo último que hagas, joder! ¿Me oyes?

Sam observaba desde la ventana del salón.

—Si tu hijo vuelve a ponerle la mano encima a mi mujer, recibirá más que una paliza. ¿Me oyes? —respondió Dennis imitando su tono.

El agente Harries avanzó hacia la casa. Sam vio su sudor y las venas rotas que teñían la nariz y las mejillas de rojo.

—No ha hecho nada de eso. Te aseguro que no volverá por aquí. Pero no ha tocado a nadie.

—¿Samantha? —preguntó Dennis.

—Es verdad —dijo Sam, que abrió un poco la ventana—. Ayer se coló en la casa y me agarró por detrás. Le pegué para que se fuera.

Esperó una respuesta, pero no llegó. Harries la miró con el gesto torcido.

—¿Ves? —dijo Dennis—. Le dije que por aquí había que protegerse.

—Mentirosos. Os merecéis el uno al otro. —Harries escupió sobre la hierba—. Putos mentirosos.

Cerró la puerta de un golpe, el motor del coche rugió y se fue.

Dennis entró en el salón, la abrazó y le dijo que lo había hecho muy bien.

—Pensaba que iba a detenerte… —dijo ella mientras Dennis le acariciaba la espalda.

—No lo hará, no te preocupes.

Mientras la besaba, Dennis subía y bajaba la mano por la espalda, por encima de la camiseta. Los dedos llegaron a la tira del sujetador. Cuando la soltó, ella volvía a estar excitada.

—Espera aquí —dijo él—, tengo que ir a comprobar una cosa un segundo.

Ella se tumbó en el colchón inflable y se rozó el estómago con las puntas de los dedos, pensando en él. Estuvo fuera un rato, pero ella podía oírlo: el chirrido oxidado de la escotilla del refugio y el sonido de patadas contra los escombros. Cuando Dennis volvió, ella cerró los ojos y fingió estar durmiendo. Oyó cómo se desabrochaba el cinturón, cómo se quitaba los zapatos de una patada, cómo los vaqueros caían al suelo. Percibió el ruido al dejar las gafas en la mesa. Se tumbó al lado de Sam y se acercó a ella.

—Sé que estás despierta —susurró.

Sam sonrió.

—Lo veo.

Ella dejó que se acurrucara contra su cuerpo, aún con los ojos cerrados. Se permitió sentir el deseo hasta que se quedó dormida.

Estaba soñando que la embestía. Pero luego ya no estaba soñando, ¿no? Dennis la estaba penetrando. Ella estiró el brazo para acercarlo más. Más profundo. Él le dio la vuelta y la puso boca abajo, con los brazos atrapados bajo su cuerpo, la cara contra la almohada y el peso de Dennis encima. ¿Aquello era un sueño? Las extremidades le pesaban de la vicodina. Sam gimió.

—Ssshhhh.

Los labios de Dennis le rozaron el oído. Apoyó la cabeza en la de Sam y volvió a presionarla contra la almohada. Ella quiso decirle que fuera más despacio e intentó darse la vuelta. Pero él le puso la mano en la espalda y susurró.

—Estate quieta.

A Sam le dolía el cuerpo. Dennis la penetró con más fuerza. Y ella sintió una extraña mezcla de placer y dolor. Luego el cuerpo de Dennis se tensó y se le paró la respiración. Sam notó cómo se retorcía dentro de su cuerpo. Paró. Se quedó un rato tumbado encima de Sam, respirando, con los dedos enredados en su pelo. Cuando se apartó, ella se puso de costado. Dennis la abrazó y ella volvió a dormirse.

Le dolía, pero no podía disimular esa sonrisa del rostro, aunque no estaba segura de si había sido real.

Los despertó el calor vespertino. El sol les daba directamente mientras estaban tumbados. Se separaron, confundidos por el sueño.

—Yo nunca duermo la siesta —dijo Dennis, que se puso las gafas y se apartó del sol de mediodía como un vampiro—. Tengo que hacer unas llamadas.

Sam sentía la parte interior de los muslos caliente y pegajosa. Volvió a ponerse ropa interior y se quedó acurrucada en las sábanas. Se tocó: aún le dolía. Pero por fin había pasado: eso era lo único que quería.

Lindsay llegó a última hora de la tarde, cuando Dennis estaba vaciando una caja de revistas en un cubo metálico de basura, dispuesto a quemarlas. Sam estaba sentada en el banco del porche, mirando ociosamente el teléfono.

—No has contestado a mi mensaje —dijo Lindsay, mientras se protegía los ojos con la mano.

—Estaba dormido —respondió Dennis, mientras apretaba la basura para dejar espacio para más.

—¿A las once?

—Nos hemos quedado dormidos —repitió.

—¿Quieres que te lleve a Wholefoods? Podríamos hacer algo.

—En realidad, no, Linds. Estamos ocupados. —Señaló con un gesto a Sam.

«Estamos», pensó Sam. Qué bien que Lindsay no formara parte de eso.

—Bueno, de todos modos, yo voy hacia allí. Así pues, si necesitas algo…

Dennis se limpió la frente.

—Estamos bien, de verdad.

—Vale. —Las llaves de Lindsay tintinearon en la mano—. Nos vemos mañana. Llama si necesitas cualquier cosa.

—Claro —dijo él.

Vieron cómo se alejaba la furgoneta.

—Se vuelve muy dependiente y rara.

—Sí, ha sido raro —admitió Sam.

—Es como si no tuviera nada mejor que hacer.

—¿No tiene hijos? ¿Qué les ha pasado?

Aquel comentario hizo reír a Dennis: qué sensación tan maravillosa.

—En realidad, me da pena —añadió Sam.

—A mí no —dijo Dennis, y los dos se rieron de nuevo.

Mientras se cepillaba los dientes, Sam pensó que había sido un día perfecto. En la papelera vio los algodones ensangrentados que había usado para limpiarle los nudillos. Cogió uno y se lo puso en la palma de la mano. La sangre se estaba volviendo marrón. La recordaba de color rojo intenso. Sujetó la bola de algodón en el puño y decidió quedársela. Inauguraría su propia caja, para recordar días como aquel.

$\mathcal{D}$urante unos días, Sam se sintió como si fueran los únicos habitantes del planeta. Se sentaban en silencio en el porche, ella le ponía las piernas en el regazo y contemplaban cómo la luz se extinguía delante de ellos y el cielo apagaba su color azul. Dennis trabajaba con una energía renovada. Cuando vaciaba el garaje, la cabeza se le llenó de telarañas que le encanecieron el pelo; Sam se imaginó envejeciendo juntos. ¿Dónde estarían cuando fueran ancianos?, se preguntó. Dennis le dijo que irían a Los Ángeles a finales de mes. Como, desde la noche de Howard, estaba tan ansioso por irse como ella, Sam le creyó.

Poco a poco, fueron vaciando la casa, que se quedó desnuda.

—¿La vas a vender? —preguntó Sam cuando sacaba a rastras un cortacésped oxidado.

—Creo que deberíamos tirarla abajo y ya está —dijo—. Se podría plantar sobre los cimientos. Antes de que se convierta en una atracción para morbosos. Será como si nunca hubiese habido nada.

Sam advirtió que algo lo había cambiado. Ocurrió la noche en que Howard entró en la casa. Fuera lo que fuera lo que lo retenía en aquel lugar, finalmente había decidido dejarlo.

Dennis llevó un mazo al garaje, el techo de hojalata resbaló hacia su garganta como si fuera una guillotina. Dio un salto atrás, sonriente y como si nada. Por poco. Unos camiones se llevaron los contenedores. Dennis dio generosas propinas a los conductores (billetes de cien dólares doblados). Aquellos hombres sonrieron a Sam y la llamaron «señorita». Le hizo pensar en su vida en Inglaterra, en todos esos adolescentes que levantaban las manos y le pedían ayuda. No lo echaba de menos. En absoluto.

Por la tarde, cuando hacía calor, Dennis trabajaba dentro de casa, enviaba correos electrónicos a su editor y concretaba los últimos detalles de la publicación de su autobiografía. Debido a su reacción violenta, ya no iba a hacer una gira. Por lo visto, iban a promocionar su libro sin él. Un artículo negativo en *Buzzfeed* sobre la nueva serie documental, «Veintitrés cosas que no incluye *El chico de Red River*», casi se convirtió en viral. En letra pequeña, al final, afirmaban que habían intentado ponerse en contacto con Carrie, pero no habían obtenido respuesta.

—Sí contesté —dijo ella—. Les dije que se fueran a la mierda.

Al final, Dennis se dio cuenta de que cuando hablaba con Nick, su representante, era más por que lo llamaba él que no al revés. Se dejó entrevistar en *Reddit*, concedió una entrevista telefónica con una emisora de éxito y le pagaron diez mil dólares por hacerse una fotografía en Instagram con una camiseta de un centro de ocio deportivo con la frase «MANOS A LA OBRA». Solo consiguió tres mil «me gusta».

Frustrado por la falta de oportunidades, accedió a grabar un piloto de un programa de telerrealidad centrado en la mudanza de Sam y él a Los Ángeles, y en cómo se adaptaba a una vida de famoso. Estaría editado, pero inspirado fielmente en la vida real. Sam recordó los comentarios que hicieron sobre ella cuando Dennis salió en libertad.

—No sé si quiero hacerlo —le dijo.

—No acabé el instituto —respondió Dennis—. Ni siquiera puedo trabajar en el McDonald's sin que la gente me mire como si fuera un bicho raro. Si salgo por televisión, al menos no tendré que ver cómo me miran. ¿A menos que quieras volver a dar clases? —añadió.

—Dios, no —respondió Sam, que recordó cómo era levantarse todos los días para hacer algo que odiaba.

Además, ¿no era eso lo que todo el mundo quería? ¿Fama, dinero, una vida más fácil? Al final, Sam accedió y Dennis le dio su aprobación a Nick. Viajarían a Los Ángeles durante las semanas siguientes.

Una tarde, cuando estaban sentados en el salón, mientras Dennis contestaba mensajes de correo electrónico y organizaba la mudanza, sonó un teléfono. Se miraron. Era el teléfono de la casa, colgado en la pared del salón; un viejo teléfono con cordón, antes blanco pero ahora amarillento, con las asquerosas manchas sucias de una mano alrededor del centro. Era un zumbido viejo, trémolo; parecía que había salido de un silencio de años y tuviera la garganta seca. Sam lo cogió y le hizo un gesto a Dennis, que se dio la vuelta con el ceño fruncido. En el tiempo que llevaban allí, no había sonado. De hecho, Sam pensó que no recordaba la última vez que había contestado un teléfono fijo en casa.

—¿Diga? —respondió Sam, sonriendo a Dennis, saboreando la rareza del momento. Nadie dijo nada—. ¿Diga? —repitió. Oyó una respiración al otro lado de la línea, irregular. Se le borró la sonrisa del rostro. Le pareció oír un sollozo—. ¿Quién es?

—¿Qué pasa? —le preguntó Dennis, que se acercó.

Ella le indicó con un gesto que bajara la voz, para poder oír.

—Si es algo raro cuelga y ya está. Pensaba que la casa no aparecía en…

—¡Shhhhhh! —masculló.

La persona que estaba al teléfono se había aclarado la garganta.

—Dile —dijo la voz, que se interrumpió: le costaba pronunciar las palabras. Se aclaró la voz de nuevo—. Dile que, si mi hijo no da señales de vida pronto, iré a por él.

—¿Quién es? —preguntó Sam justo cuando Dennis le quitó el teléfono de la mano.

—Oye —empezó Dennis, antes de quedarse callado.

Al cabo de un rato, se retiró el teléfono de la oreja y lo dejó colgando a un lado.

—¿Te han amenazado? —preguntó Sam.

—Sí —dijo él—. Era Harries. Howard ha desaparecido. Anoche no volvió a casa.

—Ah —dijo Sam, sin saber qué decir—. Bueno, has estado conmigo todo este tiempo. Puedo decírselo.

284

Dennis se enrolló el cable en la mano y lo arrancó del teléfono; luego tiró el auricular a la bolsa de basura que tenía al lado.

—Lo sé. Gracias.

Parecía abatido. Sam sintió que aquel silencio le obligaba a decir algo.

—¿Crees que... a lo mejor se suicidó?

—¿Qué? —Dennis avanzó hacia ella—. ¿Por qué lo dices?

—Bueno, ya sabes. Es un hombre de cuarenta años que vive solo en un parque de caravanas. Debe de ser bastante deprimente.

Dennis cogió la bolsa de basura y se fue sin decir nada. Sam miró por la ventana cómo metía la bolsa en el cubo de la basura, mientras la lluvia oscurecía su camisa. Dennis se quedó quieto un momento, con la cabeza gacha, como si rezara. Se dio la vuelta con brusquedad y regresó a la casa. Sam se escondió, esperaba que no la hubiera visto observándolo.

Tras el incidente del teléfono, Dennis estaba de mal humor y distante, miraba el móvil y leía los mensajes de Twitter de gente que lo irritaba.

—Mira este: «Pensaba que Dennis era inocente, pero ahora siento que sin duda tiene vibraciones raras...». O sea, lo dice todo, ¿no?

—¿Qué?

—«Pensaba...» «Ahora siento...»

—No te sigo —dijo Sam, y dejó su teléfono.

—¿Cuándo la gente empezó a dar más importancia a sus sentimientos que a su razón? Es como: «Sí, antes tenía una visión objetiva de las cosas y tomaba decisiones informadas, pero ahora sigo lo que siento». Es absurdo.

—Es verdad —admitió Sam—. ¿Por qué no borras tu cuenta y ya está, Den? Solo te hace sentir mal.

—Y luego está este... —continuó.

285

Lindsay pasó por la casa aquella tarde. Dennis habló con ella en el pasillo, demasiado bajo para que Sam distinguiera las palabras. Imaginó que le estaba contando lo de la llamada y que Howard estaba desaparecido. Cuando volvieron al salón, Lindsay estaba callada y pálida. Se sentó en el sofá, con los pies sucios debajo del cuerpo; se mordía las uñas sin parar, con la mirada perdida en la televisión.

Dennis parecía igual de distraído. Ninguno se quejó cuando Sam cambió de canal, aunque solían protestar con vehemencia con todo lo que ella quería ver. Dennis les dijo que iba a mirar algo detrás de la casa; Lindsay ni se dio cuenta de que se iba. Estuvieron sentadas en silencio. Cuando Dennis volvió, Sam no pudo aguantar más.

—Es tan triste lo de Howard, ¿no? —dijo, mirándolos, con la esperanza de que la dejaran ver qué pensaban.

—¿Y a ti qué te importa? —replicó Lindsay.

—Bueno, me preocupa.

—Probablemente esté bien —respondió Dennis.

A Sam no le sonó muy convencido.

—Ni siquiera lo conocías —dijo Lindsay, y se sentó más erguida—. De hecho, ¿no le pegaste en el estómago? ¿No le acusaste de…? Espera, Dennis, tú no lo sabes, ¿no? —Se volvió hacia Sam—. Cuéntaselo a Dennis —dijo—. Dile lo que pensabas que iba a hacerte Howard.

—Calla —dijo Sam.

—Sam pensaba que Howard iba a violarla. ¿Te imaginas?

Sam esperaba que Dennis se echara a reír, pero no lo hizo. Vio que se le oscurecía la mirada y la sonrisa se desvaneció del rostro de Lindsay.

—¿Por qué te parece divertido? —preguntó.

—Ya sabes —dijo Lindsay—. Porque Howard es totalmente marica, ¿no?

Sam esperó a que Dennis dijera algo. Miró con dureza a Lindsay.

—Vamos, Dennis. Estaba, ya sabes…, está obsesionado contigo —añadió, nerviosa.

—¿Y tú no? —le soltó Dennis.

Sam vio que a Lindsay se le sonrojaban las mejillas.

—Que te den —le dijo—. Búscate otra zorra que te lleve a Walmart. Yo me largo.

Al salir, dio un portazo.

En vez de satisfacción, Sam tuvo una falsa sensación de culpa.

—Has sido un poco bestia, Dennis —dijo.

—Déjame en paz, joder —respondió él, y salió a toda prisa de la casa. Los gatos estaban maullando, revoloteaban alrededor de sus piernas mientras caminaba hacia la cocina—. Eh —les dijo—. Salid de en medio, joder.

Entonces Atún se le metió entre los pies y se tropezó.

286

El gato soltó un aullido bajo el pie y Dennis chocó con el marco de la puerta

—¡Mierda! —gritó—. ¡Joder!

Le dio una patada a Atún y la gata patinó por el suelo.

—¡Dennis! —gritó Sam—. ¡No hagas eso! —Salió corriendo a buscar a la gata, pero Atún se refugió contra la pared—. ¡Sal de aquí! —le dijo a Dennis, pero él ya se estaba yendo dando un portazo.

Sam intentó de nuevo acercarse a Atún, extendiendo una mano, pero la gata estaba asustada y solo quería que la dejaran en paz. Así que volvió al dormitorio, que aún olía a pis, a antiséptico, a tabaco, incluso con la ventana abierta todo el tiempo. Esta vez sabía lo que había visto. Aquella crueldad la había impresionado. Pero, bien pensado, ¿debía sorprenderla?

Lindsay volvió al día siguiente por la tarde, como nerviosa…, pero tranquila al mismo tiempo. En todo caso, sin su habitual bravuconería.

—Entonces ¿aún necesitas que te lleve o…? —dijo mientras Dennis guardaba un silencio sepulcral.

—Claro —le respondió.

Sam intuyó que ya habían tenido antes esa discusión. Fuera lo que fuera lo que había entre Lindsay, Dennis y Howard, entre ellos no hacían falta las disculpas: era más profundo que eso.

Cuando se fueron, Sam esperó cinco minutos y buscó en la cocina la llave del refugio. Al principio, le pareció una locura, pero había algo en la desaparición de Howard que la inquietaba. Además, aquella crueldad con Atún de la noche anterior había parecido muy natural. ¿De qué más sería capaz?

Además, últimamente Dennis pasaba mucho tiempo en el refugio, y siempre cerraba la escotilla. Sam recordó cómo se sintió cuando estaba ahí abajo, tan escondida, tan sola. Tenía que asegurarse, aunque solo fuera una vez, de que Howard no estaba ahí abajo. Por muy absurda que fuera la idea, necesitaba comprobarlo. Así se demostraría que Dennis no tenía nada que esconder.

Antes de abrir la escotilla, Sam llamó a la puerta. Se sentía ridícula, pero gritó:

—¿Hola? ¿Hay alguien ahí abajo?

No hubo respuesta. Sam cogió una linterna y bajó la escalera, sentada, resbalando en cada peldaño para acabar en el siguiente de un salto. Alumbró con la linterna todos los rincones de aquel espacio, y respiró aliviada. Evidentemente que no iba a encontrar a Howard. Era absurdo, incluso con el arrebato de Dennis de la víspera.

Aun así, se preguntó por qué Dennis pasaba tanto tiempo ahí abajo. Básicamente, aquel lugar estaba vacío. Había quitado los catres: los había tirado a los contenedores. Lo único que quedaba era la caja de recuerdos. ¿Por qué la había guardado allí? ¿La estaba escondiendo de ella? Pero ya la había visto, se la había enseñado él mismo. La volvió a abrir por curiosidad. Esparció las fotografías por el suelo. Buscó un significado en ellas. ¿Por qué eran tan valiosas para Dennis? Las miró, pero no encontró nada.

Derrotada, tomó la caja y se puso a recoger los objetos. Al levantarla, oyó un ruido, sintió que algo se movía dentro de la caja. Fue inquietante. Volvió a escuchar ese sonido. Puso la caja boca abajo, la sacudió y le dio golpecitos por todos lados. Al final la lanzó contra el hormigón. El fondo se soltó y se esparcieron más fotografías instantáneas por el suelo, boca abajo.

Temblorosa, Sam se agachó y tocó los dorsos de las fotografías. Se dijo que, hubiera lo que hubiera en esas fotografías, no quería verlo.

Cogió con cuidado la esquina de una de las imágenes y

le dio la vuelta. La chica de la imagen era joven: dieciséis años como máximo. Estaba desnuda de cintura para arriba y tumbada de lado, con los ojos cerrados, como si estuviera dormida. Había más, en posturas parecidas, en varios estados de desnudez. Eran curiosamente poco sensuales, pensó Sam. Aunque, con un nudo en la garganta, se dijo a sí misma que aquellas eran fotografías que Dennis se había hecho con sus exnovias. Pero ¿no era raro que siguiera mirándolas pasado tanto tiempo? Mientras les echaba un vistazo, Sam se planteó si era ético.

Una imagen la hizo parar. La chica de la fotografía estaba desnuda, con los brazos estirados y las palmas hacia arriba, con los pies cruzados en los tobillos y el pelo estirado alrededor de la cabeza como si fuera una crin. Sam no reconoció enseguida qué era lo que la inquietaba… Sin embargo, cuando volvió a mirar, vio que aquella chica no tenía pezones: solo un tejido grumoso y grasa.

289

Le dio la vuelta al montón de fotografías y las extendió rápidamente. Buscó algo lógico en esas imágenes, pero solo consiguió confundirse más. La chica volvía a aparecer, pero ahora no tenía labios y estaba sonriendo. Luego otra vez, pero… sin… cuerpo: la espina dorsal le sobresalía del cuello y tenía las puntas de su pelo castaño claro teñidas de rojo. Luego vio a una chica distinta, rubia, con la cara hinchada y los brazos y las piernas atados detrás, lo que hacía que la pelvis subiera hacia arriba de manera obscena. La siguiente chica tenía un cable de plástico enrollado en el cuello. Tenía el pelo corto y oscuro, la piel de color púrpura; parecía que el cable la iba a atravesar. Sam se dio cuenta de que estaba conteniendo la respiración y de que tenía los dedos puestos en la garganta de la chica en la fotografía, como si pudiera desatarle los cables y dejarla respirar de nuevo.

Alzó la vista. Le sobrevinieron unas arcadas. Necesitaba aire fresco.

¿Por qué Dennis tenía estas fotografías? ¿Por qué parecían tan reales? No podían ser auténticas, ¿no?

Sam se movía antes de ser consciente de lo que hacía. Volvió a fijar el fondo de la caja en su sitio, recogió todos los objetos y los metió dentro; luego se puso las instantáneas en la cintura de los pantalones. Las notó frías contra la piel, como si supuraran algo tóxico y la contaminaran. Recordó un rincón del patio del colegio, donde encontró una revista de colores chillones y una mujer con las piernas bien abiertas. Un chico se la tiró encima y ella se puso a llorar, como si tocarla le hiciera formar parte de ello de algún modo: se sintió culpable y avergonzada.

Se aseguró de que todo quedara como si nunca hubiera estado ahí, subió a rastras la escalera del refugio, cerró la puerta y la tapó. En la cocina, colgó las llaves del gancho. Miró alrededor en busca de un sitio donde dejar las fotografías. ¡Ojalá las hubiera dejado abajo! Necesitaba esconderlas, rápido, mientras decidía qué hacer a continuación… Sin embargo, no había ningún sitio donde ponerlas. Todo en la casa estaba limpio. Solo quedaba su maleta. Estaba segura de que ese sería el primer lugar donde miraría si se daba cuenta de que no estaban.

Sam paró e intentó calmarse. Tendría que llamar a la policía. No había otra opción. Cogió el teléfono y pulsó mal dos veces la contraseña. Le temblaban las manos. Sin embargo, llegado el momento no fue capaz de marcar el número. Se quedó mirando las fotografías que le había hecho a Dennis, o que se habían hecho juntos. No tenía sentido. Miró a Carrie. Le dolía en el pecho pensar en ella. Tantos años dedicados a demostrar que Dennis era inocente, luchando por él. Cómo le sentaría si al final Dennis había…

Entonces los oyó: el sonido inconfundible de un motor que se acercaba en el silencio. Le entró el pánico, abrió la cremallera de la funda del sofá y metió las fotos dentro.

Encendió el televisor y se tumbó. Se secó el sudor de la frente y procuró calmarse y procesar lo que estaba haciendo… y si quería hacerlo.

—¡No tenían aguacates! —gritó Dennis desde la puerta—. ¿No te parece increíble?

—Habéis sido rápidos —dijo Sam, en un intento de parecer contenta.

—Bueno, no tenían nada. Tendremos que volver mañana, se les había acabado todo, joder.

A Sam se le revolvió el estómago. Si mañana volvían, podría devolver las fotografías, llamar a un taxi y largarse de allí.

—¿A qué hora iréis? —preguntó.

—¿Por qué?

—No sé, a lo mejor voy con vosotros —dijo.

—No muy tarde —dijo Dennis—. Necesitamos productos frescos, probablemente es mejor ir por la mañana.

Necesitaba una hora concreta. Si reservaba un taxi, no podía arriesgarse a encontrárselos allí.

—Entonces…, ¿a las diez? ¿Antes?

Dennis la estudió un momento, las gafas le protegían los ojos.

—¿Estás bien?

Sam asintió.

—Sí.

—Estás rara —dijo Dennis.

Ella no le hizo caso, pese a saber que tenía que decir algo. La parte de Sam que quería sobrevivir le indicó qué hacer: la instó a comerse aquel marrón, solo hasta el día siguiente. Luego saldría corriendo como alma que lleva el diablo. Aun así, la tristeza y la decepción que sentía eran tan profundas que quería morirse. Cuando pensaba en lo traicionada que se sentía, le daban ganas de contárselo todo. Quería decirle que le odiaba, que quería que la pegara contra el suelo y

291

le apretara el cuello hasta matarla. Sin embargo, le daba asco pensar en esas manos sobre su cuerpo. Durante todo ese tiempo, había deseado un abrazo, un beso, una caricia suya. ¿Se había metido en la boca del lobo, de un monstruo? ¿Cómo no se había dado cuenta?

—Iba a llamar a Carrie —dijo Sam, con el teléfono en la mano.

—Salúdala de mi parte —respondió Dennis.

Sam hizo una pausa para ver si Dennis se iba y le daba intimidad, pero se sentó a su lado en el sofá y se puso a mirar su teléfono. Fuera, Sam veía a Lindsay. Estaba de pie en el porche, con la punta del cigarrillo brillando en la oscuridad.

¿Por qué no había llamado a la policía cuando tuvo oportunidad? De pronto, todo se volvió muy real. Ya no era un caso que seguía desde la pantalla del ordenador. Ya no eran cartas de amor que llegaban en papel amarillo oficial. Se suponía que no debía saber nada de lo que había detrás de esas fotografías.

Decidiera lo que decidiera, quería hacer partícipe a Carrie. Se lo debía.

—En realidad —dijo Sam—, es tarde. Creo que voy a enviarle un mensaje de texto y decirle que hablamos mañana.

—Claro —murmuró Dennis.

Estaba distraído, escribiendo un correo electrónico a su manera, lenta y decidida.

Sam escribió: «Hola Carrie. Tenemos que hablar. ¿Puedes mañana? Llamaré a las 10».

Casi al instante, Carrie contestó: «¡Claro! ¿¿Todo bien?? Lo de "tenemos que hablar" NUNCA es bueno... x».

Sam intentó encontrar el equilibrio. No quería preocupar a Carrie, pero necesitaba que estuviera esperando su llamada. Ahora se daba cuenta de hasta qué punto se había aislado al mudarse a Florida. Si le ocurría algo esa noche, ¿cuánto tiempo pasaría hasta que alguien se diera cuenta de que no estaba? Solo le quedaba Carrie: «Necesito hablar con alguien. Te lo explico mañana. Dennis estará fuera y podremos hablar. Hablamos xx».

Envió el mensaje y se reclinó en el sofá. Notó el peso de Dennis al lado e intentó no llamar su atención. Le daba miedo que se volviera, como un gato aburrido de tanta caricia, y la atacara.

Lindsay se sentó con ellos un rato. El televisor estaba encendido, pero todos miraban sus móviles. Sam notaba las fotografías debajo de ella. Veía a las chicas, las marcas en los cuerpos. Eran marcas de mordiscos. Eso era. En los muslos, en los pechos... Pequeñas muescas púrpuras y piel rasgada. Sam se mordió la mano y miró el patrón que dejaban sus dientes. Estaba muy lejos de romper la piel.

¿Las había retenido? ¿Las había besado de arriba abajo hasta que les dolió? ¿Les mordió la piel para que gimieran, y luego las mordió más fuerte hasta que gritaron? ¿Les rompió el cuello al estrangularlas? ¿Cerraron los ojos? ¿Le querían como le quería ella?

Por otro lado, ¿hasta qué punto Lindsay lo sabía? ¿Cuánto había sabido siempre? Sin embargo, cuando se levantó, se estiró y dijo que se iba a casa, Sam casi no quiso que se fuera. Se sentía más segura con ella ahí. Lindsay había sobrevivido, a diferencia de las demás chicas.

A medianoche, Sam apagó el televisor y dijo que se iba a dormir. Dennis se tumbó con ella y se arrimó a su espalda. Ella intentó controlar el impulso de apartarlo. Inmóvil, fingió que se dormía. Al cabo de un rato, Dennis susurró:

—¿Estás despierta?

Sam se quedó quieta, respirando con suavidad, con los ojos cerrados. Estuvo toda la noche rígida por el miedo, esperando que Dennis se moviera.

293

Cuando salió el sol, Dennis seguía a su lado, soltaba leves suspiros de vez en cuando al sacar el aire. A Sam le dolía el cuerpo de estar toda la noche con los músculos tensos y los dientes apretados. Se incorporó y lo estuvo observando un rato. Le temblaban los párpados cuando dormía. Al respirar, soltaba un pequeño silbido por una fosa nasal. Parecía casi humano.

—No has dormido —dijo él, aún con los ojos cerrados.

—Un poco sí —dijo ella. Le hervía el cuerpo del miedo, se sentía tonta, atrapada.

—No has dormido —repitió él, y abrió los ojos—. Lo sé.

37

Sam se había pasado la noche en vela planificando sus movimientos para la mañana siguiente. Había sido una estupidez coger las instantáneas: eso estaba claro. Era arriesgado, y ella necesitaba jugar sobre seguro. En cuanto Dennis saliera a correr por la mañana, bajaría al refugio y las devolvería. Tenía que devolverlas antes de que él se diera cuenta de que no estaban. Si se lo contaba a Carrie o a la policía y no se lo creían, podría soportarlo..., siempre que pudiera sobrevivir a esto.

Dennis no salió a correr.

—Escucha esto —dijo, dobló la pierna y la estiró. El hueso de una rodilla le crujió al moverla.

—A mí me pasa en todas las articulaciones, no es nada.

Dennis no estaba convencido. Hizo el desayuno y Sam se dio una ducha rápida y volvió corriendo al sofá: como un pájaro que vigila sus huevos. Cada vez que Dennis salía del salón, se preparaba para oír el chirrido de la escotilla del refugio; cada vez que volvía, sentía un enorme alivio. Estaba a salvo, durante unos minutos más, otra media hora. Todo saldría bien.

Lindsay llegó poco antes de las diez. Sam vio cómo intercambiaban algunas palabras en el césped de delante. Al final, Dennis la abrazó con fuerza y Lindsay se quedó un segundo de más cuando la soltó.

—¿Estás lista para irnos? —le preguntó a Sam.

—Creo que me quedaré —respondió, al tiempo que se frotaba el tobillo—. Me duele mucho el pie…

—Pero ayer me incordiaste con que querías venir con nosotros —dijo Dennis.

—Sí, pero hoy me duele mucho, me parece que debería descansar.

Dennis la miró.

—Creo que deberías venir con nosotros —dijo—. Te iría bien salir de esta casa.

—No creo…

—Si tan mal estás, tal vez debería quedarme contigo, por si acaso. Quiero decir, por si volviera Howard —dijo Dennis.

—Estaré bien —respondió ella—. Sinceramente, es que no me apetece.

—Entonces debería quedarme —insistió él, y dio un paso hacia ella.

Sam miró la hora en el teléfono. Podría llamar a Carrie cuando llegaran a la tienda. Una vez fuera, en público, concluiría que no era necesario volver.

—¿Sabes qué? —dijo Sam, que empezó a empujarse para bajar del sofá—. Tienes razón, paso demasiado tiempo aquí. Soy una perezosa. Voy con vosotros.

Dennis estaba confuso, no paraba de girar entre la camioneta ociosa de Lindsay y Sam, que estaba ahí de pie, sonriente.

—Entonces…, ¿vienes?

—Sí —dijo, ansiosa por salir, aún sin saber qué haría luego—. Pero primero tengo que ir a buscar unas cosas.

Dennis suspiró.

—Bueno, date prisa, se nos hace tarde.

Cojeó hasta donde tenía la muleta apoyada en la pared. Al mirar por la ventana, vio a Dennis sentado en el asiento del copiloto, con la puerta abierta, hablando con Lindsay.

Dejó la muleta, se agachó al suelo y volvió a rastras al sofá. Temblaba con fuerza. Estaba actuando por instinto. Sacó las instantáneas del cojín del sofá y se arrastró hasta el bolso. Las metió en el bolsillo con cremallera que había en el fondo, donde se mezclaron con algunas monedas, pañuelos usados y botes de pastillas vacías. Volvió a rastras, cogió la muleta e intentó calmarse mientras salía de la casa.

Dennis bajó de un salto de la camioneta cuando se acercó, la ayudó a subir al asiento y le sujetó el bolso y la muleta mientras ella se movía hacia Lindsay, que tenía la mirada fija al frente y las manos al volante. Sam cogió el bolso y se lo puso entre los pies en el suelo. Hicieron el trayecto en silencio, con la radio apagada y las botellas de cristal tintineando cada vez que encontraban un bache.

A su lado, Dennis parecía sereno, miraba la carretera por la ventana abierta. Sam buscó señales del mal en su rostro, pero solo veía al hombre al que había amado. En cierto modo, aquello lo empeoró. Apretó el bolso contra el pecho y pensó en todas las chicas de las fotografías. Fuera cual fuera la fachada de Dennis, solo aquellas chicas habían sabido lo que había debajo de su superficie.

Cuando llegaron a la calle principal, Dennis le pidió a Lindsay que parara.

—Tengo que ir a buscar una cosa a la ferretería.

Sam miró hacia la comisaría de policía.

—Yo me quedo aquí —dijo Lindsay.

—Yo también —dijo Sam, y se reclinó en el asiento.

—Joder. —Lindsay abrió la puerta de un golpe—. Vale, yo iré con Dennis.

—¿Cuánto tardaréis? —dijo Sam por la ventana.

—No lo sé, ¿diez minutos? ¿Cómo máximo? —De nuevo, Dennis sonaba molesto con ella.

Sam los vio desaparecer en la tienda y llamó a Carrie, pero saltó el contestador. Molesta, lo intentó dos veces más antes de darse por vencida. Eran más de las diez. Carrie debería estar esperando su llamada, ¿por qué no tenía el teléfono encendido? Sam reprimió las ganas de gritar. «Bueno, estoy sola», pensó.

Al final de la calle estaba la comisaría de policía. Intentó imaginarse dentro. Se presentaría y diría: «Soy la mujer de Dennis Danson y he encontrado estas fotografías en su caja de recuerdos, necesito que me ayuden». Intentó imaginar su vida después de aquello: interrogatorios, el juzgado, el flujo de odio que recibiría por su participación en su puesta en libertad.

Luego imaginó otro camino: volver a la casa, ir al refugio, devolver las fotografías. Poner una excusa para irse o escaparse cuando estuviera corriendo, y volver a una vida que no quería. No le parecía una gran opción. La autocompasión la consumía por dentro. Le asqueaba el persistente cosquilleo que sentía al pensar en Dennis.

Habían pasado tres de los diez minutos. Tenía que hacer algo y tenía que hacerlo ya. Era evidente que no podría devolver las fotografías a escondidas. No ahora. Probablemente, Dennis estaría en casa todo el día, trabajando en lo que estuviera planeando dentro de la ferretería. Si escogía no moverse, él descubriría que se las había llevado y actuaría en consecuencia. Había pasado toda la noche imaginando las cosas tan horribles que podían pasarle.

Bajó de la furgoneta. Tenía la comisaría delante. Cuando empezó a dirigirse hacia ella, perdió los nervios. ¿Qué mierda iba a decir? ¿Cómo podía estar ocurriendo? El mundo se inclinaba y daba vueltas a su alrededor. Hacía tanto calor… Entró en la siguiente tienda, sonó una campanilla encima de la puerta y la abrió. Intentó ordenar las ideas en un ambiente más fresco. Una mujer de pelo cano y sonrisa amable le dio los buenos días. Sam asintió e intentó devolverle la sonrisa, mientras el aire fresco le aclaraba las ideas.

—Disculpe —dijo un hombre que la rozó al pasar.

Sam se sobresaltó. Se volvió y se puso de cara a un estante. Cerró los ojos, procuro calmarse y contar las respiraciones. «Saldrás de esta —se dijo—. Tú respira.»

—¿En qué puedo ayudarla? —dijo la mujer del mostrador.

—Solo estoy mirando, gracias —respondió Sam.

La mujer arrugó la frente.

—Si necesita algo, me lo dice.

Sam miró el estante que tenía delante: estaba vacío. Notó que se sonrojaba. Al final del estante, había un bolígrafo atado con una cadena. Miró alrededor de la tiendecita: paredes desnudas y sillas de plástico alineadas al fondo. «¿Dónde coño estoy?», se preguntó, desorientada.

Vio el cartel que había encima del mostrador: «OFICINA DE CORREOS». Antes de pensárselo dos veces, ya se estaba acercando al mostrador.

—¿Tienen sobres? —preguntó.

De nuevo en el estante, sacó las instantáneas del bolso y las metió en el sobre lo más rápido que pudo, como si las chicas de las imágenes pudieran soltar un grito al aire. Cerró el sobre, apretó fuerte para asegurarse de que estaba cerrado y las chicas no podrían escapar.

Empezó a escribir la dirección, pero el bolígrafo estaba seco. Garabateaba y presionaba, pero no salía nada. Miró el reloj de pared y vio que ya había pasado otro minuto. Si Dennis la encontraba allí, si veía el sobre... Paró un momento y volvió al mostrador.

—Necesito un bolígrafo —dijo.

La sonrisa de la mujer había desaparecido hacía un rato. En cuanto Sam se había acercado, se había puesto tensa. Estaba sudando, sin aliento. Se estaba comportando con brusquedad y se sentía confusa, pero ya no le importaba. Quería que aquellas chicas se fueran. Así podría pensar con claridad. Primero, una cosa. Después, la otra. Primero, huiría. Luego, arreglaría lo de las chicas. Escribió la dirección tan rápido como pudo y le dio el sobre a la mujer, sin dejar de mirar atrás hacia la puerta, temiendo que Dennis la pillara con las manos en la masa.

Cuando llegó el momento de pagar, las monedas saltaron de la billetera y cayeron al suelo. Sin embargo, las dejó a sus pies y le dio un billete a la mujer. Cuando buscó el cambio en la caja, Sam le hizo un gesto.

—No hace falta —dijo, ya en la puerta—. Quédese con el cambio, ya está bien así.

De nuevo en la calle, parpadeando al sol, Sam esperaba haber tomado la decisión correcta. Sabía que, al llevarse las instantáneas de Dennis, había cambiado su vida. Aún le dolía el recuerdo de las primeras semanas juntos: las entrevistas, los regalos y las cenas con famosos. Nunca volvería a ser especial ni a suscitar envidia. En un mundo donde a nadie se le permitía cometer errores, ella había cometido uno enorme: había apoyado al hombre equivocado. Aquello también destrozaría a Carrie. Las odiarían. Mujeres que habían ayudado en todo a un hombre que había matado a unas cuantas chicas. Eso era peor que ser el asesino.

Por lo menos, el tiempo que tardaran en llegar las instantáneas le daría espacio para pensar y hablar con Carrie. Tras pensarlo un momento y sentirse más fuerte, decidió ir a la comisaría. Una vez dentro, les contaría que Dennis y ella habían discutido, que le daba miedo y que no quería quedarse con él. Insinuaría que le había pegado, pero no lo confirmaría; simplemente les pediría que la ayudaran a recuperar el pasaporte para poder pasar una temporada en casa de una amiga. Dennis tendría que entregar el pasaporte cuando la policía fuera a su casa; cuando se diera cuenta de que faltaban las fotografías, tendría que callárselo. Para

300

entonces, pensó Sam, ella estaría lo bastante lejos para que no pudiera hacerle daño.

Si Dennis no podía recuperar las fotografías, ¿qué otra opción le quedaba más que aceptar sus condiciones? A menos, pensó, sintiendo el terror en la espalda, que no le importara. Tal vez iría a buscarla para matarla, allí donde fuera.

Estaba casi al final de la calle cuando Dennis la llamó y oyó sus zapatos en la acera. Se quedó mirando la comisaría, dio otro paso y se paró. De repente, tenía frío.

—¿Adónde vas? —preguntó Dennis en voz baja, casi como si supiera lo que estaba planeando.

—Tenía sed. Iba a comprar una botella de agua —dijo con un hilo de voz.

—¿Y? La tienda está ahí.

Sam miró de nuevo hacia la comisaría.

—Vamos —dijo él, y le puso una mano en la espalda con suavidad, para guiarla.

Al ver que no se movía, le puso la otra mano en el codo. Ella se movió, aunque no sabía por qué. Cuando Sam miró al otro lado de la calle, vio que había un hombre cargando el coche y que las tiendas estaban abiertas. Si gritaba, alguien la oiría. Pero no. Un instinto le dijo que gritar era algo que se hacía solo en la oscuridad, algo que se hacía en secreto, cuando no hay nadie.

—El tobillo —protestó.

—Cuanto antes lleguemos al coche, antes nos sentaremos —dijo Dennis con calma.

Alguien que los viera desde fuera diría que eran una mujer con una muleta a la que un hombre guapo ayudaba a llegar al coche; otra mujer esperaba para llevarlos a casa.

Dennis la metió en la furgoneta, con las dos manos puestas en las nalgas. Sam casi cayó en el asiento. Le dio con la cabeza a Lindsay en la pierna. Dennis siguió empujándola hacia dentro de la furgoneta, se sentó a su lado y cerró la puerta de un golpe.

—A casa —le dijo a Lindsay.

—¿Y Walmart? —preguntó Lindsay, con un deje de miedo en la voz.

—Olvídalo.

Volvieron en silencio. Sam oía el ruido de la mandíbula de Lindsay masticando el chicle y el traqueteo del salpicadero de plástico cuando Dennis movía la pierna arriba y abajo. Nadie le preguntó por qué lloraba.

Una vez en la casa, Dennis le dijo a Lindsay que se fuera.

—¿Dennis? —preguntó Lindsay, sin mirar a Sam—. A lo mejor debería quedarme ahí delante un rato.

—Vete —repitió él.

—Por favor, no te vayas —dijo Sam, pero Lindsay no le hizo ni caso.

Dentro, Dennis la empujó al sofá y se quedó delante de ella.

—¿Adónde ibas antes, en la calle? —preguntó.

—Ya te lo he dicho. Tenía sed —insistió ella.

—Ibas a la comisaría —dijo—. Y te comportas como... —Paró y la miró de nuevo—. Como si me tuvieras miedo.

—Te estás portando como un loco —dijo Sam—. Me estás asustando. —Fue un alivio ser sincera. Por un segundo, pareció que Dennis la creyera.

—Algo ha cambiado —dijo él—. Cómo me miras. Empezó anoche.

—Eres ridículo —dijo Sam. No dijo: «Te pareces a mí».

Entonces Dennis desplazó la mirada a la izquierda de

302

Sam, al cojín del sofá que había dejado torcido, a la cremallera que no había cerrado del todo.

—No te muevas —dijo al ver su mirada.

Dennis cogió el cojín, pasó una mano por debajo, como si
buscara monedas extraviadas. Luego abrió la cremallera de
la funda y metió la mano dentro. Cuando la sacó, tenía una
sola fotografía. Sam sintió una punzada en el estómago.

Dennis no paraba de mirar la fotografía y a Sam. Ella
vio un destello de lo que debían de ver las chicas, por un
segundo: le cambió el rostro, parecía un desconocido.

—No te muevas —susurró él, aunque a Sam le pareció
el gruñido tenue de un lobo enfadado.

Dennis fue a la cocina, Sam oyó que cogía una botella de
agua de la nevera y reparó en la pausa mientras bebía. Pasos.
El chirrido oxidado de la puerta trasera. Se puso a llorar con
fuerza. Fuera, vio a Lindsay apoyada en la camioneta, fumando. Así que no se había ido. Sam se lo agradeció. Lindsay
tiraba la ceniza de la punta del cigarrillo con demasiada fre-
cuencia y movía compulsivamente un pie. Oyó el ruido metálico de la puerta del refugio, el silencio mientras esperaba
lo que sabía que venía a continuación: el ruido de la puerta
del refugio al cerrarse, el sonido sordo de los pies sobre los
escalones de madera podridos y, finalmente, el ruido de la
caja contra la pared detrás de la cabeza de Sam.

—¿Dónde están? —gritó Dennis, con la cara blanca, furioso—. ¿Dónde coño están?

38

*D*ennis se agachó delante de Sam y apoyó los codos en sus muslos, intentando mirarla a los ojos.

—¿Dónde coño están? —Se levantó—. Por eso te comportas así. —Negó con la cabeza—. Ibas a ir a la policía, ¿verdad?

Sam se sorbió los mocos.

—No lo sé.

—¿Dónde están, Sam?

—Ya no las tengo. —La voz le salió aguda, débil. Se sentía vieja.

—¿Qué quieres decir?

—Las he enviado. Por correo. A Carrie…, o sea, que si me pasa algo…

—Es mentira. —Sam captó la incertidumbre en su tono.

—¡Si me pasa algo, sabrá que has sido tú! ¡Todo el mundo lo sabrá!

Dennis la miró un segundo.

—Siguen aquí —dijo—. ¿Dónde está tu bolso?

—Está en la camioneta —dijo Sam.

Dennis dudó.

—No te muevas —repitió antes de dejarla sola.

Al otro lado de la ventana, Sam lo vio parar y decirle algo a Lindsay antes de abrir la puerta de su camioneta e inclinarse dentro. Sabía que era el momento de moverse.

Si no se iba ahora, tal vez no tuviera otra oportunidad. Se arrastró, rozando con las rodillas el borde del suelo irregular de madera, cruzó la cocina y salió por la puerta trasera. Los escombros que poblaban la zona cercana al refugio se le clavaban mientras avanzaba a rastras, las palmas de la mano le picaban y tenía las rodillas mojadas por el suelo empapado.

El hueco de la valla metálica que había en la parte trasera del patio estaba a dos centímetros y medio del suelo. Tuvo que elevarse sobre la pierna y bajar para cruzarla. La agradable densidad de los árboles estaba a solo un metro. Una vez en el bosque, echó a correr, todo lo que podía, sin hacer caso del dolor que sentía en el tobillo cuando saltaba y daba traspiés y caía una y otra vez. Esperaba estar corriendo en dirección al pueblo. Pasado un minuto, se permitió mirar atrás, hacia la casa, tapada por una maraña de hojas y ramas que iba apartando. Le daba impulso, la ayudaba a sentirse invisible. Avanzó más rápido.

Oyó que Dennis la llamaba. Un nuevo impulso nervioso la empujó hacia delante. Giró a la izquierda para evitar un arbusto y de nuevo a la izquierda. Acabó en un estanque de agua negra, imposible saber cuán profundo. Ya no estaba segura de en qué dirección iba… o adónde se dirigía. Oyó su nombre, una y otra vez: «Sa-man-tha».

Huyó de aquella voz, fue hacia el lodo espeso y los árboles caídos que se pudrían; las nubes de mosquitos se le metían en las fosas nasales. Tenía que toser para expulsarlos de su boca.

Delante, entre los árboles, vio el blanco de la camiseta de Dennis: había estado corriendo en círculos. Se resbaló en el barro, aún blando por la lluvia. Cuando por fin dejó de resbalar, alzó la vista: estaba en un agujero, con la entrada cubierta con hojas de palmera caídas. Tiró de los pies para liberarlos del agarre del suelo, había perdido un zapato en el lodo. Lo oyó arriba, quieto. Pasó de largo el agujero.

305

Las moscas aterrizaron en la nuca; tuvo que reprimir varias arcadas por el hedor de la vegetación podrida. Respiró por la boca, pero no ayudó.

Estiró el brazo para recoger el zapato; sin embargo, cuando levantó el pie para volver a ponérselo, notó algo enrollado en los dedos. Intentó quitárselo con la mano libre. Parecía pelo. Lo siguió con los dedos y miró tras ella. Esta vez, el grito le salió tan natural como el respirar. Vio las gafas y una camisa; el cuello abierto lleno de barro, los dedos como garras. Trepó por el agujero y clavó las uñas en la mugre para no resbalar. Era Howard, abotargado y de un color amarillo claro. Los músculos podridos bajo la piel; la cara le colgaba suelta del cráneo. La mejilla empezó a crisparse como si intentara sonreír. «Insectos», se dijo Sam, que notó una nueva ola de asco cuando comprendió que los insectos se lo estaban comiendo por dentro.

306   Al principio, agradeció que Dennis la agarrara, pues era una forma de volver al mundo.

—¿Qué coño pasa ahora? —le preguntó él cuando Sam dobló las rodillas para evitar la espeluznante sensación de que Howard podía estirar el brazo y arrastrarla con él.

—Tú le mataste —gritó, incapaz de mirarlo a la cara.

De pronto, era todo real. Ya no valía la pena correr ni luchar.

Dennis miró hacia el agujero de nuevo. Agotado, retiró las hojas de palmera caídas.

—¿Howard? —dijo.

Luego se hizo el silencio y desapareció.

Cuando volvió, estaba pálido. Incluso parecía amable.

—Tenemos que hablar —dijo.

39

*D*ennis la llevó igual que la había cargado al atravesar el umbral de la casa. Apartaba las ramas del camino con los hombros e intentaba que no le dieran en la cara a Sam, incluso se disculpaba cuando pasaba. En la casa, Lindsay esperaba junto a la puerta trasera.

—Mierda, ¿estás bien, Dennis? Te dije que yo podía vigilarla —dijo cuando se acercaron.

—Pasa dentro —contestó Dennis, que se abrió paso de un empujón.

En el salón, dejó a Sam en el sofá.

—Solo tienes que estar quieta. Debes escuchar —dijo. Cogió el bolso de Sam y vació el contenido. Miró en todos los bolsillos y en las fundas. Luego tiró el bolso al suelo—. Vale, Samantha, una vez más: ¿dónde están? —preguntó.

—¿Qué ha hecho? —preguntó Lindsay desde la puerta.

—¿Y qué has hecho tú? —dijo, y se volvió hacia ella.

—¿Qué? —preguntó Lindsay, que de repente estaba asustada.

—¿Howard? —A Dennis se le quebró la voz un poco.

—No lo entiendes —respondió Lindsay—. Decía que iba a confesar. Todo. No me dejó otra opción.

—Cuando se pone así, vienes a verme y me lo cuentas —dijo Dennis.

—No podía arriesgarme —replicó ella—. Venía hacia aquí cuando lo vi en la carretera, dando vueltas: estaba loco. Le convencí para hablar, pero no paraba. Le dije que, si caminaba un rato conmigo, se sentiría mejor, pero sacó el teléfono y vi que esta vez iba en serio. Además, no contestabas a mis llamadas ni a mis mensajes.

—Entonces, ¿lo hiciste para qué? ¿Para castigarme? ¿Qué te había hecho Howard?

—Dennis, iba a contárselo todo —dijo Lindsay.

—Podría haberlo persuadido para que no lo hiciera. No hacía falta que lo mataras.

—¿Por qué te importa tanto? ¡Es un bicho raro! Estaba…

—Que te den, Linds. —Dennis se acercó a ella como si fuera a pegarle, pero cambió de opinión—. ¡Mierda!

Sam comprendió que Howard significaba mucho para Dennis. Tal vez más que nada en el mundo. No sabía que podía sentir tanto cariño por alguien.

—¿Cómo se supone que voy a decirle que su hijo está muerto?

—Todo depende de mí —dijo Lindsay. Hablaba atropelladamente, las palabras le salían muy rápido—. Lo he pensado mucho y voy a decirles que se acercó a mí en la carretera cuando salía de aquí, paré pensando que necesitaba que lo llevaran a algún sitio, pero luego me llevó al bosque, intentó violarme y me defendí.

—¿Defenderte? —dijo Dennis—. Casi le cortaste la cabeza del todo.

—¡No lo sé! Diré que estaba asustada, que no sabía lo que hacía, que solo quería asegurarme de que no me violara, joder.

—Estamos jodidos —dijo Dennis, sin mirar a nadie—. Sin Howard, yo… Su padre ya no tiene motivos para seguir callado. En cuanto descubra que su hijo está muerto, les enseñará el patio.

—Mira, podemos arreglarlo —dijo Lindsay. Miró a Sam—. A lo mejor deberíamos hablar en otro sitio.

—Demasiado tarde. Sam acaba de caerse en tu fosa. ¿Ahora qué? ¿La matas a ella?

—Si es necesario, sí. —Lindsay se encogió de hombros. Sam sintió puro terror—. Digamos que le enviamos un mensaje de texto desde el teléfono de Sam. —La señaló—. Le decimos: «Ven, sé qué le ha pasado a Howard, date prisa». Viene, con la pistola, obviamente, porque a estas alturas está dispuesto a matarte. Ella sale a la puerta en plan: «No está en casa, pero date prisa, rápido...». Y entonces le disparo. Después, le cogemos la pistola, le disparamos a ella y se la volvemos a colocar a él. Más tarde decimos que ella mató a Howard porque la estaba acosando o algo así. Harries la disparó cuando se lo confesó... Y yo le disparé en defensa propia.

Dennis la miró, aún pálido.

—¿Por qué iba Sam a dejarlo entrar y llevarlo fuera si vamos a matarla?

—Porque le meteré un tiro igualmente si no lo hace.

—No hace falta que me matéis, por favor —dijo Sam—. No le diré nada a nadie. ¡Ni siquiera entiendo de qué va todo esto!

Dennis suspiró y se frotó los ojos cansados.

—Si Samantha está muerta... Es que no creo que salga bien. Creo que la necesitamos.

—Pero ¡se lo contará a los putos polis en cuanto se quede sola! —exclamó Lindsay.

—Sam, ¿de verdad le has enviado las fotografías a Carrie? —preguntó Dennis.

Sam asintió.

—¿Y qué decías? Decías que eran de tu parte.

—Sí... Decía que las encontré entre tus cosas y que eran de mi parte...

309

—Dios.

—¿Qué fotografías? —preguntó Lindsay.

—No importa —repuso Dennis.

—¡No me digas que guardaste las fotografías, joder! —gritó Lindsay.

Entonces, lo sabía, pensó Sam.

Lindsay se puso a caminar de un lado a otro.

—Pero si ella muere, tú puedes controlar el relato, ¿no? —Lindsay actuaba como si Sam ni siquiera estuviera presente.

—No…, no, no creo que pueda —dijo él.

—Mierda… ¿Quién es Carrie? ¿La chica de la película?

—Sí. ¿Por qué, también pretendes matarla?

—Que te den.

Dennis se acercó a Sam y le rodeó los hombros con un brazo. Ella se estremeció.

310 —Samantha, me habría gustado que hubieras hablado conmigo de esto. Me has hecho quedar muy, muy mal. ¿Y si te digo que no eran mías? Que solo estaba protegiendo a Howard. Que teníamos un trato.

—Te creo —susurró Sam—. Carrie te creerá.

—Pero es demasiado tarde. Si recibe esas imágenes…, y tú ya has dicho que son mías… Confía en ti, Samantha.

—Puedo decirle que me equivoqué. —Sam sabía que estaba regateando por su vida. Cogió una mano de Dennis—. Pero si permites que Lindsay me mate, no puedo ayudar. Y yo quiero ayudar.

—Ya lo sé. Pero la has liado de verdad. —Dennis suspiró—. Tú eras distinta —dijo—. Cuando me escribías, no eras como las demás. Eras muy dulce. Muy normal. Eras una persona normal y corriente. Eso me gustaba. Cuando estás conmigo, es como si la gente pensara: «Él también es normal y corriente». Te quedaste a mi lado cuando todo se desmoronaba. Pude perdonarte cuando ya no fuiste tan normal, cuando hurgabas en mis cosas cada vez que te dejaba sola. Pero ahora… no sé qué hacer con esto.

—Déjame ir, Dennis. Confirmaré todo lo que digas. Por favor.

Él volvió a suspirar, salió del salón y regresó con dos armas de su padre. Sam pensó que iba a vomitar.

—Dennis, podemos arreglarlo. No tiene por qué ir más allá. —Procuró sonar serena, racional.

Le dio un arma a Lindsay y se metió la otra en la parte trasera de los vaqueros.

—Lo siento. No quería que acabara así.

—¡No! ¡Por favor! —gritó Sam.

—¿Tienes el número de Harries? —le preguntó Dennis a Lindsay, que cogió el teléfono de Sam de entre sus cosas esparcidas en el suelo—. Está bloqueado. —La miró—. ¿Cuál es el código?

Sam negó con la cabeza y rompió a llorar. Dennis se sentó de nuevo a su lado, le agarró de la muñeca, le cogió el pulgar y lo puso sobre el botón de inicio. La pantalla se desbloqueó.

—Consígueme el número —le dijo a Lindsay.

—No lo tengo —dijo ella.

—¿Qué?

—No lo sé. Pensaba que tú sí lo tenías.

Sam pensó en la tarjeta del agente Harries que había metido en el bolso. Estaba boca abajo entre sus cosas, en el suelo. No dijo nada. Tal vez el plan se les viniera abajo.

—Mierda. —Dennis lanzó el teléfono de Sam al sofá.

—Dennis, podemos conseguirlo. Puedo ir a donde está Howard y sacarle el móvil del bolsillo. Tendrá a su padre en los contactos, ¿no?

—Vale —accedió Dennis—. Iré yo. Vigílame a Sam. —Las miró una vez más antes de irse.

311

—Por favor —dijo Sam cuando supuso que Dennis estaba lo bastante lejos—. Llamemos a la policía, ahora que no está.

Lindsay se echó a reír.

—No creerás que va a dejarte escapar, ¿verdad?

Sam sintió que la rabia crecía en su interior.

—Dennis te matará.

—No lo hará —dijo Lindsay—. Dennis me necesita.

—Pero tú mataste a Howard. He visto lo enfadado que está. No lo dejará pasar —dijo Sam. La mirada de Lindsay le dijo que su devoción por Dennis valía el precio de cualquier vida, incluso la suya—. ¿Y si no te mata? —continuó Sam, intentando parecer razonable—. Aunque salieras viva de esta, ¿qué crees que pasará luego? Nadie creerá vuestra historia, es una locura.

—Dennis tiene a los mejores abogados del país —respondió Lindsay, aunque a Sam no le pareció que sonara muy segura.

—A lo mejor decide que es un riesgo, que no te ceñirás a la historia. Tú piensa...

—¿Crees que lo conoces? —dijo Lindsay, con los ojos encendidos por la rabia—. Te crees que soy una zorra estúpida que no sabe nada. Pero yo lo conozco. Sé que, cuando crees que tienes el control o cuando crees que le entiendes, estás jodida de verdad. La única manera de entenderle es saber que no se puede, joder, y aceptarlo. ¿Piensas que nos estás manipulando ahora mismo? No tienes ni puta idea. Además, siempre ha confiado en mí. Siempre. Así que yo no me pondría demasiado cómoda, zorra.

—Aún te da miedo —dijo Sam, mientras observaba la pistola que Lindsay sujetaba contra la pierna temblorosa.

Lindsay soltó un bufido. Sacó un cigarrillo del paquete e hizo ademán de encenderlo.

—No le gustará que fumes aquí dentro —dijo Sam.

Lindsay se encogió de hombros, pero la llama no tocó el extremo del cigarrillo antes de desaparecer.

—Levántate —dijo Lindsay, que agarró el arma—. Fuera.

Sam iba delante y Lindsay la siguió, con la pistola apuntándole en la espalda hasta que se sentó en el porche. Fuera le pidió un cigarrillo a Lindsay y fumaron juntas, mientras contemplaban los árboles que rodeaban el patio. Ya nada era como antes.

—No soy patética —dijo Lindsay, que sacó el humo por un lado de la boca.

—¿Qué? —dijo Sam.

—No soy patética… porque me importe Dennis.

—No pensaba que lo fueras —mintió Sam.

—Sí lo pensabas. A la mierda. No es que no sepa lo que piensa la gente. Sé lo que ha hecho, lo que podría hacer. Pero también sé quién es. Dennis, o sea, me salvó en el instituto. A nadie le importa eso. En el colegio, esos tíos… Estaba en una fiesta y me emborraché demasiado, supongo. No fue una violación. No lo sé.

—Lo siento.

—No lo sientas. Bueno, luego todo el mundo opinaba sobre el tema. Se comportaban como si yo fuera una guarra que se emborrachaba y a la que le gustara el sexo en grupo. Dennis y Howard eran los únicos chicos que seguían hablándome como si fuera normal. Les dijeron a los demás tíos que, si volvían a tocarme, los matarían. Funcionó. Se callaron, ni siquiera me miraban. Pero las chicas siguieron. Así que Dennis me dijo que él podía cerrarles la boca. Lo dijo con una sonrisita en la cara. Luego empezaron a desaparecer. —Lindsay hizo una pausa y le dio otra calada al cigarrillo. Sam oyó el crujido del papel al quemarse cuando inhaló el humo—. La primera vez… La primera vez sé que fue un accidente.

—¿Cómo?

—Esa zorra de Donna. Dennis dijo que iban a molestarla. Hubo una fiesta y... Howard le dio esas putas pastillas. Se suponía que no iban a hacerle daño. Íbamos a ponérselas en la bebida, hacer algunas fotografías vergonzosas con la cámara de Howie, copiarlas y colgarlas por todo el colegio.

Sam se estremeció.

—Ya lo sé, ¿vale? Tú no lo entiendes. Me llamaba «puta». Le dijo a todo el mundo que tenía el sida. No paraba. ¡Éramos unos niños! El caso es que se fue de la fiesta corriendo, así que la seguí con mi coche. Iba sola dando tumbos. Dennis bajó la ventanilla trasera y le preguntó si quería que la lleváramos. Por supuesto, dijo que sí... Ya sabes... Es Dennis, joder. Al principio, estaba tan ida que ni siquiera se dio cuenta de que Howard y yo estábamos delante. Luego dijo: «¿Por qué siempre vas con esos bichos raros?». Dennis se puso en plan: «Solo nos llevan en coche». Se quedó dormida encima de él. A todos nos parecía divertidísimo, ¿sabes? Ni siquiera se despertaba con el sonido del claxon.

»Fuimos a casa de Howard porque su padre tenía turno de noche. Cuando la tumbamos y Howard se puso a hacerle fotografías, empezó a hacer ese ruido... Estaba vomitando, así que la pusimos de costado, pero se había atragantado. Los chicos no hicieron nada: eran unos inútiles. Howard no paraba de darle golpes en la espalda. Era como si fueran retardados. Yo le metí los dedos en la garganta, joder. Lo intenté, de verdad, ¿sabes? Pero dejó de respirar. Yo me puse como loca. Howard estaba como loco. Dennis era el único que pensaba con claridad. Me dijo que me fuera y que él se encargaría de todo. Y eso hice. No sabía qué más podía hacer.

—¿Qué pasó luego? —preguntó Sam.

—La enterraron. Dennis me lo contó más tarde. En el borde del patio de Harries. Habríamos acabado todos jodidos. Todos. Eran las pastillas de Howard... Fue idea mía... Y Dennis...

—¿Está enterrada en el jardín de Harries? —dijo Sam.

—Howard estaba demasiado asustado para negarse. Pensaba que todo era culpa suya. —Lindsay se detuvo—. Después, quería confesar. Le dije... que sabrían que había sido él, que había hecho las fotografías con su cámara, pensarían que era un pervertido. Le dije que lo llevarían a la silla eléctrica por eso. Dennis también se lo dijo.

—¿Y... hubo otras? —Sam pensó en las fotografías: de las chicas, del pelo, de los labios.

—Una por una fueron desapareciendo. —De pronto se volvió hacia Sam—. No tuve nada que ver con las demás, nada. —Sam volvió a notar el miedo en su voz—. Con los años, Howard me contó algunas cosas. Me dijo que Dennis y él..., pero no quería creerlo. No le creí. Y Dennis siempre me cuidó, siempre. Además, ¿qué podía hacer? ¿Qué podía decir sin acabar en la cárcel? Así pues, no dije nada. Era nuestro secreto. Estábamos unidos por la sangre. Dennis me protegió. Me mantuvo al margen todos estos años.

Lindsay se frotó los ojos de nuevo y, de repente, fue como si recuperara la cara de antes. Como si regresara ese escudo.

Sam pensó que había cosas que Lindsay no quería saber. Cuando hablaba de las fotografías, no parecía conocer los detalles. Para Lindsay se trataba de una venganza. Pero Sam sabía que era algo más. Algo como el deseo. Sin embargo, aquella chica no quería entenderlo. Era demasiado tarde.

Dennis llegó sin aliento, las miró con suspicacia, sentadas en el porche.

—Lo tengo —dijo, y levantó el móvil.

Llevaron a Sam de nuevo a la casa, uno delante y otro detrás. Esta vez desbloqueó su móvil, consciente de que era inútil resistirse. Sam observó que Lindsay escribía: «Soy Samantha. Estoy en casa de Dennis. Howard está aquí. Necesitamos ayuda. Ven enseguida».

40

*E*stuvieron sentados en silencio. Fuera, la luz empezaba a volverse tenue. Miraban el teléfono, esperando una respuesta. Finalmente, la pantalla quedó negra. Dieron un respingo al verse reflejados.

Entonces sonó.

—Mierda, mierda —dijo Lindsay, se levantó y buscó la pistola.

—Vas a tener que contestar —dijo Dennis—. Rápido. Si es Harries, dile otra vez que venga. Dile que es una emergencia.

Le pasaron el teléfono a Sam, que ya había rozado la pantalla para contestar. Oyó el ladrido de la voz de Harries: áspera y empapada en whisky. Podría decirle que avisara a sus compañeros policías, si Lindsay no estuviera apuntando con el cañón de una pistola.

—¿Agente Harries? Eh, soy Sam... Danson.

—Sé que eres Sam. ¿Qué me puedes contar de Howard? —La voz se le quebraba—. ¿Dónde está? ¿Dónde está mi hijo?

—Está aquí —dijo Sam, mirando a Dennis, que asintió.

—¿Está bien? ¡Mierda! ¿Qué le ha hecho Dennis a mi hijo? —gritó Harries.

—Nadie le ha hecho nada a Howard —dijo Sam.

—Pero lleva tres días desaparecido y no contesta al móvil. Conozco a mi hijo.

—¡Agente Harries! Está fuera gritando no sé qué de unos cuerpos. Está como loco. —Sam paró, intentó controlar la respiración cuando se le aceleró—. A lo mejor debería llamar a la policía...

—No —dijo Harries—. Voy de camino.

El teléfono enmudeció.

—Bien hecho —le dijo Dennis.

Lindsay los observaba: no le gustaba lo que veía.

—Linds, tienes que mover la camioneta. Si no, Harries sabrá que estás aquí. Ve a aparcar en el lateral de la casa para que no sospeche —dijo Dennis.

Lindsay dudó.

—Mierda —protestó ella, con la pistola por encima del hombro—. Ahora vuelvo.

Sam no le dijo lo que Lindsay le había contado en el porche. No hacía falta: ya se lo había imaginado.

—Te contará cualquier cosa para que bajes la guardia —dijo Dennis.

—Cree que la necesitas —respondió Sam sacando fuerzas de flaqueza—. Pero yo creo que me necesitas más a mí. Si me ayudas a salir de esta, puedo recuperar las fotografías.

Sam vio la arruga en la frente de Dennis, cómo clavaba la mirada en ella por encima de las gafas. Pensó que no parecía él. Ya no vio esa frialdad. En su gesto había algo más humano.

Cuando Lindsay volvió, se escondió en el lateral derecho de la casa, oculta por parte del porche trasero. Sam debía quedarse en el salón mientras Dennis esperaba en el pasillo, para asegurarse de que ella no se echaba atrás en el último momento. Tenía que hacer entrar a Harries en la casa. A Sam le hervía la cabeza con todo lo que sabía y lo que no sabía.

Cuando el coche se detuvo fuera, Dennis se metió en la cocina, con la pistola en la mano y el dedo en el gatillo. Harries corrió hacia la casa, dejó la puerta del coche abierta y el motor encendido. Sam no esperó a que llamara. Abrió la puerta cuando se acercó, con la pistola en una mano y aguantando el equilibrio con la otra. Sam tragó saliva. Un mínimo error y moriría. Y, de pronto, tenía muchas ganas de vivir. Solo tenía que mantenerse firme un rato más.

«¿Y luego qué?»

Olvidó la pregunta.

—¿Dónde está? —le preguntó Harries, que la apartó de un empujón al pasar.

—Le pegué —dijo Sam—. Lo siento, estaba muy asustada.

—¿Dónde está? —preguntó de nuevo, más alto.

—Ahí detrás —respondió Sam.

—Ve tú primero —dijo Harries, señalando el camino.

La llevó hacia el refugio como un verdugo. Harries miró alrededor, pero se quedó en la puerta trasera, vigilante.

—¿Dónde está? —repitió, desconfiado.

—No hagas ninguna tontería —dijo Dennis al acercarse, con las manos en la cabeza.

Harries levantó la pistola de inmediato.

—¿Dónde está? —gritó Harries, cuya voz atronaba en el silencio de la noche.

—Tuvimos que contenerlo —dijo Dennis—. Está en el refugio.

—Ábrelo —le ordenó Harries a Sam.

Ella obedeció. Los brazos le temblaban. Harries se

quedó en la entrada. Sam sabía que en aquella posición Lindsay no podría disparar. «Quédate ahí. No te muevas», pensó.

—No voy a mentirte, Harries —dijo Dennis—. Está un poco mal, ¿sabes? Ha recibido un golpe en la cabeza.

—¿Qué le habéis hecho? —preguntó Harries, que dio un paso adelante.

Enseguida cambio de idea y retrocedió hacia la puerta.

—Nada, nada. Está bien. Pero a lo mejor necesita un poco de ayuda.

Harries volvió a examinar la zona con la mirada.

—Date la vuelta —le dijo a Dennis.

—¿Eh?

—¡Date la vuelta! Y las manos arriba.

Dennis se dio la vuelta. La pistola le sobresalía en los vaqueros.

—Tú —le dijo Harries a Sam—. Coge la pistola. ¡Ahora!

Obediente, Sam le quitó la pistola.

—Dámela —dijo Harries.

Cuando Sam se acercó a su lado, se la quitó de las manos y se la metió en una funda vacía, a un lado de los pantalones.

—Contra la pared —le dijo a Dennis—. Ponte de cara a la pared.

Dennis se rio y apoyó la frente contra la pared. Harries cogió a Sam del brazo al acercarse al refugio. Miraba a Dennis de vez en cuando.

—Tú primero —dijo, mientras señalaba la trampilla.

—¿Yo?

—Vamos —dijo.

Sam miró hacia el lateral de la casa, donde sabía que Lindsay estaba esperando, preparada. Luego miró a los ojos a Harries. Los tenía rojos. Resultaba obvio que estaba nervioso. Secretos terribles mantenían en vela a aquel hombre, que quería a su hijo, que no tenía a nadie más. En su mirada vio algo de esperanza. Eso fue lo que más le dolió. Sam bajó un paso hacia el refugio. Vio que Lindsay ocupaba su posición, con la pistola apuntando a la espalda de Harries.

Cuando llegó el disparo, Sam se tambaleó. La sangre de Harries le salpicó en las mejillas cuando cayó. Se limpió la cara con un gesto frenético. Cuando apartó las manos, vio que las tenía manchadas de sangre. Quedó tumbado boca abajo, con la cara a un lado, las briznas de hierba se movían con la respiración.

El disparo le había atravesado el pecho: había un gran agujero desde el que la sangre salía a borbotones de un pulmón reventado. Aún respiraba, con ruido y dolor. Sam oyó un grito de alegría de Lindsay al fondo. Deseó que parara y que Harries muriera.

Finalmente, el hombre se quedó quieto y la sangre formó un charco pegajoso debajo de él. Sam lo miró y la realidad cayó sobre ella como un jarro de agua fría: estaba muerto.

Dennis se agachó junto al cuerpo de Harries y le quitó las dos pistolas.

Lindsay caminaba de un lado a otro al fondo. Rebosaba adrenalina: aquella sangre la alteraba aún más.

Dennis lanzó una mirada rápida a Lindsay, como si estuviera pensando algo. Le dio a Sam una de las pistolas a escondidas.

—Tienes que disparar a Lindsay —dijo—. Puedes hacerlo.

Retrocedió unos pasos.

Sam cogió la pistola. Pesaba más de lo que pensaba. ¿De verdad podía dispararla? No tuvo tiempo de pensar, pues Lindsay se volvió hacia ella, apuntándola.

Sam levantó su pistola, que temblaba con una fuerza

321

terrible en la mano. La estabilizó con la mano que le quedaba libre, como había visto hacer a Harries.

—Lo sabía —dijo Lindsay cuando entendió lo que había hecho Dennis—. Sabía que ibais a joderme.

Rompió a llorar. Sam tocó el gatillo con la punta del
dedo, sin saber qué hacer. No sabía si al apretar el gatillo
sonaría un clic, o si la pistola le daría una golpetazo en las
manos, o si la bala quedaría en el aire o si impactaría en la
carne. Lindsay y ella se miraron, temiendo dar el primer
paso. Era como si esperaran que Dennis les dijera qué hacer.

Finalmente dijo:

—Lindsay…

Entonces oyeron el claxon de un coche. Sonaba repe-
tidamente: en rachas largas, cortas y largas. Se miraron
entre sí. ¿Estarían lanzando un mensaje en código Morse?
¿Era un coche patrulla que le hacía señales a Harries? Sin
embargo, cuando el automóvil se detuvo en la entrada de
la casa, reconoció el ritmo de la música: algo que trasmitía
una alegría triunfal.

Dennis les indicó con un gesto que esperaran y se dirigió al lateral de la casa para mirar en el jardín. Cuando
regresó, caminó a gachas para evitar las ventanas.

—Es Carrie —susurró—. Carrie está en la entrada.

—¿La chica de la película? —Lindsay aún apuntaba
con la pistola al pecho de Sam.

Sam oyó que llamaban a la puerta y la ignorancia alegre en la voz de Carrie:

—¡He venido a rescatarte, chiquilla! ¡He venido a llevarte de vuelta a la civilización!

—¿Qué hacemos con él? —Lindsay hizo un gesto hacia Harries.

—¿Hola? ¿Soy una fantasma o algo así? ¿Holaaaaa?

Sam sintió ganas de salir corriendo a buscarla, pero sabía que Lindsay dispararía si lo hacía.

—Tenemos que ir.

Dennis se chupó un pulgar, le limpió la cara a Sam y buscó rastros de sangre en la ropa.

—¡Ya vamos! —gritó.

Rodeó la casa para encontrarse con Carrie. Mientras, Sam y Lindsay se quedaban donde estaban, oyéndoles hablar. Sam intentó no pensar en lo que ya podría haber ocurrido si Carrie no hubiera aparecido por allí. Oyó que Dennis le contaba a Carrie que ella no estaba, y que esta le contestaba que se quedaría a esperarla. Empezaron a dolerle los brazos de tanto tenerlos estirados hacia delante. Sin embargo, por su parte, Lindsay parecía capaz de quedarse ahí todo el día, con la pistola apuntando al cuello de Sam.

—¿De quién es ese coche? —preguntó Carrie.

—De Lindsay —respondió Dennis.

—¿Lindsay? Tío…, tienes que pararlo. —Carrie bajó el tono—. Está molestando a Sam… El compromiso… El matrimonio…

A Sam se le llenaron los ojos de lágrimas. Carrie estaba muy cerca. Solo quería salir corriendo a buscarla. El peso de la pistola en la mano era insoportable. De repente, se sentía muy débil. Si pudiera escapar ahora, no sería demasiado tarde. Sin bajar la pistola, Lindsay empezó a caminar hacia la casa, hasta llegar al lado de la puerta trasera. Miró a Sam, pero inclinó la cabeza para intentar escuchar lo que ocurría delante.

—No hay nada. No pasa nada. No te preocupes —decía Dennis.

—Déjame pasar. La esperaré.

Sam cerró los ojos y suplicó a Carrie que se quedara. Movía los labios mientras rezaba. Sabía que Lindsay no dispararía mientras Carrie estuviera fuera.

—¿Por qué no? —decía Carrie—. Vamos, tío, confié en ti. ¿Y ahora esto?

—No hay nada entre Lindsay y yo. —Dennis había subido el tono—. Es complicado. Carrie, tú…

Carrie entró, estaba atravesando la casa hacia ellas. Dennis la llamó. Lindsay levantó la pistola.

—Quieta —dijo.

El cañón apuntaba a Sam. Carrie se quedó helada.

—¿Sam? —Carrie se volvió. Dennis intentó agarrarla del brazo para apartarla, pero ella se zafó de él—. ¿Qué coño está pasando aquí?

—Esto se nos ha ido de las manos —dijo Dennis.

Carrie tenía los ojos abiertos de par en par, le brillaban del miedo. Carrie, siempre tan dura e imperturbable. Sam pasó de la esperanza a la desesperación.

—¿Y ahora qué, Dennis? —preguntó Lindsay—. ¿Dónde quedo yo en todo esto?

Sam reconoció la mirada de Lindsay: el corazón destrozado, la rabia y la tristeza. Ahora era una mujer sin nada que perder. Se dio cuenta de que Dennis también lo había comprendido.

—Linds… —dijo, y estiró un brazo hacia ella, muy despacio.

Carrie retrocedió mientras Lindsay los apuntaba con la pistola firme.

—No te muevas —ordenó.

Dennis puso un brazo delante de Carrie y la colocó detrás de él. Retrocedió despacio, al tiempo que protegía a Carrie de Lindsay.

—¡No te muevas, joder! —gritó Lindsay.

—Lindsay, por favor, esto no tiene por qué ir más allá —dijo Dennis.

Lindsay respiraba a bocanadas mientras intentaba contener las lágrimas.

—Lindsay, lo entiendo —dijo Sam—. Sé cómo te sientes y lo siento mucho…, mucho.

—Tú no lo entiendes —replicó Lindsay—. Yo lo sacrifiqué todo por él.

—Linds... —repitió Dennis.

—¡No! ¡Es verdad! ¡Nunca me has tratado bien! —Lindsay miró a Dennis con un odio puro y lleno de rabia—. Sé lo que eres en realidad. Lo sé.

—¿Qué está pasando? —preguntó Carrie a media voz.

Lindsay miró a Carrie por encima del hombro.

—¿Quieres saberlo, chica del cine? Ojo, *spoiler*, Dennis...

El ruido fue tan fuerte que por un segundo Sam pensó que le habían dado. El grito de Carrie sonó distante y vago. Cerró los ojos mientras el sonido casi le perforaba los oídos; cuando los abrió, vio que la bala había atravesado la boca de Lindsay. Partes de la cara resbalaban por el lateral de la casa y se quedaron pegadas a la ventana, con un brillo rojo bajo la luz mortecina. En el suelo había un diente sobre un charco de sesos y sangre. El cráneo de Lindsay goteaba; el único ojo que le quedaba intacto le temblaba en la cuenca.

Dennis caminó hacia el cuerpo de Lindsay y se desplomó. Dejó caer la pistola de Harries en las vísceras y perdió su mirada en el cadáver. La tierra blanda absorbía la sangre que goteaba de aquel cráneo abierto, como la lluvia tras una tormenta.

Carrie se dio la vuelta y vomitó. Sam le tendió una mano a Dennis para ayudarlo a levantarse. Se puso en pie despacio, como si hubiera perdido toda la fuerza. No tuvo miedo. Le dio un abrazo, apoyó la cabeza contra su pecho, inspiró el olor a pólvora y el fuerte olor a sangre en la camisa.

—¿Qué coño acaba de pasar? —repitió Carrie, temblando.

Durante un rato, fue como si todo se hubiera detenido a su alrededor. El eco del disparo se desvaneció y los sumió en el silencio. Hasta el viento parecía haberse detenido mientras Sam, Dennis y Carrie miraban alrededor, sin saber qué hacer. Pronto las cigarras empezaron a cantar y las hojas de las palmeras susurraron al compás de una brisa cálida.

Sam pensó que tenían que seguir adelante. Debían decidir qué iba a pasar a continuación.

EPÍLOGO

Tres meses después

Sam tomó asiento en un lado de la mesa, intentando no mirar a los demás y centrarse en la máquina expendedora del rincón. Los presos entraron sin esposas y abrazaban a sus parejas e hijos. Dennis giró la cabeza, como de costumbre, y recibió un beso de Sam sin quejarse.

—Has vuelto —dijo—. ¿Qué tal en Inglaterra?

—¡Frío! Creo que por fin me he aclimatado.

Le rozó la muñeca con el pulgar. Solo había estado fuera unas semanas, lo justo para abrir una caja fuerte de seguridad en el banco y hacer que limpiaran la casa para venderla.

Al abrir la puerta principal de su casa en Bristol, las cartas y los folletos cayeron en el umbral como un montón de hojas secas. El aire estaba enrarecido. Era como si el mundo se hubiera detenido. Estuvo hurgando en el correo. Empezó a sentir pánico por si las fotografías nunca habían llegado a casa. Sin embargo, luego vio el sobre, con su letra apenas legible.

Tuvo que calmarse antes de abrirlo. Luego, despacio y con calma, sacó las instantáneas y las estuvo mirando. Por primera vez las miró de verdad. Ahora tenía el espacio y la intimidad que necesitaba para pensar.

Estaban descoloridas, pero aún se veía el rojo vivo de

la carne y el azul de los labios. Estaban colocadas en una postura particular: con el pelo extendido alrededor de la cabeza y los brazos en los costados. Era como su estuvieran tomando el sol y se sintieran en paz. Sam las miró e intentó encontrarles un sentido. Lo que veía no era la rabia de un hombre que quisiera herirlas, sino la tristeza de alguien que quería conservarlas. Entonces pensó en aquel día en el bosque, cuando Dennis se inclinó y dejó el gatito en una tumba. Recordó los golpes delicados y cariñosos que dio en la tierra. Se acordó de aquellos ornamentos que había colgado y las inscripciones con laca de uñas.

Comprendió que no era culpa de Sam que no la deseara. No era por su cuerpo ni por sus dientes. Era por el calor de la sangre que corría por sus venas, el subir y bajar del pecho, la manera de moverse hacia él cuando la besaba. Volvió a guardar las fotografías, asqueada.

328

—¿Te has hecho cargo de…? —le preguntó Dennis.

—Están a salvo —respondió, pensando en las instantáneas y en la caja fuerte de Inglaterra donde las había guardado.

—Bien.

Sam le besó la mano. Ahí no podían hablar tranquilos. Así pues, no podía decirle que lo sabía, que entendía lo que significaban las fotografías.

Llamó a la policía poco antes de volar a casa. Usó un teléfono de prepago que buscó durante kilómetros. Simuló el acento lo mejor que pudo para ocultar su identidad.

—Hay cuerpos en el jardín trasero de Harries —dijo—. Dennis Danson las mató. A todas. Lindsay Durst y Howard Harries son los cómplices.

Luego colgó, volvió al coche y condujo hasta el aeropuerto. Desde el Reino Unido, vio cómo seguía la historia: cómo salían los huesos a la superficie.

—En parte, lo echaba de menos —dijo Sam.

—¿El qué? —dijo Dennis.

—Esto. —Señaló con un gesto la sala de visitas—. Siempre me encantó venir a visitarte. —«Me sentía segura», pensó, pero no lo dijo—. Y está bien que aquí podamos tocarnos.

—Sí —dijo Dennis, que bajó la mirada—. Quieren que negocie un trato: confesar el asesinato de las chicas a cambio de cadena perpetua sin permisos.

—¿Ah, sí? —dijo Sam, con la esperanza de que aceptara.

Si negaba los cargos y perdía, el corredor de la muerte era inevitable. Aquí podría sacarse el graduado, tal vez hacer un curso universitario. Tenía las mejillas bronceadas de las horas que había pasado haciendo ejercicio en el patio.

Aún había quien creía que no había matado a las chicas. La fe de Carrie nunca vaciló. Carrie le quería, igual que Howard y Lindsay. Sam entendió que así era como los controlaba. Igual que la había controlado a ella.

Carrie juró que había visto a Lindsay levantar la pistola antes de que Dennis disparara. Para ella, era un héroe.

El recuerdo de Sam de aquella última noche era vago, pero sabía que Lindsay no había levantado la pistola. Cuando abrazó a Dennis después de que apretara el gatillo, apoyó la cabeza en su pecho y oyó el latido de Dennis, tan lento y constante como si estuviera dormido. Sintió frío. Aún más al ver que el diente ya no estaba en el charco de sangre donde había estado.

—No tienen nada —decía Dennis.

Sam se dio cuenta de que no estaba escuchando.

—¿Qué? —preguntó ella.

—Mi abogado dice que no hay nada que me vincule a los cuerpos del jardín de Harries. No tienen nada.

Sam sintió náuseas. Al pensar que Dennis podía volver a ser libre, un instinto hizo que se llevara la mano a la barriga, hacia el bebé que crecía en su interior. «¿Y si es una niña?», pensó. No. Si las necesitaba, siempre tenía las fotografías. No podían obligarla a testificar contra Dennis, no mientras estuvieran casados. Además, siempre podía decir que había encontrado aquellas fotografías mientras recogía sus cosas.

Vio que Dennis le miraba la barriga y sonreía. Se sonrojó y apartó la mirada. No hablaban de ello. Dennis, que se sentía mucho más cómodo con los muertos que con los vivos.

Sam deseó que hiciera lo mejor para él. Lo mejor para ellos.

—Acepta el trato, Dennis —dijo, y le cogió la mano sobre la mesa.

Dennis le apretó la mano con más fuerza y se inclinó hacia ella.

—Pero cuando salga, podríamos estar juntos. Donde tú quieras. ¿Nueva York? ¿Cualquier otro sitio? —Buscó en su rostro una señal de que lo creía—. Por favor, Samantha —añadió.

Ella lo miró a los ojos, tan azules que aún le quitaban el aliento.

—Siempre vendré de visita —le dijo.

Y lo decía en serio. Así funcionaba entre ellos, se dijo Sam, que entrelazó los dedos con los de Dennis. Siempre había sido mejor así.

Agradecimientos

Me gustaría agradecer al jurado del concurso a la mejor novela de debut del *Daily Mail*, Simon Kernick y Sandra Parsons, su apoyo inicial a *La esposa inocente*.

Luigi y Selina, gracias por creer en el libro y por todos vuestros consejos y por vuestra orientación. Ha sido una suerte trabajar con los dos. Muchas gracias también a Alison, cuya opinión tengo en gran estima, y a todos los empleados de Cornerstone que siguen trabajando tanto por *La esposa inocente*: Sonny, Clare, Hattie, Matt, Khan, Pippa, Kelly, Catherine y todos los que han mostrado tanto entusiasmo por este libro.

Gracias, Glenn, por la preciosa portada. Me encanta.

Peter Joseph, mi libro es mucho más sólido gracias a tus fantásticos consejos. Gracias también a Kayla King y a todos los empleados de Hanover Square Press por vuestro trabajo.

He tenido la suerte de trabajar con colegas que me han ofrecido su apoyo y comprensión y que me han ayudado a mantener el equilibrio entre mi trabajo diario y los compromisos del libro. Me gustaría dar las gracias especialmente a Emma Crocker, siempre tan amable y que me ha animado cuando más lo necesitaba.

¡Gracias a mi Bampi! Si no me hubieras obligado a ir al colegio, hoy no sabría leer ni escribir.

Rhys, gracias por ser siempre lo bastante sincero para poder fiarme de tu opinión, pero no tanto para que duela. Espero poder encontrar un día el equilibrio adecuado.

Por último, gracias a mi madre y a mi padre, por apoyar siempre mis decisiones y animarme. Cuando quise vivir varios meses como si fuera un perro llamado Rover, vosotros lo hicisteis posible; cuando (algo que era incluso aún más improbable) quise ser escritora, siempre creísteis que podía hacerlo. Os quiero.